Der etwas andere Omega

Lia Nora

1. Auflage, 2022

© 2022 Lia Nora, Alle Rechte vorbehalten.

Herstellung und Verlag: BoD – Books on Demand, Norderstedt
Bibliografische Information der Deutschen Nationalbibliothek: Die
Deutsche Nationalbibliothek verzeichnet diese Publikation in der
Deutschen Nationalbibliografie; detaillierte bibliografische Daten
sind im Internet über dnb.dnb.de abrufbar.

Die Handlung und alle handelnden Personen sind frei erfunden. Jeg-
liche Ähnlichkeit mit lebenden oder realen Personen wäre rein
zufällig.
Enthält sexuelle Handlungen.

ISBN: 978-3-7557-604-36

Prolog

Die Nacht in Red Moon City war anders als sonst. Dunkelheit umhüllte die Stadt, wobei nur einzelne Stellen durch den trüben Lichtschein des Mondes erleuchtet wurden.

Niemand begab sich an diesem Abend auf die Straße, bis auf eine zierliche Frau mit goldblonden Haaren. In ihren dünnen Armen hielt sie schützend ein zerbrechliches Bündel, als würde sie es mit ihrem Leben verteidigen. Sie hatte nur ein Ziel vor Augen: das kleine Knusperhäuschen am Stadtrand. Wildpflanzen sowie Kräuter und Rosen umhüllten dieses Haus, wo zur späten Uhrzeit ein gedämpftes Licht aus einem Fenster im Erdgeschoss über einem Blaubeerbusch brannte.

Ehe sie an der dunklen Holztür klopfte, schaute sie sich unsicher um, um sicherzugehen, dass niemand sie verfolgt hätte. Eine identisch aussehende Frau öffnete verwundert die Tür. Beide waren sich wie aus dem Gesicht geschnitten, nur trug die Besucherin ein Muttermal unter ihrem linken Auge.

»Schwester, was ist los?«, fragte die Frau, die überrascht die Tür festhielt.

»Du musst mir helfen Ann! «

»Komm erst einmal rein, sonst erkältet ihr euch beide noch."

Ann führte sie in die Wärme des Hauses, genauer gesagt ins Wohnzimmer, wo ein etwas älterer Kamin brannte. Eine graue Wohnzimmerlandschaft nahm auf der anderen Seite des Zimmers Platz, wo zwanzig Kissen den Großteil der Fläche in Beschlag nahmen. In der Nähe des Kamins stand ein abgenutzter Sessel, in dem ein Mann mit dunkelbraunen zerzausten Haaren saß. In seinen Armen lag auch ein kleiner Säugling, der gerade einige Woche alt war.

»Olivia. Schön dich zu sehen, was bringt dich so spät noch hierhin? «

Verzweifelt schaute die Frau, die ihr eignes Baby noch fester in ihren Armen hielt, zwischen den beiden Hausbesitzern hin und her.

»Liebling, würdest du mit Alexej hoch gehen und ihm eine Geschichte vorlesen? Am liebsten Rotkäppchen. «

»Ja, sicher.« Der Mann schenkte den beiden ein aufmunterndes Lächeln, ehe er mit dem kleinen Jungen die Treppen hoch lief. Ein leises Klacken ertönte im Haus und teilte den Schwestern mit, dass sie nun unter sich waren. Die angespannten Schultern von Olivia sanken nach unten und sie setzte sich erschöpft auf einen Haufen Kissen. Eine warme Hand legte sich auf ihr Knie, die überraschende Berührung ließ sie für einen Moment zusammenzucken. Vertraute Augen schauten sie tief an.

»Olivia, was führt dich zur späten Stunde zu uns? Ist irgendwas mit Shawn?«, fragte Ann besorgt und blickte liebevoll zu ihrem Neffen.

Nervös biss sich Olivia auf die Lippe. Zittrig schob sie das Laken aus dem Gesicht ihres Kindes. Zwei klar blaue Augen mit weißem Sprinkler schauten Ann direkt an und ließ sie erschauern. Was sie aber wirklich sprachlos machte, war der Duft, der sie traf. Ein Duft, den man nur an Sommertagen roch, und ein Hauch von unendlicher Liebe, die man diesem Kind zutragen wollte. Nur ein Wesen trug diesen Geruch mit sich und jetzt auch dieses Baby in den Armen dieser verletzlichen Frau. Das Kind schien ein Omega zu sein.

»Wo ist dein Mann Jason?«

»Heute Morgen erschienen unbekannte Männer in der Gegend, die das Symbole eines Jägerstammes trugen. Jeder von ihnen hatte an seinem Hemd eine kleine Brosche mit einem Pfeil, der in Flammen stand. Jason ist losgegangen, um die Duftspur weit weg von uns zuführen. Er hat sich Shawns Lieblingskuscheltier geschnappt und weitere Gegenstände, an denen der Duft am stärksten hing, um sie in die Irre zu führen.«

Ann, die ihren Zeigefinger über Shawns weiche Wange strich, stoppte, als er ihren Finger mit seiner gesamten Hand festhielt und sie sorglos anschaute.

»Ann, bitte hilf uns. Niemand darf erfahren, was er ist, noch nicht einmal der Alpha. Es muss unter uns bleiben«, flüstere Olivia und hob ihrer Schwester zittrig den kleinen Finger entgegen, um das Versprechen zu besiegeln, wie sie es so oft als Kinder taten.

Ann hakte ihren Finger ein. »Mach dir keine Sorgen, ich werde euch helfen.«

Sie schaute ein letztes Mal in diese klaren und gesprenkelten Augen, bevor sie sich an die Arbeit machte, um einen passenden Zauberspruch zu finden.

Kapitel 1

Shawn

Bunte Plakate hingen im gesamten Klassenzimmer und ließen die blau gestrichenen Wände nicht mehr so trostlos und kalt erscheinen. Auf ihnen warben einige Sport-AGs neue Mitglieder an. Eins der zwei hinten aufgestellten Bücherregale bestand hauptsächlich aus den Literaturmaterialien der letzten Referate.

Eine geraume Zeit widmete ich meine Aufmerksamkeit mehr der Uhr als dem, was um mich geschah. Sie befand sich oberhalb der Tür links von mir. Der dünne Sekundenzeiger hatte wiederum etwas von Flash oder dem roten Auto von Cars, wie er die Runden drehte. Prompt kam mir schon der Blitz von Lightning McQueen vors innere Auge.

Aus heiterem Himmel riss mich jemand unsanft aus meiner Starre, wobei ich unauffällig zusammenzuckte. Ein anderer Ton übertraf das Ticken. Es war das ekligste Geräusch, das es auf Erden gibt, wenn Kreide auf Tafel trifft und dann in der unsanften Weise.

Das schrille Quietschen wiederholte sich. Meinen ganzen Körper überzog eine Gänsehaut. Nicht eine, die man bekommt, wenn einem kalt ist. Nein! Mehr so, wie wenn man sich vor etwas fürchtet.

Ich suchte nach dem Übeltäter und fand diesen schnell. Mrs Fitz – unsere Mathelehrerin. Sie trug wie jeden Tag einen strengen Zopf, gräuliche Strähnen schienen aus ihren Haaren hervor und ihr Alter von dreiundfünfzig war ihr langsam anzusehen. Ihre beige viereckige Brille rückte sie kurz zurecht, was nicht viel brachte, da sie wieder schief nach links rutschte. Ungehemmt kritzelte sie quietschend die Formeln weiter auf. Es waren die, die Mrs Fitz fast jede Stunde mit uns durchging. Schnell war ich wieder unkonzentriert und lenkte mich mit anderen Sachen ab.

Spielerisch ließ ich den Bleistift zwischen den Fingern hin und her gleiten. Die andere Hand stütze meinen Kopf, bestimmt bildete sich ein roter Abdruck auf meiner Wange.

Mein Blick schweifte wieder von der Tafel ab und wanderte zur Uhr, die mir verriet, dass der Unterricht noch fünf Minuten dauern würde. Für mich fühlte es sich an wie eine Ewigkeit, bis der Minutenzeiger genau auf der Zwölf stehen würde.

Eigentliche mochte ich Mathe, aber die letzten paar Minuten hasste ich in allen Fächern. Das ist eine Qual für jeden Schüler. Insbesondere wenn es zur großen Pause geht. Oder nicht?

Endlich klingelte es. Mrs Fitz beendete ihren Unterricht und ließ die Schüler zusammenpacken, um in ihre verdiente Pause zu gehen.

In dem Gewusel bat sie mich, zu ihr ans Pult zu kommen. Ich ging ihrer Bitte nach und schlängelte mich an den anderen vorbei. Wortlos überreichte sie mir zwei Papiere. Zögernd und irritiert nahm ich die Blätter entgegen. Ich erkannte, dass es dieselben Aufgabenblätter waren, die wir am Anfang der Stunde bekommen hatten.

»Shawn, könntest du bitte Matt und Chris die Hausaufgaben vorbeibringen und es ihnen erklären? Wenn du schon einmal dabei bist, könntest du die beiden in Kenntnis setzen, was genau in der bevorstehenden Klausur dran kommt. Das wäre nett, danke«, sagte sie flott und wollte schon aus dem Klassenzimmer flüchten.

Fassungslos schaute ich sie an und blockierte ihr den Weg.

»Wieso ich? Kann das nicht jemand anderes machen? Da findet sich ein Freiwilliger oder besser gesagt eher eine Freiwillige. Ich glaube, eines der Mädels wird sich finden, die das gerne übernehmen würde. Außerdem frage ich mich, warum die beiden heute nicht da sind?«

»Erstens, du kannst es ihnen am besten erklären. Zweitens, wenn ich eine der Schülerinnen fragen würde, gäbe es eine lautstarke Diskussion und mehr als nur eine Zankerei. Auf die ich absolut keine Nerven aufbringen möchte. Die Mädchen würden den beiden nur schöne Augen machen und sich nicht auf Mathe konzentrieren. Was nicht in meinem Sinne ist, da sie etwas lernen sollen. Wieso Matt und Chris nicht da sind? Der Grund ist der, dass sie diese komischen Wolfsaufgaben zu erledigen haben. Oder so etwas Ähnliches? Auf jeden Fall sind die beiden für heute entschuldigt«, beantwortet sie meine Frage und informierte mich, was passieren könnte, wenn ich nicht gehen würde. Damit verschwand sie aus dem Klassenzimmer.

Ein angepisstes Stöhnen verließ meinen Mund und ich strich mir durch mein mittellanges blondes Haar. Es waren Vorbereitungen für die beiden. Matt würde der zukünftige Alpha des Rudels werden und hatte dementsprechend die baldige Verantwortung für die ganze Stadt. Aber er würde auch die Finanzen verwalten müssen. Chris würde dann sein zukünftiger Beta sein. Damit verkörpert er einen Bodyguard und einen Sekretär in einem. Aber in allererster Linie ist ein Beta ein guter Freund und die rechte Hand des Alphas. Matt würde außerdem das Geschäft seines Vaters übernehmen, eine kleine Schreinerstube, die Möbel aus Holz herstellt.

Jeder Mensch wusste, dass Übernatürliches wie Werwölfe, Hexen sowie Zauberer und Vampire existierte. Ob noch andere Wesen existierten? Da war ich selbst überfragt.

Mrs Fitz war ein normaler Mensch. Für sie waren alle Wesen und Menschen gleichgestellt. Außer wenn man eine schlechte Leistung in ihren Fächern erbrachte. Dann waren es nur Idioten. Egal ob übernatürliche oder nicht, ein Idiot blieb ein Idiot, wenn die Note schlecht waren.

Meine Eltern waren Werwölfe und meine Tante Ann, die Zwillingsschwester meiner Mutter, im Gegensatz zu ihnen eine Hexe. Warum die beiden verschiedene Wesen waren? Großmutter war eine Hexe und Großvater ein Werwolf. Ihnen wurde nur eine Wesenshälfte von einem Elternteil vererbt.

Doch als meine Mom mich bekam, war es eine riesige Überraschung, was ich war. Ein Omega.

Sie war so verzweifelt, als sie es herausfand. Hatte Angst, mir könnte was Schlimmes passieren. Daher bat meine Mutter ihre Schwester um einen Gefallen. Sie sollte einen Zauber ausüben, der nur für mich bestimmt war. Der beinhaltete, dass niemand herausfand, was ich in Wirklichkeit war. Mein Geruch verschwand mit dem Zauber. Mein Wolf wurde verborgen. Trotzdem blieben wir immer miteinander verbunden. Er war nie weg, nur vor den Augen und Nasen anderer versteckt.

Allerdings führte der Zauber auch Probleme mit sich.

In der Welt des Übernatürlichen ist es eine wichtige Sache, an seinem achtzehnten Geburtstag einen Partner oder eine Partnerin fürs Leben zu finden und dieses mit dieser Person zu verbringen. Es gibt dafür einen speziellen Namen.

Bei den Menschen heißt er Lebenspartner - im romantischen Sinne ist damit der Seelenpartner gemeint – und bei uns Wesen ist es der Mate.

Durch den ausgesprochenen Zauber würde mein Partner mich nicht sofort finden können.

Meine Familie wollte, dass ich eine normale Kindheit und ein Leben ohne Furcht leben kann. Deshalb erzählten sie niemandem, dass ich ein Omega oder sonst irgendein Wesen sei. Aber jeder gute Zauber hält nicht für ewig, auch dieser wird er irgendwann brechen. Kurz vor meinem achtzehnten Geburtstag wird er schwächer und bricht endgültig. Jeder wird dann mein wahres Wesen erkennen können.

Omegas sind seltene Arten und wurden von Sammeljägern gejagt. Das sind Menschen, die Jagd auf besondere Wesen machen. Sie halten ihre Beute meist als Haustiere oder versteigern sie für viel Geld auf Auktionen sowie privaten Annoncen weiter. Oft bekommen sie Aufträge, eine spezielle Person zu entführen. Die Auftraggeber sind meist reiche Schnösel, die diese Wesen dann als Luxusaccessoire behalten und es anderen präsentieren.

Viele Jahrzehnte hatte man keinen einzigen Omega mehr gesehen. Es gibt keine Anzeichen, ob außer mir noch weitere existieren. Und wenn, weiß man nicht, wo sie sich aufhalten, ob sie sich verstecken oder ob sie gefangen gehalten werden.

Meine Tante Ann hatte ein altes Buch, in dem einige wenige Informationen über Omegas drin standen. Mit zehn Jahren blätterte ich etwas darin. Dabei fand ich heraus, dass es nicht nur Omegas bei Werwölfen gibt, sondern dass sie auch bei anderen Wesensarten vorkommen. Omegas sind nicht die stärksten Wesen, dafür sind sie flink und wendiger als alle anderen. Besonders ist, dass männliche Omegas genauso schwanger werden können wie das weibliche Geschlecht! Das hatte mich als Kind so schockiert, dass ich sofort aufgehört hatte, weiter zu lesen, und das Buch zurück ins Regal packte. Seitdem schaute ich nie wieder rein. Erklär mal einem zehnjährigen Jungen, dass er schwanger werden kann. Oh, war das schockierend zu wissen!

Sogar meine Eltern erzählten mir, dass Omegas schwach seien. Da habe ich sie aber mal vom Gegenteil überzeugt. Früh hatte ich angefangen zu trainieren, damit ich mit den großen Jungs mithalten konnte. Dabei hatte ich nicht nur Krafttraining, sondern auch Selbstverteidigung in einigen Kursen gelernt, um mich in brenzligen Situationen entsprechend verteidigen zu können.

»OK, ich glaube, es reicht. Wir sollten in die Pause, sonst ist sie schneller vorbei, als wir gucken können«, kam es von meiner inneren Stimme.

»Ja, ist ja schon gut!«, entgegnete ich genervt.

Darf ich vorstellen: mein innerer Wolf Snow. Jeder Werwolf hat einen inneren Wolf, mit dem man in seinen Gedanken kommunizieren kann. Diese Gedanken bleiben nur unter ihnen. Werwölfe können sich in die Form ihres Wolfes verwandeln. Obwohl wir zwei Seelen sind, die zwei verschiedene Körperformen einnehmen können, sind wir immer eins. Klingt creepy, hat etwas von einem Psychopathen mit einer Persönlichkeitsstörung. Aber so schlimm ist es nicht. Schnell lief ich raus auf den Pausenhof. Meine Freunde, die schon auf mich warteten, sonnten sich auf unserem üblichen Wiesenplatz.

Wir sind ein kleiner bunter Haufen von Wesen.

Darf ich vorstellen? Die Iwanow-Vampirzwillinge Damian und Amelie, die nicht unterschiedlicher als Tag und Nacht sein könnten. Damian geht mit mir in die Basketball-AG. Im Umgang mit anderen Leuten ist er freundlicher und offener. Seine Einstellung gegenüber allem ist positiver. Amelie ist dagegen faul, schläft lange, schaut in Dauerschleife YouTube-Videos und spielt gern diese Date-Games, wie auch immer die hießen. Leider sank ihre Aufmerksamkeit dadurch im Unterricht rapide ab, was dazu führte, dass sie das ganze Schuljahr wiederholen musste. Sie hingegen sieht wie einer dieser typischen blassen Film-Vampire aus. Das Einzige, in denen sich die beiden ähneln, sind ihre weißen Haare, die tiefroten Augen und ihr identisches Muttermal unter dem linken Auge.

Falls ihr euch fragt: Vampire, die am helllichten Tag draußen sind? Vampire, die sich sonnen? Da kann etwas nicht stimmen. Dann muss ich euch enttäuschen. Ihr habt eindeutig zu viele Filme geschaut. Das passiert in Wahrheit nicht, sie glitzern nicht wie in Twilight, alles Schwachsinn. Obwohl es Amelie gefallen würde, wenn sie dies tun würde und mit Edward zusammenkäme.

Kommen wir zur letzten Person, meinem Cousin Alexej. Er ist ein Zauberer und der Sohn von Tante Ann. Sein Vater ist immer unterwegs, um neue Zaubermethoden aus den verschiedensten Ländern kennenzulernen und zu praktizieren. Deshalb sieht man ihn kaum. Seit Kindheitsbeinen sind wir unzertrennlich. Wir sind eher Brüder als Cousins.

Schon als wir klein waren, passte ich auf Alexej auf. Damals war er derjenige, der mich aus meiner Schockphase rausholte, als ich erfuhr, dass ich irgendwann mal schwanger werden könnte. Er ermutigte mich, so zu leben, wie ich möchte. Er war der Erste, dem ich persönlich erzählte, was ich in Wirklichkeit bin.

»Und, was wollte Mrs Fitz von dir?«, fragte Alexej neugierig und riss mich damit aus meinen Gedanken.
»Sie wollte, dass ich Matt und Chris die Mathehausaufgaben vorbeibringe. Ich soll den beiden über die bevorstehende Klausur berichten und erklären, was ungefähr dran kommt.«

»Uh, den beiden Hübschlingen«, quietschte Amelie, die bis vor kurzem gespannt auf ihr Game schaute.

Augen verdrehend blickte ich sie an. »Es liegt im Auge des Betrachters.«

»Pfft. Du bist doch nur neidisch.«

»Auf was sollte ich neidisch sein?«

»Du siehst nicht wie die beiden aus.«

»Was! Wie sehe ich denn aus?«, fragte ich bestürzt.

»Wie ein Engel! Die beiden sehen verdammt gut aus, wie ein Bilderbuchbadboy und trotzdem nett. Matt ist, lass mich nicht lügen, fast einen Meter fünfundachtzig groß und Chris nur ein paar Zentimeter kleiner, aber das ist kein Manko. Da kann man nur dahinschmelzen ...«

»Übertreib mal nicht, okay«, erwiderte ich etwas beleidigt.

Mit einem angestrengten Seufzen legte ich den Kopf in den Nacken. Na gut, ich sehe durch meine blonden Haare und blauen Augen für manche wie ein Engel aus. Aber ich bin anders. Ich habe ein lautes Mundwerk und kann meine Meinung sagen. Matt und Chris waren nicht hässlich, insbesondere Matt sah nicht schlecht aus, aber das wollte ich nicht offen zugeben.

»Siehst du. Du bist neidisch.«

»Du weißt doch, was bei großen Typen falsch ist«, sagte ich vergnügt und ließ meine Augenbrauen spielen.

»Hey, wie soll ich das denn verstehen?«, mischte sich Damian ein. »Ist das jetzt eine Beleidigung?« Mit seinem Schmollmund blickte er erst mich und dann seine Schwester an. »Ich habe die perfekte Größe in jeder Hinsicht!«

»Argh! Bruder, zu viele Informationen, die ich absolut nicht von dir hören wollte«, fauchte sie angeekelt und verzog ihren Mund. Wir anderen mussten dagegen lachen.

»Okay, aber müssen wir denn über die beiden reden? Wir wissen doch alle, dass ich viel hübscher aussehe«, meinte Damian selbstsicher und mit einem breiten Grinsen.

Alexej musste von der anderen Seite laut losprusten.

»Was lachst du denn? Ganz schön gemein von dir, mich einfach so auszulachen!«, brachte er gespielt beleidigt raus, aber man konnte sein verstecktes Grinsen sehen.

»Na ja. Jeder hat einen anderen Geschmack, musst du wissen«, sagte er und wischte sich eine Träne vom Lachen weg.

Wir unterhielten uns einige Zeit, bis es klingelte und die Pause endete. Wir gingen rein und ließen die restlichen Stunden über uns ergehen. Nachdem wir den Tag überstanden hatten, durften wir endlich nach Hause. Alexej und ich hatten fast den gleichen Weg. An der letzten Kreuzung verabschiedeten wir uns und ich schlürfte widerwillig zu Matt.

Er wohnte mit seinen Eltern neben meinem Elternhaus. Deswegen war es kein großer Umweg.

Chris war sicher auch dort.

Ich klopfte an die Tür und wartete, dass mir einer aufmachte. Nach einer Weile klopfte ich wieder, aber diesmal etwas stärker.

Eine brummende Gestalt machte mir die Tür auf und sah finster auf mich herab ...

Kapitel 2

Shawn

Ein grimmiger Typ mit streunerblonden Haaren stand vor mir. Seine Augen waren von einer schlichten Brille eingerahmt, wobei sie seine grüne Iris hervorhoben. Es war kein anderer als Chris.

»Sag mal, musst du so gegen die Tür hämmern?«, fauchte er mich an. Chris stützte seine Arme am Türrahmen ab, um mir den Weg ins Innere zu versperren. Dabei lehnte er sich etwas zu mir runter.

»Muss ich, ja. Wenn keiner von euch es für nötig hält, mir aufzumachen.« Mit dem Satz schlängelte ich mich zwischen seinen Armen hindurch. Dabei drückte ich ihn absichtlich von mir weg. Wachsam bahnte ich mir einen Weg um die ganzen Schuhe, die im Eingangsbereich verstreut lagen.

»Hey, was soll das werden?«, fragte Chris empört und gleichzeitig überrascht, dass ich doch an ihm vorbeikam. »Was hast du überhaupt hier zu suchen?«

Verärgert wollte er nach meinem Rucksack greifen, um mich aus dem Haus zu ziehen. Doch ich war schneller, zog die

Tasche nach vorne und drehte mich dabei zu ihm um. Rückwärts lief ich weiter ins Haus.

»Ich habe auch keine Lust, dich zu sehen, aber da muss ich durch und du ebenso.«

Ja, so ist Chris. Immer leicht angesäuert und brummelig. Mit einem grimmigen Ausdruck auf seinem Gesicht. Wenn man ihn nicht kennt, weiß man nie, ob er es ernst meint. Meistens ist er gar nicht böse. Es ist seine Art. Weiter rückwärts laufend, wusste ich genau, in welche Richtung ich musste, um ins Wohnzimmer zu gelangen.

»Ich muss euch Schulschwänzern die Hausaufgaben vorbeibringen.«

Ich kramte in meiner Tasche nach den blöden Blättern. Ich bemerkte gar nicht, dass sich jemand im Wohnzimmer befand. Matt saß auf einem roten Sofa und lachte, da ich mich nicht von Chris beirren ließ. Der Raum war mit hellen Farbtönen ausgestattet und die große Terrassentür tauchte ihn in zusätzliches warmes Licht. Zwei rote Sofas dominierten das Wohnzimmer, die um einen quadratischen Glastisch mit weißen Beinen platziert war.

Matt ist fröhlicher und verständnisvoller. Es liegt vielleicht daran, dass er der zukünftige Alpha und damit aufgeschlossener in einigen Hinsichten ist. Außerdem hat er immer ein offenes Ohr für jedermann.

Amelie hatte recht. Beide hatten etwas von einem Badboy. Doch ihre Charaktere waren eindeutig anders als die eines Arschlochs. Matts dunkelbraunes Haar hatte dieselbe Farbe wie seine Augen. Die dunklen Bartstoppeln ließen ihn älter erscheinen, wobei er zum Anbeißen aussah!

Verdammt, was denk ich denn? Hätte Amelie bloß nicht davon angefangen ... Ich könnte sie glatt verfluchen! Fasziniert starrte ich Matt an, bis mich jemand von hinten weiter ins Wohnzimmer schubste.

»Wenn du schon ohne Erlaubnis reinkommst, dann schlag wenigstens keine Wurzeln mitten im Weg!«, fauchte Chris und schenkte mir einen Grummelblick.

Ich quittierte seine Aussage mit einem Schnaufen. Provozierend ließ ich mich neben Matt auf dem Sofa nieder.

»Wie ich sehe, sitzt ihr nur faul rum und macht überhaupt gar nichts. Da hättet ihr auch zur Schule gehen können!«

»Ganz ruhig, Kleiner. Wir hatten bis eben einige Aufgaben zu erledigen.« Dabei wuschelte Matt mir durch die Haare.

»Du weißt genau, dass ich es nicht mag, wenn man mich so nennt!«, maulte ich ihn beleidigt an.

»Was meinst du? *Kleiner*?«, fragte er gespielt unschuldig und dennoch neckisch. Fröhlich wuschelte er weiter durch meine Haare. Er hörte erst damit auf, als ich seine Hand wegschlug und ihn böse anfunkelte.

Augenverdrehend stieß ich ihn mit dem Ellbogen in die Seite, was ihn mehr zum Lachen brachte.

Ich richtete meine Haare wieder her, bevor ich den beiden jeweils die Aufgabenblätter überreichte, wobei ich weitere Sachen aus meiner Tasche heraus holte. Einen Block, Federmäppchen und einen Taschenrechner legte ich auf den niedrigen Glastisch vor mir. Aus dem Block zupfte ich vier karierte Blätter, um den beiden jeweils zwei zu geben. Sie nahmen die Sachen dankend an, wenn auch einer etwas mürrisch.

Nachdem ich den beiden berichtet hatte, was wir im Unterricht gemacht hatten und was in der Klausur voraussichtlich dran kommen könnte, erklärte ich ihnen, wie die Aufgaben funktionierten. Matt schaute weiterhin kritisch, wobei er einen angestrengten Seufzer rausließ und widerwillig anfing, die Aufgaben zu bearbeiten.

»Wenn, du Hilfe brauchst, sag einfach Bescheid. Mach in Ruhe die Aufgaben.« Ich tätschelte leicht seinen Arm.

Nach einer Weile war Chris gut mit dem Blatt vorangekommen und bei der letzten Nummer. Im Gegensatz zu Matt, der nicht weiter war als am Anfang. Er raufte sich immer wieder die Haare und fragte, wie die Rechnung funktionierte. Das war nicht sein stärkstes Fach. Ich musste kichern. Der zukünftige Alpha wusste nicht, wie Mathe funktionierte. Mein Verhalten blieb nicht unbemerkt. Wolfsohren sind kacke!

»Was grinst du denn so?«, fragte Matt verwirrt und blickte mich total fertig an.

»Ach, es ist nichts.«

Leise lief jemand ins Wohnzimmer und betrachtete das Geschehen von Weitem. Es war niemand anderes als Zayn, der Alpha, Matts Vater. Er lachte lauthals los, als er sah, was hier vor sich ging.

»Na, Shawn, bringst du den großen bösen Wölfen Mathe bei?«

Der Alpha nannte sie oft so, da die beiden in ihrer Kindheit viele kleine Streiche gespielt hatten. Auch mir. Schon als Kind hatte ich ihnen Dampf gemacht, wenn sie versuchten, mich zu veräppeln. Zayn fand es immer sehr witzig, dass ich, der Mensch, mir von den baldigen ranghohen Werwölfen nichts sagen ließ. Der Namen blieb dann einfach hängen.

»Ja, aber einer von den zweien kapiert es nicht«, beantwortete ich seine Frage.

Obwohl meine Eltern gut mit Matts Eltern befreundet sind, hatten sie ihnen mein Geheimnis verschwiegen. Sie konnten nicht riskieren, dass es irgendwann an die falschen Ohren gelangte. Meine Mom wusste, dass es ein großer Vertrauensbruch gegenüber ihrem Alpha war, ihm eine so wichtige Information vorzuenthalten.

»Sei nicht so frech zu uns. Insbesondere nicht zu deinem zukünftigem Alpha.«

»Genau, *zukünftigem* Alpha. Also husch, an deine Aufgabe«, befahl ich Chris und machte dabei eine passende Handbewegung.

Mit einem Murren begab er sich wieder an seine Aufgabenblätter und nuschelte etwas vor sich hin. Aus dem Augenwinkel konnte ich nur ein Lächeln von Matt sehen, das mir gleichzeitig selbst ein verlegendes Grinsen auf mein Gesicht zauberte.

Ein lautes Lachen kam von Zayn. »Shawn, schade, dass du kein Werwolf bist. Na ja, ich würde gern bleiben, aber die Arbeit ruft.«

Ich musste kurz den Kloß herunterschlucken, als er sagte, dass ich kein Werwolf sei, um mein Geheimnis zu bewahren.

»Brauchst du Hilfe?«, fragte Matt seinen Vater, der offensichtlich von Mathe wegkommen wollte.

»Ich weiß genau, was du vorhast, aber da musst du jetzt durch«, winkte Zayn ab.

Grummelnd saß Matt neben mir und strich sich angestrengt durch seine dunkelbraunen Haare. In der restlichen Zeit ging ich gemeinsam mit ihm die Rechnungen durch und wir schafften es, die Aufgaben zu lösen.

Chris, der schon längst fertig war, bereitet das Essen vor. Das ganze Haus duftete lecker nach exotischen Gewürzen und saftigem Fleisch. Das lockte nicht nur meine Nase, sondern auch andere an. Matts Brüder kamen gerade an, als Chris mit dem Kochen und Tischdecken fertig war, um die Wölfe des Rudels als freundliche Gäste zu empfangen. Allerdings erwartete man mich zu Hause. Deswegen packte ich alle Sachen ein und wollte zur Tür.

Eine starke Hand hielt mich abrupt an der Schulter auf. Matt, der hinter mir war, kratze sich nervös am Hinterkopf. »Du weißt, ich sag das nicht oft, aber danke fürs Erklären.«

»Kein Ding.«

»Wir werden öfter fehlen. Würdest du mir bei Mathe helfen? Ich würde ja Chris fragen, aber du weißt, wie er ist. Er ist nicht der Geduldigste. Und du kannst es mir am einfachsten erklären. Also würdest du, nur wenn du möchtest, mir Nachhilfe geben? Bis zur Klausur?«

»Kann ich machen«, sagte ich grinsend und öffnete schon die Tür.

»Warte! Willst du nicht zum Essen bleiben? Als Entschädigung für deine Geduld mit mir.«

Ich winkte ab. »Vielleicht ein anderes Mal, aber jetzt sollte ich gehen. Damian kommt später vorbei, wir wollten etwas trainieren.«

Mit diesen Worten verließ ich ihn und ging rüber zu mir. Zu Hause zog ich mir Jacke und Schuhe aus.

»Shawn, Liebling, wo warst du die ganze Zeit? Du weißt, dass ich mir Sorgen mache, wenn du mir nicht Bescheid sagst, wo du bist«, rief meine Mutter besorgt aus der Küche.

»Ich bin groß genug, um auf mich selber aufzupassen.«

»Tja und trotzdem bist du mein Kind. Und eine Mutter macht sich immer Sorgen um ihr Kind, musst du wissen.« Sie wirkte zufrieden mit ihrer Aussage. »Und wo war mein verschwundenes Kind?«

»Bei den Spatzenvögeln von neben an. Die waren nicht in der Schule und ich hab die Aufgabe bekommen, ihnen bei den Hausaufgaben zu helfen.« Ich lief in die Küche. Meine Mom stand am Herd, um das Abendessen vorzubereiten.

»Shawn! Er ist bald dein zuküünftiger Alpha«, motzte sie.

»Genau, *zukünftiger* Alpha. Noch kann ich ihm die Meinung sagen.«

Meine Mutter schüttelte den Kopf.

Ich blickte über ihre Schulter, um zu schauen, was sie kochte. Sie bereitete Lachs in Weißweinsahnesoße mit Nudeln vor. Ich gab ihr einen Kuss auf ihre Wange, bevor ich meinen Kopf auf ihre Schulter legte.

»Essen ist gleich fertig, wasch dir schon mal deine Hände. Wenn du das gemacht hast, kannst du den Tisch decken!«

Mit einem kleinen Löffel stibitzte ich mir eine Kostprobe der Soße.

»Mach, was man dir sagt!«, meinte meine Mom gespielt beleidigt und schwang ihren Holzlöffel nach mir. Schnell eilte ich aus der Küche, um nicht den Löffel gegen den Kopf zu bekommen, und ging ihrer Aufforderung nach.

Nach dem Essen räumte ich den Tisch auf und lief hoch in mein Zimmer, damit ich mich fertig für das Training machen konnte.

Damian kam in seinen Sportklamotten. Wir hatten an der Garage einen Basketballkorb hängen, mit dem wir schon als Kinder gespielt hatten. Mein Dad hatte ihn aufgehängt, als ich ihn mir zu Weihnachten gewünscht hatte. Für ihn war es eine echte Schwerstarbeit, denn der Haken wollte nicht an der Garage halten. Irgendwann gab er es auf und befestigte den Korb mit extra Schrauben, Nägeln und starkem Kleber. Die Anbringung hielt so einigem stand. Früher hatten wir uns einmal daran gehängt, um zu testen, ob er uns hielt. Somit konnten wir Dunkings durchführen, ohne auf der Hut zu sein, dass das komplette Ding runterfiel. Heute wollten wir einige Abläufe für mögliche Spielzüge durchgehen.

Ein kalter Schauer lief mir den Nacken hinunter und ich fühlte mich beobachtet. Instinktiv blickte ich mich ein paarmal um, aber da war niemand.

»Alles gut bei dir?«, fragte Damien besorgt.

Schmunzelnd lenkte ich ab. Bestimmt bildete ich mir nur etwas ein.

Ein kräftiger Arm zog mich an einen steinigen Körper. Damian, der mich im Schwitzkasten hatte, lachte wie ein Irrer, wobei ich hingegen nur schwer Luft bekam. Manchmal konnte er seine Kraft nicht kontrollieren und bemerkt es gar nicht. Ich schlug ihm kräftig auf den Unterarm, sodass er seinen Griff lockerte.

»Ich ergebe mich, hör auf«, sagte ich lachend und aus der Puste. Als er seinen Arm löste, schubste ich ihn von mir, wobei man es kaum Schubsen nennen konnte. Ich schob ihn nur wenige Millimeter weit. Vampire eben, wie ein Fels in der Brandung.

Kapitel 3

Shawn

»Piep. Piep. Piep ...«, unterbrach mich dieser bescheuerte Wecker in meinem zu wenigen Schlaf.

»Shawn! Aufstehen!«

»Mhmmm«, brummte ich meiner Mutter entgegen. Grummelnd setzte ich mich auf und rieb mit beiden Händen durch mein Gesicht.

»Shawn! Mach schon, aufstehen!«, rief sie etwas genervter.

»Ja, ja, ich mache ja schon«, sagte ich leise, in der Erwartung, dass sie es nicht hörte.

»Habe ich gehört, junger Mann. Ich weiß genau, was *ja, ja* heißt.«

Tja, falsch gedacht! Habe ich schon gesagt, wie kacke Wolfsohren sind? Nein. Dann werde ich es nochmal sagen, sie sind echt kacke!

Im Schneckentempo stand ich auf und machte mich fertig. Zu langsam, wie mir klar wurde, als ich kurz auf mein Handy blickte.

Oh verdammt! Viel Zeit hatte ich nicht mehr, um pünktlich zu kommen.

Ich stolperte die Treppen hinunter. Flink zog ich mir Schuhe und Jacke an und schnappte mir eine trockene Scheibe Toast vom Küchenbord. Am Türrahmen stand meine Mom mit einem wissenden Blick und einer Frühstückstüte in der Hand.

»Ich weiß, nächstes Mal früher aufstehen und nicht trödeln! Bye bye. Hab dich lieb.« Mit dem Satz verabschiedete ich mich von ihr. Ich rannte zur Schule und hoch zum Klassenzimmer. Yes, geschafft.

Freudestrahlend lief ich rüber zu Alexej und setzte mich zu ihm. Er konnte sich ein Grinsen nicht sparen.

Ich spürte, wie mich jemand beobachtete. Ein Blick zur Seite verriet mir, dass es Matt war. Verwirrt blickte ich ihn an, was er bemerkte und direkt wegschaute. Mit dem Klingeln betrat Mr Schulz in Begleitung einer weiteren Person das Klassenzimmer.

Unbewusst biss ich mir auf die Unterlippe. Denn was ich sah, war nicht von schlechten Eltern. Der Neue war groß und gut gebaut, was man durch sein Shirt deutlich sehen konnte. Braune Haare und ein freches Grinsen, was mir direkt gefiel.

»Das ist euer neuer Mitschüler. Stell dich doch mal selber vor«, bat Mr Schulz gleichgültig und setzte sich auf seinen Platz, wobei er still im Klassenbuch die Anwesenheit überprüfte.

Unsicher wippte der neue Schüler mit seinen Füßen und versuchte ein selbstsicheres Lächeln hinzubekommen.

»Mein Name ist Liam. Bin ein stinknormaler Mensch, mag Sport und ich freu mich, euch kennenzulernen. Sonst gibt es nichts, was ich erzählen könnte, glaube ich? Aber wenn ihr Fragen habt, könnt ihr mich gern ausquetschen.«

»Pass auf! Du sabberst fast schon«, flüsterte Alexej und verpasste mir einen spielerischen Schlag auf den Oberarm.

»OK«, ergriff Mr Schulz wieder das Wort. »Ihr habt ihn gehört. Wenn ihr Fragen habt, stellt sie ihm nach der Stunde. Setz dich auf den freien Platz neben Shawn.«

Mr Schulz zeigte auf mich, damit er wusste, wo lang er gehen musste. Liams Blick fand mich wie von selbst. Langsam näherte er sich mir, ohne den Blickkontakt zu unterbrechen. Wir unterhielten uns die ganzen Stunden unbemerkt, bis es zur Pause klingelte. Ich wollte schon mit Liam rausgehen, um ihm die Schule zu zeigen. Er kam sympathisch rüber, wenn ihr wisst, was ich meine.

»Shawn, warte kurz.«

Als ich meinen Namen hörte, blieb ich stehen. Suchend sah ich mich um und entdeckte Matt, der mich mit ernstem Gesichtsausdruck von der anderen Seite der Klasse musterte. Ich fragte ihn, was denn los sei. Er gab mir zu verstehen, dass ich zu ihm kommen sollte, während sich der Klassenraum immer mehr leerte.

»Kannst du kurz hier warten?«, bat ich Liam, ehe ich murrend zu Matt, Chris und Sarah rüber lief. Letztere waren in ein Gespräch über irgendwelche Chemie-Fragen verwickelt, die sich letzte Stunde aufgetan hatten.

»Was hast du mit dem Neuen zu tun?«, fragte Matt ohne Umschweife.

Verwirrung machte sich in mir breit – mit einem Hauch Ärger. Was ging ihn das an? »Ich wollte ihm die Schule zeigen. Hast du ein Problem damit?«

»Die Schule zeigen?« Matt hob die Augenbrauen.

»Das kann die Klassensprecherin machen. Es ist ihre Aufgabe, sich um die Neuen zu kümmern. Und ja, ich habe ein Problem damit! Er ist mir nicht geheuer, halt dich fürs Erste von ihm fern.«

Er klang schon fast so missgelaunt wie Chris.

»Ist das dein Ernst? Wie soll das gehen? Wir sitzen nebeneinander.«

Ohne mir eine Antwort zu geben, sprang Matt auf und lief mit Sarah an mir vorbei in Richtung Liam.

»Ist das sein Ernst?«, fragte ich eher mich selbst und verdrehte dabei die Augen.

»Ja, ist es«, meldete sich Chris zu Wort. »Und du solltest endlich mal auf ihn hören!«

Matt, der vor Liam stand, betrachtete ihn skeptisch von oben bis unten. »Sarah, die Klassensprecherin, wird dir die Schule zeigen. Shawn muss noch was mit mir besprechen«, informierte er ihn überfreundlich und deutete auf Sarah.

Liam, der zustimmend nickte und mir ein kurzes Lächeln rüber warf, verschwand mit Sarah.

Bevor Matt aber etwas sagen konnte, schnitt ich ihm das Wort ab. »Was war das? War das nötig? Ganz schön Alphalike. Meinst du, ich habe deinen Wolf nicht bemerkt, der fast an der Oberfläche war?«

Mit diesen Worten verließ ich das Klassenzimmer und stampfte zur Wiese, wo schon alle warteten. Ich setzte mich hin und holte mein Handy raus. Denn was Matt nicht wusste, war, dass wir in der ersten Stunde unsere Nummern ausgetauscht hatten.

»Was wollte Matt von dir?«, fragte Alexej, der in sein neues Zauberbuch vertieft war.

»Er wollte, dass ich mich von Liam fernhalte, aber niemand verbietet mir irgendetwas«, sagte ich aufgebracht. Sogar meine Eltern konnten mir die Piercings nicht verbieten, die ich mir mit sechzehn stechen ließ.

»Das macht dir Spaß, wenn du nicht machst, was er möchte, oder?« Was nach einer Frage klang, war eher eine Feststellung von Alexej.

»Ein klein wenig. Bin kein Werwolf, den er herumkommandieren kann. Nur ein normaler Mensch, der auch mal seinen Spaß haben will«, sagte ich grinsend.

Er hob den Kopf aus seinem Buch und guckte mich mit einer hochgezogenen Augenbraue an.

»Du wirst dir noch deine kleinen Fingerchen verbrennen, mein Freund«, hörte ich Damian sagen. »Ich spreche aus Erfahrung.«

»Lass mich!«, feuchte ich ihn beleidigt an.

Grinsend guckte er wieder in sein Buch. Nun konnte ich mich auf mein Handy konzentrieren und tippte los.

»Mach aber bitte nichts Ernstes draus, okay?« Alexej klang besorgt.

»Ach, quatsch. Ich habe doch sowieso nicht so viel Zeit.«

Mein achtzehnter Geburtstag stand bevor und dann würde der Zauber verschwinden. Fast wie in einem Märchen, nur musste ich nicht geküsst werden. Anns Zauber könnte nicht mehr viel ausrichten und der Zauber der Mondgöttin würde eintreten. Ab diesem Tag würde es mir möglich sein, meinen Mate zu finden. Wenn ich denn einen fand.

Meine Mutter schwärmte jedes Mal davon, wie es war, als sie meinen Vater fand. Welche Gefühle freigesetzt wurden, wie man sich fühlte, wenn der Mate in der Nähe war oder wenn nicht. Wenn man seinen Mate das erste Mal sah, wusste man, dass er oder sie es war. Der Partner fürs Leben. Er hatte einen speziellen Geruch, den nur der eigene Partner riechen kann, kein anderer.

Es klang kitschig, aber auf eine verdrehte Art schön.
Meinen ersten Kuss hatte ich schon, aber den konnte man gar nicht zählen, da es ein gezwungener Kuss war. Damals in der fünften Klasse waren Amelie und ich in der Theater-AG gewesen. Irgendwann, kurz vor den Weihnachtsferien, hatten

wir eine Aufführung eines Theaterstückes vor einem großen Publikum aus Eltern und anderen Kindern. Wir spielten das Stück von Dornröschen, das durch unsere AG-Lehrerin einen weihnachtlichen Touch verliehen bekam. Amelie war Dornröschen und ich ar der Prinz, der sie wach küssen musste. In den Proben war alles perfekt und es gab dort gar keinen Kuss. Bei der Vorführung war es so geplant, dass ich Amelie einen Kuss auf die Stirn geben sollte. Da war alles gut und schön. Doch bei der Vorstellung trat ein Problem auf. Die Zurufe der Zuschauer – eher gesagt die Zurufe der Jungs und Mädchen der sechsten Klasse, die genau in der vordersten Reihe saßen.

»Los! Küss sie! Wir wollen einen richtigen Kuss sehen!«, riefen die Mädchen.

»Bist du ein Mann oder eine Memme? Man küsst ein Mädchen auf dem Mund«, kam es wiederum von den Jungs.

In dem Moment lagen alle Augen sowie das Scheinwerferlicht auf mir und ich war total überfordert und wusste nicht recht, was ich machen sollte.

Amelie, die vor mir in diesem großen weißen Bett lag, öffnete heimlich ein Auge, sodass es niemand mitbekam.

»Mach es einfach«, murmelte sie mir zu.

Mein Blick wanderte abwechselnd immer wieder zu ihr und zum Publikum.

»Küss mich einfach und dann haben wir es hinter uns!«

Kurz blickte ich nervös zu unserer Lehrerin Mrs Pots, die für die Theater-AG zuständig war. Sie hatte sich hinter den Vorhang gestellt, sodass die Zuschauer sie nicht entdecken konnten, aber wir sie schon. So konnte sie uns bei den Texten helfen, falls wir einen Blackout hatten und nicht mehr wussten, wo wir waren. Inständig hoffte ich, dass sie bedeutete, dass ich es nicht machen musste. Aber Mrs Pots war der gleichen Ansicht wie die Zuschauer. Mit einem Nicken machte sie mir klar, dass ich es tun sollte. Nicht nur das, sie verdeutlichte es, indem sie einen Kussmund mimte und auf uns zeigte.

Schwer schluckend beugte ich mich runter zu Amelie und legte meine Lippen zart auf ihre. Das Publikum jubelte und war mit dem Kuss zufrieden. Die Mädchen in der vordersten Reihe quietschten fröhlich. Zu meinem Glück stellte sich Amelie nicht mehr schlafend, sondern wachte direkt auf. So machten wir weiter und der Vorhang ging zu. Die Zuschauer jubelten erneut und klatschte begeistert, während Amelie und ich uns mit den Handrücken über die Lippen wischten.

»Bahh ... Das machen wir nie wieder!«, sagten wir gleichzeitig. Zusammen lachten wir und witzelten einige Zeit herum. Wir beschlossen, dass dieser Kuss nur Show war und kein richtiger Kuss für uns war. Denn Amelie und ich waren beste Freunde. Wir wussten von Anfang an, dass es so bleiben und sich daran nichts ändern würde.

Kapitel 4

Shawn

Endlich wieder Mittwoch, das hieß Training. Damian litt unter meiner Vorfreude, da ich ihm den ganzen Tag auf die Nerven ging.

Seit knapp zwei Jahren gehörte der Kapitänstitel in der Basketballmannschaft der Highschool mir. Beim Training konnte ich mich zum einen entspannen und gleichzeitig meinen ganzen Ärger, den ich über Tage aufbaute abbauen.

Liam hatte mich in der ersten Stunde gefragt, ob er mal reinschauen könnte. In seiner alten Schule spielte er auch Basketball und würde es gerne wieder tun. Ich riet ihm, den Coach zu fragen, ob es möglich wäre, so kurzfristig ins Team zu kommen.

Gemeinsam gingen wir zu Coach Barten, um ihn vorzustellen und zu fragen. Mit Absprache durfte er für heute mit trainieren. Coach Barten wollte sein Potenzial sehen, damit er sich ein Urteilen machen konnte. Nach dem Training würde er ihm Bescheid sagen, ob er ins Team dürfte oder erst bis zur nächsten Session warten müsste.

Coach Barten ließ uns einige Runden um die Sporthalle laufen, bevor wir ein paar Liegestütze sowie Ausdauerübungen machten. Danach teilte er uns in Zweiergruppen auf, damit wir einige Spielansätze durchgingen. Aus dem Augenwinkel beobachtete ich und musste sagen, dass er echt gut im Trippeln war.

In einigen Wochen würden wir ein Spiel gegen die Chamblee Charter Highschool haben. Deswegen trainierten wir länger als sonst. Als Team planten wir grobe Aufstellungen und einen ungefähren Ablauf für das Spiel.

Nach der Besprechung schickte der Coach uns in die Umkleide – bis auf Liam. Er wollte mit ihm unter vier Augen über seine Entscheidung sprechen. Sehnsüchtig warteten wir, um zu erfahren, wie sich der Coach entschieden hatte. Liam berichtete uns, dass er ins Team aufgenommen wurde, für das kommende Spiel aber erst auf der Bank sitzen müsste. Wenn er jedoch weiter so gut beim Training mitmachte, würde der Coach es in Erwägung ziehen, ihn ein paarmal im Spiel einzusetzen.

Der Tag fing gut an und endete mit einer Person mehr im Team, bis mir einfiel, was ich übersehen hatte. Mittwoch war auch der Tag an dem Matt und Chris nicht in der Schule anwesend waren. Das hieß für mich: Ihnen die Hausaufgaben vorbeibringen und erklären.

Eigentlich hatte ich nur versprochen, Matt bei Mathe zu helfen. Nur bei Mathe. Ich war nicht der persönliche Laufbursche der beiden, der von den Lehrern Aufgabenblätter zugesteckt bekam.

Ausgelaugt und verschwitzt, wie ich war, kam ich bei Matt an. Diesmal klopfte ich kräftiger gegen die Tür, damit sie mich beim ersten Mal hörten. Diesmal war es

Zayn, der mir öffnete. Der Alpha. Als er mich erblickte, grinste er über sein ganzes Gesicht. Obwohl ich total fertig war, steckte mich die gute Laune an und somit schenkte ich ihm ein Lächeln zurück.

»Na, Shawn, ist heute Lernstunde? Erklärst du den großen bösen Wölfe Mathe oder ist diesmal ein anderes Fach dran?«, fragte er mich amüsiert.

Schmunzelnd, dass er sich darüber lustig machte, nickte ich ihm kurz zu. »Eigentlich von allem etwas, aber Mathe ist mit dabei.«

Ein fieses Grinsen zierte unser beider Gesichter bei dem Wort Mathe. Herzhaft zog er mich in das Haus. »Die Jungs sind im Wohnzimmer und machen Pause. Geh ruhig zu ihnen. Wenn was ist, ich bin im Büro. Wenn sie dich ärgern, mach ihnen Feuer unterm Hintern. Du hast meine volle Unterstützung.«

Mit einem Winken verabschiedete er sich und lief die Treppen hoch, während ich mich ins Wohnzimmer begab, wo die beiden erschöpft auf dem Sofa sowie auf der Couch saßen. Genauer gesagt lagen sie schon halb. Sie bemerkten mich schnell.

»Was machst du hier?«, kam es prompt und mürrisch von Chris.

»Schön, dich zu sehen«, sagte ich gespielt fröhlich und mit etwas Ironie in meiner Stimme.

»Wir haben Mittwoch ... Mathe«, kam es erschöpft von Matt, der sich angestrengt mit einer Hand durch sein Gesicht fuhr und einen Seufzer dabei verlor.

»Nicht nur das! Einige der Lehrer waren der Ansicht, dass ich euer persönlicher Nachhilfelehrer sei. Denn jeder, aber auch jeder Lehrer drückte mir pro Fach zwei Aufgabenblätter in die Hand.«

Da Mathe nicht so Matts Fach war, setzte ich mich direkt neben ihn, sodass ich ihm sofort helfen konnte, sollte er eine Frage haben. Matt, der etwas länger als Chris brauchte, kam heute besser voran. In der Zeit konnte ich mich gut anderen Projekten widmen. Heimlich schrieb ich mit Liam, was mich von meinen eigenen Aufgaben ablenkte.

Liam: Hey, was machst du?
Ich: Ich gebe Nachhilfe und du?
Liam: Ich bin im Fitnessstudio. Du hast ein verstecktes Talent, das du nicht offen zeigst, was du aber machen solltest.
Ich: Welches Fitnessstudio? Na ja, ich helfe den beiden Spatzenvögel Matt und Chris, den Stoff, den sie heute verpasst haben, nachzuholen. So schlau bin ich nicht, das glaubst nur du.

»Ich bin fertig mit den Aufgaben und werde uns etwas zum Essen machen«, informierte Chris uns, wobei er sich kurz streckte und in die Küche lief.

Für einen Moment blickte ich ihm nach, bis sich mein Handy mit einem kleinen Summen bemerkbar machte.

Liam: Im SunFitness. Krass! Dass die beiden so mir nichts, dir nichts die Schule schwänzen können. Habe gehört, dass Matt der zukünftige Alpha wird, stimmt das?
Ich: Alexej und ich gehen auch da hin. Ja, Matt wird zukünftiger Alpha, das stimmt.
Liam: Wer ist Alexej? Wow. Dann würde ich es ausnutzen, nicht zur Schule zu kommen.
Ich: Alexej ist mein Cousin und geht mit uns in eine Klasse. Er ist der, der links neben mir sitzt. Manchmal ist er unscheinbar, weil er so unschuldig aussieht. Wann gehst du denn immer zum Fitnessstudio, dann könnte man ja zusammen gehen? Da hast du recht, aber ich hätte keine Lust, alles nachzuholen.
Liam: Ich habe keinen richtigen Plan, wann ich gehen soll. Wann geht ihr denn trainieren? Hahaha, ach der süße Junge

neben dir. Ja, er ist etwas unscheinbar. Ok, da hast du wieder recht.

Ich: Wir gehen meistens Mittwoch- und Freitagabend. Alexej geht nur mittwochs mit mir, aber ich muss ja leider jetzt an dem Tag Nachhilfe in Mathe geben.

Liam: Ach schade. Dann können wir ja Freitag zusammen trainieren, wenn du möchtest.

Ich: Können wir gerne machen. Und wie gefällt es dir bis jetzt in der Stadt?

Während ich schrieb, bemerkte ich gar nicht, wie müde ich war. Mit einem Mal fielen meine Augen zu und schlief direkt ein.

Ein lautes Knurren riss mich jedoch aus meinem Schlaf. Schwer blinzelte ich mit etwas zugeklebten Augen, wobei ich mich kurz streckte.

Zu spät bemerkte ich, worauf, insbesondere auf wem, ich lag. Mein Kopf war auf Matts Schoß gebettet. Vorsichtig blickte ich nach oben und sah einen nicht begeisterten Gesichtsausdruck.

Schnell sprang ich auf und huschte zur anderen Ecke des Sofas.

»Sorry, das war bestimmt nicht angenehm, dass ein Kerl auf deinem Schoß eingeschlafen ist. Ich hoffe, ich habe dich nicht voll gesabbert.« Dabei wischte ich mir etwas Sabber, der sich wirklich an meinem Mundwinkel befand, mit einer schnellen Handbewegung weg.

»Nein, das ist nicht schlimm. Aber erklär mir mal das!« Sauer zeigte er mir mein Handy.

Verdutzt, dass er es in der Hand hielt, sowie dass der komplette Chatverlauf von Liam offen war, entriss ich ihm mein Handy.

»Was soll das? Seit wann geht das schon so, dass ihr miteinander schreibt? Ich habe dir doch ausdrücklich gesagt, du sollst dich von ihm fernhalten!«

»Ich kann tun und machen, was ich möchte!«

Grob packte er meine Schultern. »Nein! Ich bin dein Alpha, du wirst auf das hören, was ich dir sage!«

»Du bist nicht mein Alpha. Noch nicht. Wenn du es nicht mitbekommen hast: Ich bin ein Mensch und kein verdammter Wolf, den du herumkommandieren kannst. Also kann ich tun und machen, was ich möchte und eigene Entscheidungen treffen!«

Der Griff um meine Schultern wurde fester und schmerzvoller. Dunkle Augen färbten sich heller, man spürte seinen Wolf, wie nah er an der Grenze war, um an die Oberfläche zu kommen, um die Kontrolle zu übernehmen.

»Wieso machst du das? Hör auf mich und halt dich fern von Liam! Versteh es doch einmal, wenn man dir was sagt!«, schrie er mich an, wobei man einen Anflug von Enttäuschung raushören konnte.

»Du tust mir weh!«

Erschrocken blickte er erst mich und dann seine Finger um meine Schultern an. Sein Griff lockerte sich und das war meine Chance. Ich stieß ihn weg und schnappte meine Sachen.

»Alles gut bei euch?«, kam es von Chris, der wieder ins Wohnzimmer kam und das Geschehen nicht mitbekommen hatte.

Hektisch lief ich an ihm vorbei und stieß ihn fast schon weg, was völlig unmöglich war.

Schnellstmöglich ergriff ich die Flucht nach Hause. Zielstrebig stürmte ich in mein Zimmer und knallte die Tür zu. Kurzfristig lag das Glück auf meiner Seite, da meine Eltern momentan nicht da waren. So umging ich, ihnen erklären zu müssen, was passiert war, und eine Predigt zu erhalten, dass es mal Zeit wurde, die Konsequenzen zu spüren, wenn man nicht zu hörte. Rücklings rutschte ich die geschlossene Zimmertür hinunter. Schwer atmend saß ich dort und blickte auf meine zitternden Hände.

Mehrmals versuchte ich, sie zu beruhigen, indem ich sie abwechselnd jeweils in die eine und dann in die andere Hand nahm.

»*Was war das denn?*«, fragte mich Snow verwirrt.

»*Wenn ich das wüsste*«, sagte ich mit zittriger Stimme.

»*Der hat sie doch nicht mehr alle, uns so anzuschreien und uns Sachen vorzuschreiben, die keinen Sinn ergeben!*«

So kannte ich Matt gar nicht. Schockiert, dass er mich angeschrien hatte, rieb ich meine zitternden Hände aneinander und atmete ein letztes Mal tief durch. Langsam beruhigte ich mich wieder und erhob mich vom Boden, um ins Bett zu fallen.

Am nächsten Morgen wachte ich total zerknittert auf. Die Nacht über bekam ich kaum ein Auge zu, da ich immer wieder über die Situation mit Matt nachdachte. Ein träger Blick auf die Uhr verriet mir, dass ich wenige Minuten bevor mein Wecker klingelte wach wurde. Mein Unbehagen äußerte ich mit einem lauten Seufzer.

»Wieso?«, murmelte ich in das Kissen. Verschlafen rieb ich mir meine Augen und bemerkte erst jetzt, dass ich mit den Klamotten von gestern eingeschlafen war.

Beim Aufsetzen entfuhr mir ein Zischen. Ich zog mir mit Mühe mein Oberteil aus und sah, das auf beiden Seiten meiner Schultern Kratzspuren prangten. Mit einem weiteren Zischen fuhr ich vorsichtig mit einem Finger über die Wunden.

»*Das sind Spuren eines zukünftigen Alphas. Die werden nicht so schnell heilen. Es könnten Narben entstehen. Frag am besten Alexej, ob er eine Salbe hat*«, informierte Snow mich.

Ich nickte nur geistesabwesend. Schnell verschwand ich ins Bad mit frischen Klamotten. Mom sollte die Kratzer nicht sehen. Fertig lief ich die Treppen runter in die Küche.

»Shawn ... Oh ... Ähm ... Wie ... Was, du bist schon wach und angezogen? Bist du krank, mein Kind?«, stellte sie schockiert fest und fühlte meine Stirn.

»Ja, ausnahmsweise habe ich es mal geschafft, früher aus dem Bett zu kommen. Und nein, ich bin nicht krank, aber das wäre ich gerne«, sagte ich brummend. »Ich gehe jetzt. Bye.« Mit einem Kuss auf ihre Wange verabschiedete ich mich.

Ich hatte wirklich mit dem Gedanken gespielt, zu Hause zu bleiben und einen auf krank zu machen. Insbesondere Matt und Liam wollte ich heute nicht sehen.

Genervt betrat ich den Klassenraum. Ich wollte zu meinem Platz gehen, doch Alexej saß auf einmal dort. Verwundert darüber lief ich zu ihm. »Warum sitzt du auf meinem Stuhl?«

»Mr Schulz hat mich hierhin gesetzt, da ich Liam im Unterricht helfen soll. Er sagte, dass du mit ihm zu viel quatschst. Wie hatte er es so schön gesagt ...? Wie zwei Tanten bei Kaffee und Kuchen.«

Stöhnend ließ ich mich auf den Stuhl neben ihm fallen und neben den Typen, den ich heute nicht sehen wollte. Wenn man vom Teufel sprach. Matt und Chris kamen in die Klasse und setzten sich auf ihre Plätze.

Verwirrung und ein Hauch von Traurigkeit waren in Matts Augen zu erkennen, als er mich die ganze Zeit über anschaute. Doch ich würdigte ihn keines Blickes.

Mr Schulz kam und begann seinen Unterricht. Unauffällig schob ich einen kleinen Zettel zu Alexej, der ihn sofort und unbemerkt von allen anderen las. Drauf stand, dass ich ihn in der Pause unbedingt unter vier Augen sprechen müsste.

Zustimmend nickte er mir zu. Ein Lächeln zierte unsere Gesichter, als wir uns anschauten.

Die Schulglocke ertönte und gerade wollte ich mit Alexej rausgehen, als Matt mich schon wieder von meiner Pause abhielt.

»Shawn, warte kurz.«

»Nicht jetzt! Alexej und ich müssen zur Schulschwester!«, fauchte ich. Mit dem Satz verschwand ich mit meinem Cousin aus dem Klassenzimmer.

Beim Krankenzimmer angekommen, hing ein Schild an der Tür, dass die Krankenschwester schnellstmöglich wiederkomme und man sich auf eine der Liegen legen sollte, falls es schlimm sei. Der Aufforderung ging ich nach.

»Wieso warst du denn so wütend auf Matt?«, fragte Alexej.

»Matt war gestern Abend sauer auf mich, weil ich mit Liam geschrieben habe. Er hat mir schon davor gesagt, dass ich mich von ihm fernhalten soll ...«

»... und das konntest du ja nicht lassen!«, unterbrach mich Alexej.

»Na ja, und dann hat er gesehen, dass wir geschrieben haben, wurde wütend und hat mich an den Schultern gepackt.« Behutsam zog ich mein Shirt aus, um ihm die Wunden zu zeigen, die sich auf meinen Schultern befanden.

»Oh ... war das Matt?«, fragte er ungläubig.

Ich konnte nur nicken. Ein kleines Zischen entkam mir, als Alexej mit seinem Daumen vorsichtig über eine der Wunden strich. »Hast du eine Creme oder so?«

»Das sind Alphaverletzungen. Ich kann eine Salbe herstellen, aber das wird schwierig. Hat er es bewusst gemacht?«

»Nein, hat er nicht. Er war wütend, dass ich nicht das mache, was er sagt ...«, nuschelte ich, fuhr aber gleich darauf hoch, als Alexej mir einen Klaps unterhalb meiner Wunde des rechten Arms verpasste. »Aua! Wofür war das denn?«

»Du weißt genau, wofür das war! Ich habe dir gesagt, dass du aufpassen sollst. Dass du nie auf andere hörst. Das hast du jetzt davon!« Alexej zeigte wie eine aufgebrachte Mutter mit dem Finger auf mich.

»Hast du die Salbe bis nächste Woche fertig?«, fragte ich mit großer Hoffnung.

»Das kann ich dir nicht versprechen. Zu Hause muss ich schauen, ob alles dafür da ist. Morgen bring ich dir was gegen die Schmerzen vorbei.«

»Bitte, sie muss schnell fertig werden. Das Spiel steht bald an.«

»Ok, ich werde es versuchen. Eine andere Sache: Hast du Liam gesagt, dass ich schwul bin? Es ist kein Geheimnis, aber woher weiß er das?«, fragte er mich und stützte sich gegen den Schreibtisch, der gegenüber vom Bett stand.

Verwundert guckte ich ihn an. »Warte mal ... Was? Ich hab ihm über dich nichts gesagt. Außer dass du mein Cousin bist und neben mir in der Klasse sitzt, aber mehr nicht.«

»Komisch. Gestern war ich im Sunfitness und Liam war auch da. Wir haben uns unterhalten, es war alles ok, bis er mir etwas zu persönliche Fragen stellte. Er wusste, dass ich schwul bin, und hat gefragt, ob ich schon mal einen festen Freund hatte. Und er wollte wissen, wie ich mich fühle, einer der besten Zauberer meines Alters zu sein. Ich hätte gern gewusst, woher er die Informationen hatte?«

»Hat er dich angebaggert? Ich wüsste auch gern, woher er diese Information hat.«

Schüchtern schüttelte er seinen roten Kopf. »Alles gut. Sei nicht immer so übervorsichtig. Er ist neu und weiß wahrscheinlich nicht, wie man mit Leuten redet.«

»Alexej, sei nicht so naiv! Du weißt, was beim letzten Mal geschehen ist, als du so naiv warst.« Dabei packte ich seine Hände. »Bitte, sei vorsichtig! Wenn was ist, sag mir sofort Bescheid.«

Mit dem Satz küsste ich seine Stirn. Das, was damals passiert war, konnte ich bis heute nicht vergessen. Seitdem hatte ich mir geschworen, besser auf meinen Cousin aufzupassen und gegenüber jedem, der in seine Nähe kam, skeptisch zu sein.

Die Tür öffnete sich und zur gleichen Zeit sprangen Alexej und ich vor Schreck hoch. Wir beide sahen in Richtung Tür und ich musste mir eine Hand ans Herz legen, da es mir beinahe aus der Brust gesprungen wäre. Ein verärgerter Matt stürmte rein. Verdammt.

»Alexej, kannst du uns allein lassen? Chris steht draußen, du darfst mit ihm machen, was du willst. Lass ihn ein paar schwere Bücher für dich hin und her tragen oder was dir gerade in den Sinn kommt.«
Alexej blickte mich an, um zu prüfen, ob es in Ordnung wäre. Ich nickte ihm zu. Er verabschiedete sich und ging raus zu Chris.

»Ich wollte mit dir reden und du verschwindest einfach! Was soll das?«

»Ich wollte aber nicht mit dir reden! Das von gestern war total unter aller Sau!«, sagte ich aufgebracht.

»Ja, darüber wollte ich ja sprechen. Es tut mir leid, was …« Er unterbrach sich selbst und sah auf meine Schultern.

Scheiße. Ich hatte vergessen, das Shirt wieder anzuziehen. Er kam näher und fasste sanft an eine meiner Wunden. Was mich leicht vor Schmerzen zusammenzucken und gequält die Augen schließen ließ.

»Es tut mir leid. Wirklich, das wollte ich nicht«, sagte Matt voller Reue in seiner Stimme.

Ich bemerkte etwas Warmes und Nasses auf einer Seite meiner Schulter. Wie von einer Tarantel gestochen riss ich die Augen auf und sah, dass Matt über eine Wunde leckte.

Was ging denn jetzt ab? Passierte das gerade wirklich? Die feuchte Zunge brachte mich zum Stöhnen. Es war ein schönes Gefühl, die Schmerzen waren wie weggeblasen. Mit offenem Mund und verschleierten Augen sah ich ihn an, als er fertig war. Matt grinste, als er mich so neben der Spur sah.

»Wieso? Warum tut es nicht mehr weh?«, fragte ich verblüfft.

»Meine Werwolfffähigkeiten. Da ich es war, kann ich sie etwas schneller heilen lassen. Ich wollte es wirklich nicht, das musst du mir glauben. Die Wunden werden heilen, aber ich muss es noch ein paarmal machen. Ich möchte nicht, dass du Narben bekommst, weil ich mich nicht unter Kontrolle hatte.«

»Danke«, kam es leise von mir.

»Halt dich von Liam fern«, sagte Matt zum hundertsten Mal.

»Das geht nicht ...« Ich wollte weitersprechen, wurde aber prompt unterbrochen.

»Warum?«, schrie Matt mich regelrecht an.

Ich griff nach seinem Shirt und zog ihn zu mir runter. »Jetzt hör mal auf, mich jedes Mal anzuschreien. Lass mich doch einmal ausreden! Er ist in meiner Klasse und in meinem Basketballteam. Wie soll ich ihm deiner Meinung nach aus dem Weg gehen? Außerdem muss ich mit ihm unbedingt sprechen, was dich wiederum nichts angeht!«

In diesem Moment flog die Tür auf.

Kapitel 5

Shawn

»Hey, Shawn. Ich such dich schon überall. Glücklicherweise bin ich Alexej in der Bibliothek über den Weg gelaufen und er sagte mir, dass du hier seist, aber dass du nicht alleine ... bist ...« Damian stockte, als er in das Krankenzimmer kam. Überrascht sah er uns an, aber dann grinste er breit über das ganze Gesicht, da er die Situation total missverstand. »Ups. Stör ich euch bei irgendetwas?« Mit wackelnden Augenbrauen sah er uns an. »Wolltet ihr euch etwa küssen? Hab ich dabei gestört? Das ist wirklich unhöflich von mir. Ich kann wieder gehen, macht einfach da weiter, wo ihr aufgehört habt. Stört euch nicht an mir, denkt einfach, ich wäre gar nicht hier hereingeplatzt und hätte die Stimmung versaut.«,

Wild mit den Händen gestikulierend lief er langsam wieder rückwärts aus der Tür raus. Das war die Gelegenheit zu verschwinden, also sprang ich vom Bett, zog mein Shirt, so schnell ich konnte, an und huschte hinaus. Dabei schnappte ich mir Damian und zog ihn hinter mir her, falls er noch andere Dummheiten von sich geben wollte.

»Was willst du von mir?«, schnaubte ich verärgert und zog ihn weiter durch den Flur Richtung Klassenzimmer.

»Ach, das hätte warten können.«

Schmerzlich rieb ich mir mit einer Hand meine Schläfe.

»Du hättest bei deinem heimlichen Lover bleiben können«, lachte er fies.

Wütend biss ich mir auf die Lippe, sodass es fast schon wehtat. Ich musste mich zusammenreißen, um ihm nicht direkt eine runterzuhauen. Wie er es verdient hätte.

»Dein Lover ist jetzt bestimmt total traurig, weil du, anstatt bei ihm zu bleiben, mit mir weggegangen bist.« Er betonte das Wort *Lover* extrem lang. »Das ist ein herber Schlag in sein Herz. So ein Herzensbrecher bist du?«

»Wie war das?«, platzte es aus mir heraus.

»Deinen Lover meinte ich«, sagte Damian breit grinsend.

Ich ließ mich einige Schritte nach hinten fallen, damit ich ihm besser einen Tritt in die Kniekehle verpassen konnte, sodass er auf seinem Hintern landete.

»Aua. Wofür habe ich das denn verdient?« Schmerzlich rieb er sich die Stelle, als er aufstand.

Ich hob eine meiner Augenbrauen und sah ihn mit einem Du-weißt-genau-wofür-das-war-Blick an.

Beschwichtigend hob er seine Hände.

»Ja, ja, sorry. Habe verstanden. Also mich gleich auf den Boden der Tatsachen zurückzubringen und dann auf die unsanfte Weise ... Lass mir doch mal meinen Spaß.«

»Komm du mal auf den Punkt und sag mir endlich, was du von mir wolltest!«

»Coach Barten sagt, dass wir heute trainieren.«

Coach Barten machte keine unangekündigten Trainingseinheiten, aber es lag wahrscheinlich daran, dass wir gegen die Chamble Charter Highschool spielten. Mit dieser Schule hatte er eine offene Rechnung.

Unerwartet klingelte es laut durch die Flure.

»Wirklich? Ich hatte gar nichts von der Pause«, sprach ich mit einem langgezogenen Seufzer aus und war innerlich schon wieder niedergeschlagen. Bei der Problematik und Situation von gestern hätte ich gern einfach mal den Kopf an der frischen Luft frei bekommen.

Kopfschüttelnd lief ich mit Damian zu unseren Klassenzimmern, die direkt nebeneinanderlagen.

»Ach ja, was war da wirklich mit Matt im Krankenzimmer?«, fragte er mich unerwartet und sprach schon wieder das unangenehme Thema an.

»Was soll da gewesen sein?«

»Na ja, jetzt mal ohne Witz. Nachdem, was ich gesehen habe, läuft da wirklich nichts zwischen euch? Ihr wart so eng beieinander, das sah fast schon so aus, als wolltet ihr euch küssen. Du kannst es mir sagen, dass du auf ihn stehst. Meine Schwester zeigt mir öfter Bilder mit Typen, die sich küssen und so. Wenn du wüsstest. Das grenzt schon an Belästigung, wenn sie mir ihr Handy vor die Nase hält und mir die Sachen zeigt, von denen ich absolut nichts wissen möchte. Da bin ich abgehärtet mit eurer kleinen Fastknutscherei oder was auch immer da war.«

»Wie bitte?« Schockiert sah ich ihn an und fügte hinzu: »Wir haben uns gestritten und habe sein Kragen gepackt, um ihm meine Meinung zu sagen, weil er mir nicht zuhört. Das war nichts weiter. Du weist doch, wenn ich impulsiv werde, greif ich schon mal zu.«

Ungläubig sah er mich mit hochgezogener Augenbraue an.

»Das ist die Wahrheit! Glaub es mir!«, sagte ich mit sicherer, aber etwas angepisster Stimme, da er mir nicht glaubte und mir keine bessere Antwort einfiel, mit der er sich zufriedengeben könnte. Die Situation erschöpfte mich.

»Ach ja? Ich weiß, so ein Krankenzimmer hat schon seine Vorteile, wenn man in eine Rolle schlüpfen möchte. Aber bitte«, verdeutlichte er ungläubig mit einem anzüglichen Grinsen. Er legte einen Arm um meine Schulter, um mich näher zu ihm zu ziehen, damit niemand unsere Unterhaltung mitbekam. »Ihr wolltet knutschen. Oder du wolltest dir einen Kuss von dem in deinen Augen heißen Alpha stehlen. Du brauchst es nicht zu leugnen. Erzähl es mir ruhig.« Dabei machte er spaßige Luftküsse in meine Richtung. Wir mussten uns beide vor Lachen den Bauch festhalten. Wie kindisch er manchmal sein konnte.

Wie aus dem nichts stand jemand hinter uns, der sich kurz räusperte. »Mr Coleman und Mr Iwanow, Ihre Turteleien können Sie schnellstmöglich einstellen und sie nach dem Unterricht verüben, aber jetzt bitte ich Sie, in Ihre jeweiligen Klassen zu gehen!«, sprach Mr Schulz.

Beim Betreten des Klassenzimmers landeten alle Augen auf mir, sie verfolgten mich bis zu meinem Platz. Matts Blick durchdrang mich und ließ mich beinah stolpern. Für einen Moment widmete sich Mr Schulz der Tafel, um das heutige Datum zu schreiben.

»So. Ihr werdet in kleinen Gruppen, die aus maximal vier bis fünf Personen bestehen, zusammenarbeiten. In den jeweiligen Gruppen werdet ihr mir eine Zusammenfassung über die entsprechenden Themen erarbeiten, die ihr von mir auf einem separaten Blatt bekommt. Diese werden dann kopiert und verteilt. Nächste Woche werdet ihr einen Test über die Themen schreiben«, informierte Mr Schulz uns. »Bildet die Gruppen selbstständig. Ich mische mich da nicht noch einmal ein. Na los, auf was wartet ihr?«

Mr Schulz hasst es, Gruppen einzuteilen. In der sechsten Klasse war es ein Chaos, weil jeder es doof fand, wie er aufgeteilt hatte. Seitdem durften wir selber entscheiden

– schnell und unkompliziert. Meine Gruppe bestand aus Chris, Matt, Liam, Alexej und mir. Das konnte was werden. Und das meinte ich nicht im positiven Sinne.

Matt konnte Liam nicht ausstehen. Chris und Alexej nur aneinander herummeckern. Einer der beiden musste es immer besser wissen. Alexej mochte schüchtern und süß aussehen, aber wenn es um Magie oder Wissen ging, ließ er sich nicht reinreden. Vielleicht lag es in der Familie, dass wir unsere Meinung so deutlich sagten.

»Ihr könnt hierbleiben oder in die Bücherei gehen. Das ist mir egal, aber stört die anderen Klassen nicht während ihres Unterrichts. Eure Handys dürft ihr dafür benutzen, lautlos und nur, um zum Thema zu recherchieren. Ihr werdet jetzt allein sein, ich muss zu einer anderen Klasse die Aufsicht führen. Also verschwindet nicht einfach und geht nicht früher nach Hause. Sonst habt ihr keine Lernblätter für den Test. Ihr werdet das allein schaffen, schließlich seid ihr erwachsen, oder Mr Coleman? Sie sind es, oder? Dass sie auf sich selber aufpassen können, ansonsten nehme ich sie liebend gern mit in die Unterstufe. Da können sie bestimmt noch etwas von denen lernen«, sagte Mr Schulz mit ernster Miene und brachte damit alle zum Lachen.

Spielerisch ließ ich meinen Stift zwischen den Fingern gleiten und schenkte ihm ein ironisches Lächeln.

Mit einem: »Benehmt euch«, war Mr Schulz schon weg. Wir teilten unsere Aufgaben in der Gruppe auf. So ganz gefiel mir die Verteilung nicht, denn wer durfte mit Matt zusammenarbeiten? Ich.

Innerliche verdrehte ich die Augen. Was mir gar nicht gefiel, war, dass Alexej und Liam zusammenarbeiteten. Chris wollte allein arbeiten. Das sollte mir recht sein.

»Was war draußen los?«, fragte mich Alexej neugierig, der sich dafür neben mich gesetzt hatte.

»Das würdest du gern wissen, habe ich recht? Damian und ich haben nur herumgeblödelt. Wie sonst auch.«

»OK«, kam es knapp von Alexej und drehte sich schon wieder weg.

Ein kleines Grinsen zierte mein Gesicht. Alexej war wie ein neugieriges Kind, das manchmal alles wissen möchte.

Das war meine Chance. Als er sich umdrehte, packte ich ihn von hinten und gab ihm ein paar Schmatzer auf die Wange. Wir mussten beide gleichzeitig lachen.

»Das habt ihr gemacht. Ihr seid doch echt zwei Idioten«, sagte Alexej fröhlich und wischte sich die Wangen mit seinem Handrücken ab.

Im Nacken spürte ich einen Blick auf mir ruhen, bis ein unterdrücktes Knurren in meiner Nähe ertönte. Chris, der gegenüber von mir saß, schaute versessen in sein Buch, also kam das Geräusch nicht von ihm. Wie von selbst blieb mein Blick bei Matt hängen. Fest sah er mich mit angespanntem Kiefer und zusammengekniffenen Augenbrauen an. Am liebsten hätte ich ihm die zerknitterte Haut mit meinen Fingern glattgestrichen, aber ich sollte mich zusammenreißen. Die stumme Verbindung zwischen uns festigte sich. Seine Gesichtszüge entspannten sich und überraschenderweise zuckte sein Mundwinkel nach oben, was mich ruckartig wieder auf mein Blatt schauen ließ.

»Los, Matt, wir müssen das fertig bekommen. Ich habe heute Training, also pronto!«, befahl ich ihm. Das passte ihm nicht so, deshalb antwortete er barsch:

»Was!«

»Nichts«, sagte ich schnell, als hätte ich das Vorherige nicht ausgesprochen.

Nach einer Weile hatten wir unsere Aufgabe fertig. Um meine Freude auszudrücken, rief ich laut: »Geschafft! Wie weit seid ihr?« Ich blickte in die Runde und stockte. Wo waren

Alexej und Liam hin? Sie waren doch gerade noch an ihren Plätzen gewesen, oder nicht?

Keine Spur von den beiden. Das war mir nicht geheuer. Schließlich hatte Alexej erzählt, dass Liam ihm etwas auf die Pelle gerückt sei.

»Beruhig dich! Die beiden sind in die Bücherei gegangen.« Chris bemerkte meine Nervosität und versuchte komischerweise, mich zu besänftigen. Seelenruhig blätterte er weiter, ohne dabei von seinem Buch hochzuschauen.

Frustriert schnaubte ich auf. Mit verschränkten Armen lehnte ich mich zurück in den Stuhl. Einige Minuten vergingen, bis die beiden wiederkamen. Sofort trafen sich Alexejs und mein Blick. Fragend sah ich ihn an und deutete mit den Augen auf Liam, um herauszufinden, ob etwas in der Bibliothek geschehen war. Alexej schüttelte den Kopf.

Schmunzelnd betrachtete ich ihn, als er sich setzte und grinsend seine Wange zart berührte. Irgendwas war also doch passiert.

In der Gruppe fassten wir die Infos zu einem Thesenpapier zusammen, um es Mr Schulz zu geben, der fünfzehn Minuten vor Ende der Stunde gekommen war.

Danach war endlich ein langes Wochenende. Wir hatten morgen einen freien Schultag. Was perfekt war, um mal auszuschlafen. Das würde ich nach dem Training brauchen.

Erschöpft ließ ich mich in mein Bett fallen. der Coach hatte es mit dem Training etwas übertrieben und ich hatte keine Chance, mit Liam zu sprechen. Beim Training war es schwer gewesen, irgendein Wort rauszubekommen. Da Coach Barten das Ausdauertraining ernst genommen hatte und uns keine Zeit gab, um etwas Luft zu schnappen. Danach war Liam schon weg, als wir die Umkleide betraten.

Woher wusste Liam, das Alexej jetzt schon besser im Zaubern war als alle anderen in seinem Alter? Diese

Information kannten nur wenige Personen. Fragen über Fragen stellten sich in meinem Kopf auf, die mich den ganzen Tag über verfolgten.

****

Ein dumpfes hölzernes Geräusch ertönte, das nur von meiner Zimmertür her kommen konnte.

»Mhmm ...«, war das Einzige, was ich rausbekam. Am Rande hörte ich das Klicken der Tür, das mir verriet, dass jemand eintrat. Da ich aber in meinem Traumland bleiben wollte, kam nur ein Murmeln von mir und ich drehte mich auf die andere Seite.

Der Besuch ließ sich nicht von meinem Verhalten beirren und riss mich herum, um mich wachzurütteln. Abrupt riss ich die Augen auf, als ein lautes Knurren den Raum erfüllte. Erschrocken wollte ich mich kerzengerade aufsetzen, bis ich mit Wucht gegen etwas Hartes knallte. Mit einem schmerzvollen: »Verdammt«, hielt ich mir die Stirn mit beiden Händen fest und kugelte mich zusammen. Derjenige, den ich aus zugekniffenen Lidern erblickte, war Matt.

»Was machst du denn hier?«, fragte ich verwirrt und krümmte mich, bevor ich mich versuchte aufzusetzen.

»Du wolltest mir doch bei Mathe helfen. Du hast da was.« Mit einer Fingergestik zeigte er auf meinen Mundwinkel. Ich ertaste etwas Feuchtes. Oh ... wie peinlich. Schnell wischte ich mir meinen Sabber mit einer Handbewegung weg. Ein Blick an mir hinunter verriet mir, dass ich mit Sportklamotten eingeschlafen war.

»Was ist? Du guckst so komisch«, fragte ich Matt verwirrt.

Wie in Zeitlupe näherte sich sein Gesicht meinem. »Du riechst anders als sonst.«

»Ich hatte Training und da schwitz man. Ich habe es noch nicht geschafft, zu duschen.«

»Aber da ist was anderes.« Mit diesem Satz kam er immer näher und roch an meiner Halsbeuge.

»Ok. Ich glaube, ich sollte dann mal duschen gehen. Setz dich an den Schreibtisch und fang an.« Ich schob ihn weg und verschwand ins Badezimmer. Verwirrt lehnte ich mich gegen die geschlossene Tür.

Was war das denn?

Kurz roch ich an meinem Shirt, aber ich konnte keinen Duft feststellen. Wie war das möglich? Selbst wenn ich schwitzte, stank ich nicht, da war überhaupt kein Geruch. Deshalb hatte ich immer extrem viel Deo oder Parfum drauf.

Dass ich nun anders als sonst riechen sollte ... Was hatte das zu bedeuten?

Egal, ich konnte mir später darüber den Kopf zerbrechen. Schnell duschen und zurück zu Matt. Mit extra viel Shampoo und Deo auf mir lief ich in mein Zimmer. Matt, der wie gebannt auf die Matheaufgaben blickte, bemerkte gar nicht, wie ich mir was anzog und zu ihm kam.

»Und wie läuft es?«

»Es geht ...«

Belustigt setzte ich mich neben ihn. Zusammen bearbeiteten wir die einzelnen Aufgaben und lernten, was in der Klausur drankommen könnte.

»Ich glaube, wir machen eine kurze Pause. Setz dich auf mein Bett, das ist bequemer als der Schreibtischstuhl. Ich hol uns was Leckeres.«

»Ja, eine Pause wäre nicht schlecht.« Mit einem angestrengten Seufzer ließ er seinen Kopf in den Nacken fallen.

Lachend erhob ich mich und ging runter in die Küche. Mit ein paar Snacks und Getränken betrat ich wieder mein

Zimmer. Eine Zeit lang unterhielten wir uns, bis ich den Entschluss fasste, mit Matt Basketball zu spielen. Widerwillig stimmte er zu.

»Bist du sicher, dass du mit mir spielen möchtest? Ich bin schneller als du, das weißt du doch, oder?«

»Keine Angst. Ich bin dagegen flink und außerdem spiel ich mit Damian, der fast genau so schnell ist wie du.«

Etwas ungläubig und besorgt guckte er mich an.

Mit einem Grinsen nahm ich ihm den Ball ab und versenkte ihn im Korb. »Wir spielen bis zehn Punkte. Der Verlierer gibt dem Gewinner einen Erdbeerjoghurt aus der Cafeteria aus. Ach ja, das war mein erster Punkt, mein Lieber«, sagte ich mutig und betonte das letztere Wort provozierend.

»Na gut, auf eigene Gefahr.« Matt grinste herausfordernd.

Das ließ ich mir nicht nehmen, mit einem Alpha Basketball zu spielen und ihn dabei verlieren zu sehen.

Der Startschuss war gefallen. Nach einiger Zeit lag ich weit vorn, mir fehlte nur noch ein Punkt, dann hätte ich gewonnen. Doch das war nicht leicht. Meine Wunden fingen wieder an zu schmerzen. Das gestrige Training war anscheinend zu viel gewesen. Heute Morgen war alles in Ordnung. Ich ließ es mir nicht anmerken beim Werfen. Doch als ich zum letzten Wurf ausholte, zog es in meiner linken Schulter und ich konnte ein Stöhnen nicht zurückhalten. Der Ball entglitt mir und rollte in Richtung Straße. Schmerzlich hielt ich die Schulter fest. Sofort war Matt an meiner Seite und schaute mich besorgt an.

»Alles gut?«

»Ja. Ja, alles gut.«

Langsam rollte der Ball auf die Straße, bis ihn schließlich jemand aufhob.

Diese Person räusperte sich kurz, um auf sich aufmerksam zu machen. Es war kein anderer als Alexej, der mich mit einem wütenden Blick musterte – den Ball in seine Hüfte gestemmt. Kurz betrachtete er Matt, da er wusste, wer mir die Wunden zugefügt hatte.

»Sag mal, spinnst du! Du hast doch Schmerzen und dann spielst du Basketball! Ich glaube, du bist völlig bescheuert!«

»Das war gar nichts, ich habe doch keine Schmerzen mehr. Gestern beim Training hat es auch nicht wehgetan.« Ich spielte ihm vor, dass alles ok wäre. Dabei verriet ich unbeabsichtigt, dass ich gestern Training gehabt hatte.

Alexejs Augen weiteten sich und seine Wut stieg immer mehr.

Mit einem Piks von ihm auf eine meiner Wunden wimmerte ich kurz auf.

»Genau. Deshalb zuckst du direkt zusammen, wenn ich dich leicht anfasse. Hier, die Creme! Ich hatte alles zu Hause und habe sie so schnell ich konnte hergestellt.« Er warf mir die Tube zu. »Morgens und abends auftragen. Und wehe wenn nicht, ich habe mir Mühe gegeben, sie herzustellen. Übertreib es mit dem Training nicht, schalte einen Gang zurück, bitte.«

»Er hat recht!«, stimmte Matt mit ein. »Du solltest dich zurücknehmen.«

»Ernsthaft? Ich soll mich zurückhalten? Das wird schwer, das weißt du? Das Spiel findet bald statt und ich muss dann in Höchstform sein.«

»Ja, weiß ich doch«, erklärte Alexej. »Trotzdem solltest du auf dich achten«, sagte er bemutternd und machte auf dem Bordstein kehrt.

»Wohin gehst du?«

»Zu Liam. Er hat mich gefragt, ob wir gemeinsam für Mathe lernen können, da wir Montag die Klausur schreiben. Also dann, ich geh jetzt. Vergiss nicht, die Salbe aufzutragen!«

»Warte mal ...« Matt wollte Alexej aufhalten, doch der drehte sich nicht um und verschwand über alle Berge.

Kapitel 6

Shawn

»Was?«, rief Matt mit einem Mal fassungslos.

Erschrocken blickte ich ihn an. »Was ist denn jetzt?«

»Wir schreiben Montag die Klausur? Ich dachte am Mittwoch! Wieso nicht Mittwoch?«

Ich konnte mir ein lautes Lachen nicht verkneifen. Wie ein aufgescheuchtes Reh stand er in der Auffahrt. »Du hast an dem Tag Geburtstag und deshalb hat Mrs Fitz die Klausur auf Montag verschoben. Es werden Mittwoch viele dann nicht da sein. Da du so begeistert davon bist, sollten wir wieder anfangen zu lernen.«

Kräftig sog er die Luft ein und klatsche in die Hände. »Ja, du hast recht.«

Zusammen gingen wir wieder hoch in mein Zimmer und lernten noch für wenige Stunden, bis Matt gehen musste. Wir verabredeten uns erneut für morgen.

Vorsichtig zog ich mein Shirt aus, um Alexejs Creme zu benutzen. Mit einer langsamen und behutsamen Bewegung cremte ich mir die Schultern ein. Jede kleinste Berührung tat höllisch weh. Als ich es endlich geschafft hatte, schnappte ich mir mein Handy vom Nachttisch, um ihm zu schreiben.

Ich: Wo bist du? Wenn etwas ist, schreibst du mir direkt, ist das klar?
Alexej: Keine Sorge. Liam hat mich vorhin mit seinem Auto nach Hause gefahren.
Ich: Was? So spät wart ihr noch zusammen? Ist etwas vorgefallen?
Alexej: Alles ist gut! Reg dich ab! Hast du die Creme benutzt?
Ich: Wehe es ist etwas passiert und du erzählst es mir nicht! Ja, die Creme habe ich aufgetragen. Es ist schon spät geworden und ich glaube, du solltest langsam ins Bett gehen. Gute Nacht.
Alexej: Es ist nichts passiert, reg dich endlich ab! Was ist auf einmal mit dir los? Ich bin alt genug, um selber zu entscheiden, wann ich ins Bett gehe. Gute Nacht!

Nett war es von ihm, Alexej nach Hause zu fahren. Aber irgendwas sagte mir, dass etwas nicht stimmte.

****

Alles, was ich sah, war schwarz. Doch nach einiger Zeit erhellte sich mein Sichtfeld. Mehrfach blinzelte ich, um den Schmerz in meinen Augen zu lindern.

Das Bild um mich herum schärfte sich und ich bemerkte, dass ich auf einer Wiese voller Blumen saß. Die Sonne schien mir mitten ins Gesicht, ein kleiner Bach rauschte in der Nähe. Es sah fast so aus wie auf einem Gemälde. Keine Menschenseele war zu sehen, das Einzige, was man hörte, war das Zwitschern der Vögel. Die Atmosphäre war entspannend und befreiend.

Im Augenwinkel erkannte ich, dass sich mir ein Wolf näherte. Einige Meter von mir entfernt setzte sich das riesige Tier hin und schaute mich mit schief gelegtem Kopf an, was ihn wie einen Welpen erscheinen ließ. Er hatte tiefschwarzes Fell und graue Augen, so einen Wolf hatte ich nie zuvor gesehen. Er sah aus wie ein Schatten. Irgendwas war an ihm, das mich an jemanden erinnerte. Nur an wen?

Ruckartig stand der Wolf auf und ging weg. Traurig schaute ich ihm hinterher. Nach kurzer Zeit kam er mit ein paar Blumen im Maul zurück. Er setzte sich vor meine Füße und reichte mir den kleinen Strauß.

»Hast du die für mich gepflückt?«

Schüchtern nickte er.

»Danke schön.« Ich wollte ihm einen Kuss auf seine Stirn geben, doch er war plötzlich weg. Perplex sah ich mich um, aber der Wolf war wie vom Erdboden verschluckt.

Mein Name ertönte rau und dumpf. Ein paarmal blickte ich mich um, aber der Wolf war nicht mehr zu sehen. Die Blumenwiese verschwamm und wurde in Dunkelheit getaucht.

Langsam blinzelte ich und bemerkte, dass es nur ein Traum war.

Derjenige, der mich gerufen hatte, war Matt. Etwas verwundert blickte ich ihn an, dann den Wecker. Mit einer Handbewegung wischte ich mir träge durch das Gesicht. Dieser Traum hatte sich so echt angefühlt. Merkwürdig war, dass ich diese Wiese schon einmal gesehen hatte. Aber wo?

»Du bist wirklich ein Langschläfer«, sagte Matt und grinste zu mir runter.

Seine Hand rutschte von meinem Arm runter zu meinem Bauch. Dort ruhte sie einige Sekunden lang, was mir eine kleine Gänsehaut verpasste. Zum Glück hatte ich mir gestern ein Shirt angezogen.

»Shawn, ist alles okay bei dir?«

»Ja, alles gut. Setz dich doch schon mal an den Schreibtisch. Ich gehe mich kurz frisch machen.«

Er nahm seine Hand weg und setzte sich in Bewegung. Die Stelle, die er berührt hatte, fühlte sich auf einmal leer an. Mit den Ellenbogen stütze ich mich auf die Matratze, um meinen Kopf zu sortieren. Heimlich roch ich an meinem Shirt. Zwar hatte ich keinen eigenen Geruch, aber ich wollte wissen, ob mein Parfüm noch an mir haftete. Die Intensität hatte nachgelassen, also schnappte ich mir schnell ein neues Shirt, um damit ins Bad zu verschwinden.

Behutsam schmierte ich mir meine Schultern mit der Salbe ein. Nachdem ich mich umgezogen hatte, putzte ich mir die Zähne und wusch mein Gesicht. Frisch und in metaphorisch Parfüm gebadet, ging ich zurück in mein Zimmer.

Zusammen lösten wir einige seiner Problemaufgaben und wiederholten andere Aufgaben von gestern. Irgendwann fragte ich ihn nach den Formeln ab.

»Kannst du doch.«

»Ja, aber nur mit deiner Hilfe.«

Dies brachte mich zum Grinsen. »Das ist schön.«

»Was denn?«, fragte Matt verwirrt.

Erschrocken blickte ich ihn an. Hatte ich das gerade laut gesagt?

»Na ja, das hier. Das wir normal reden können und uns nicht streiten«, sagte ich etwas zurückhaltend und deutete mit dem Finger auf uns beide.

Matt, der sich am Hinterkopf kratzte, musste schmunzeln. »Das stimmt. Wenn du mal auf das hören würdest, was man dir sagt, wäre alles anders.«

»Tja, ich bin keine sechs Jahre mehr, sondern alt genug, um eigenen Entscheidungen zu treffen. Schließlich konnten meine Eltern mir die Piercings nicht verbieten«, sagte ich mit einer hochgezogenen Augenbraue und verschränkten meine Armen vor der Brust. Matt tat es mir gleich.

Was hatte ich gesagt ... O Mann, Shawn, erst nachdenken! Hoffentlich würde er nicht nachhaken.

»Piercings?«, fragte er skeptisch und ich konnte einen Anflug von Neugierde heraushören.

Ich schüttelte den Kopf. »Egal, lassen wir das jetzt.«

Matt guckte mich weiterhin an, da klingelte aber schon unerwartet sein Handy. Er blickte kurz darauf. »Ich muss jetzt gehen.«

Ich wollte ihn hinausbegleiten und öffnete gerade die Zimmertür, als Matt hinter mir stand und sie mit einer Hand zuhielt. »Warte kurz.«

Perplex drehte ich mich zu ihm um. »Was ist denn?«

»Ich habe gestern was vergessen.«

Fragend sah ich ihn an. Mir wäre nichts aufgefallen, was er in meinem Zimmer liegen gelassen hätte.

»Deine Wunden ... Lass sie mich heilen. Ich habe es gestern nach dem Schock, dass wir Montag Mathe schreiben, vergessen.« Er sprach das Wort *Mathe* widerwillig aus.

»Das brauchst du nicht mehr. Alexej hat mir doch die Salbe gegeben.«

»Ja, aber ... Ich bin dafür verantwortlich. Bitte?«

Verwundert blickte ich ihn an. Das Wort *Bitte* sprach ein Alpha nicht so leicht aus. Wie konnte ich da nein sagen, wenn er mich um etwas bat?

Vorsichtig zog ich meine Ärmel, soweit es ging, über die Schultern.

»Willst du dein Shirt nicht besser ausziehen?«

»Das ist okay so.«

Matt hatte recht, das Shirt auszuziehen wäre einfacher. Doch ich hatte die Piercings drin, was ich ihm jetzt nicht unbedingt zeigen wollte, sonst würde es ihn höchstwahrscheinlich erschrecken.

»Aber ...«

»Matt, bitte lass es«, unterbrach ich ihn.

Geschlagen konzentrierte er sich auf meine Wunden.

»Mhmm ...« Da, schon wieder. Was war das? Es fühlte sich so schön an. Immer wenn er mit seiner Zunge über die Wunden leckte, überkam mich ein wunderbares Gefühl. Es entspannte, aber gleichzeitig erregte es mich auf eine komplett andere Weise.

Mit einem zufrieden Grinsen stand ich in meinem Zimmer. Matt, der schon seit ein paar Minuten fertig war, grinste mich selbstgefällig an. Eine Zeit lang schauten wir uns einfach nur an.

»Wegen Mittwoch«, brach Matt schließlich die Stille zwischen uns. »Ich hoffe, du kommst.«

»Klar. Ich bin doch immer dabei.«

»Diesmal wird es aber anders. Du weißt, ich werde Alpha. Und dann noch die Mate-Sache. Viele wollen wissen, wer die zukünftige Luna wird. Ich werde dann nicht genügend Zeit haben, um mit dir zu reden. Ich hoffe, das ist in Ordnung?«

»Alles gut. Keine Angst, bei dem Zickenkrieg werde und möchte ich nicht dabei sein. Geschweige denn mitten drin in diesem Chaos sein. Ich bleibe am Rande und gucke mir das von da an. Jedenfalls ist der Kuchen, den deine Mutter macht, attraktiver als du denkst.« Ein Grinsen konnte ich mir dabei nicht verkneifen.

Schmunzelnd sah er mich an und hob eine seiner Augenbrauen. »Das sehe ich aber anders!«

»Tja, das liegt im Auge des Betrachters. Und ein dicker fetter Schokokuchen mit doppelt überzogener Schokolade, den kann man ja attraktiv finden.«

Wir lachten zusammen, bis Matts Handy wieder klingelte. Dunkle Schatten bildeten sich auf sein Gesicht, als er auf den kleinen Störenfried schaute.

»Alles gut?«, fragte ich ihn besorgt.

»Ja, alles gut.« Leicht angestrengt fuhr er sich mit einer Hand durch sein Gesicht und massierte seine Stirn.

»Matt, wenn was ist, du kannst es mir erzählen. Egal, was. Ich weiß, dass du immer ein offenes Ohr für jeden hast, aber hast du einen, der dir mal zuhört? Wenn du was loswerden möchtest, sag es mir. Ach und geh das bitte nochmal durch.« Mit dem Satz überreichte ich ihm die Formelsammlung. »Das wird dir für die Klausur helfen.«

Damit bedankte er sich und ging. Leicht lehnte ich mich gegen meine geschlossene Zimmertür und berührte dabei geistesabwesend die Stellen, die Matt bis vor Kurzem geleckt hatte. Ich konnte ihn noch an meinen Schultern spüren. Ein tiefes Stöhnen entfuhr mir, als ich wieder an das Gefühl zurückdachte. Wie von selbst wanderte meine Hand unter den Bund meiner Hose. Träge rieb ich meinen halbsteifen Schwanz und zog ihn aus seinem Gefängnis. Meine andere Hand wanderte hoch zu der Stelle, die Matt vor Kurzem geleckt hatte, was mich weiter zum Stöhnen brachte. Die Bewegungen an meinem Schwanz wurden immer unkontrollierter, bis ich mit einem lauten Aufschrei in meiner Hand kam.

Schwer atmend lehnte ich meinen Hinterkopf an die Tür. Ich hatte an Matt gedacht und mir dabei einen runtergeholt. Fuck!

✳✳✳✳✳✳✳✳

Die Tür flog wuchtig auf. Verwundert blickte ich die Person an, die im Türrahmen stand. Das Licht ging an und meine Augen schmerzten von dieser unerwarteten Helligkeit. Einige Male musste ich stark blinzeln, um herauszufinden, wer so brutal sein konnte und mich unsanft weckte.

»Matt? Wolltest du nicht gehen? Hast du wieder irgendetwas vergessen?«

Einen Augenblick brauchte ich, um mich zu orientieren. Ungewollt schlüpfte ich aus meinem warmen Bett. Total müde rieb ich mir die Augen, um das, was Matt vergessen hatte, mit zu suchen.

Matt kam mit jedem Schritt, den er machte, näher auf mich zu, wobei ich fast rückwärts ins zurück Bett fiel.

Behutsam legte er beide Hände auf meine Schultern und drückte mich sachte auf meine Matratze. Als ich mit dem Rücken auf der weichen Unterlage aufkam, bemerkte ich, dass Matt mir direkt nach kam.

Schwer atmend beobachtete ich, was er machte, denn es war heiß. Wie ein wildes und hungriges Tier pirschte er sich über mich. Unsere Gesichter sowie Lippen waren nur ein paar Zentimeter voneinander entfernt. Ich bräuchte mich nur strecken und sie lägen aufeinander. Vor Erregung leckte ich mir über die Lippen und berührte dann seine hauchzart. Was mir sowie ihm ein Stöhnen entlockte. Sein Atem kitzelte meine Nasenspitze, was mich zum Lächeln brachte.

Er stütze sich links und rechts von meinem Kopf ab. Irgendwann wanderte eine Hand runter zu dem Saum meines Shirts, wo sie sich festkrallte, bevor er es mir auszog. Wie angewurzelt lag ich vor ihm, wusste nicht, was passierte, aber es gefiel mir.

Mit einer Hand hielt er meine Hüfte fest, bevor sie zu meinem Hintern wanderte. Grob kniff er in eine Backe, was ich mit einem Keuchen quittierte und meine Wirbelsäule zum Tanzen brachte.

»Matt, was wird das hier? Ich weiß nicht, ob das so eine gute Idee ist.«

»Psst, Kleiner ...« Dabei platzierte er einen Zeigefinger auf meinen Mund. Sanft legte er seine Stirn auf meine. Er löste sich ein paar Zentimeter von mir und blickte auf meine rechte Schulter. Ein Ausdruck von Schuld spiegelte sich in seinem Gesicht. Er beugte sich runter und leckte ein paarmal über die Wunde, was mir einige Seufzer entlockte. Das Lecken wandelte sich um in leichte Küsse, die er nicht nur auf der Wunde verteilte, sondern auf meinem Hals und Nacken.

»Matt ... Was ...«, keuchte ich.

Seine Küsse hörten auf und sein Gesicht schwebte über meinem. Meine Aufmerksamkeit wechselte von seinen Lippen wieder zu seinen Augen. Die Stimmung knisterte nur so in der Luft. Die paar Zentimeter, die schon die ganze Zeit über zwischen uns waren, wollte ich schnell überbrücken und meine Lippen endlich auf seine legen. Aber ...

Boom ... Aua ...

Verwundert blickte ich mich um. Das war doch nicht ...

Was ...

Schmerzlich rieb ich mir meinen Kopf. Ich hatte geträumt ... Ich hatte verdammt nochmal geträumt und ausgerechnet von Matt.

Was wollte ich denn machen? Was war nur los mit mir?

Erst der Traum mit dem Wolf und dann das mit Matt.

Aus heiterem Himmel kam meine Mutter ins Zimmer. Blitzschnell zog ich mir die Decke über die untere Körperhälfte. »Shawn, ich rufe dich die ganze Zeit. Du kommst zu spät!«

»Scheiße. Ich mache mich jetzt fertig. Danke«, sagte ich aufgebracht und schloss die Tür hinter ihr zu.

Verdammt ...

Ein Blick nach unten verriet mir, dass durch den Traum jemand wach geworden war. Peinlich berührt lehnte ich meinen Kopf an die Tür.

Eine kalte Dusche sollte mein Problem lösen. Ich musste zur Schule rennen, um nicht zu spät zu kommen.

Schwer atmend stürmte ich gerade noch pünktlich in die Klasse. Mein erster Blick traf ausgerechnet Matt.

Wie angewurzelt stand ich im Raum und starrte ihn an. Sofort erschienen die Bilder von dem Traum vor meinem inneren Auge.

Leicht schüttelte ich den Kopf und setzte mich.

Sofort kam Mrs Fitz in die Klasse und verteilte die Klausuren. Ich konnte mich kaum konzentrieren und schaute stumm auf mein Blatt.

Shawn, reiß dich jetzt mal zusammen!, sprach ich zu mir selber und klatschte sanft mit beiden Händen in mein Gesicht.

****

Erschöpft lief ich nach draußen zu unserem Wiesenplatz, wo schon alle lachend in einem Kreis zusammensaßen. Ich war der Letzte, der abgegeben hatte. Es war ungewöhnlich für mich, da ich meist einer der Ersten war.

»Was hat denn so lange gedauert?«, fragte Alexej verwundert.

»Frag mich nicht!« Stöhnend ließ ich mich auf die Seite fallen und legte meinen Kopf auf Amelies Schoß. »So schön weich«, murmelte ich zufrieden, wobei ich ein Fingerschnippen gegen die Stirn kassierte. Das Einzige, was ich rausbekam, war ein: »Aua«, und ein Kichern.

»Was soll das heißen, mein Lieber?«, wollte Amelie wissen.

»Dass du kuschelig bist, genau das wollte ich sagen. Und dass es eine ausgezeichnete Idee war, deine weiche Sporthose anzuziehen.«

Sanft strich sie mir den Rücken entlang. Entspannend, aber das, was ich wollte, war was anderes. Ich griff nach ihrer Hand und platzierte sie auf meinem Kopf. »Du weißt, was du machen musst.«

Sie lachte auf. »Du bist wie ein kleines Kind.«

Sie nahm beide Hände und kraulte meinen Kopf sowie den Nacken. So schön. Genüsslich streckte ich mich einmal und ein Lachen erhellt die Runde. Amelie wies mich darauf hin, dass ich eine Bürste gebrauchen könnte, da meine Haare zu allen Himmelsrichtungen standen. Ein kleines: »Danke«, verließ mein Mund. Zufrieden nahm ich Amelie in den Arm und lief mit den anderen zu den Klassen.

Matt kam lachend in die Klasse, doch sobald er mich erblickte, verstummte er.

Verwirrt blickte ich ihn an. Was war das denn bitte?

Alexej fing plötzlich an zu kichern.

»Was ist?«

»Warte kurz.« Er lief zu Sarah rüber und kam wieder mit einer Haarbürste.

»Du siehst aus wie eine Vogelscheuche.«

Liam, der in die Klasse kam und sich direkt auf seinen Platz setzte, blickte mich erst verdutzt an, ehe er anfing zu lachen. »Na, mit wem hast du denn rumgemacht, dass deine Haare so vervögelt aussehen?«

Grimmig guckte ich ihn an und erhob mein Mittelfinger in seine Richtung.

»So fertig«, gab Alexej freudig von sich.

»Alexej, danke nochmal, dass du mir bei Mathe geholfen hast«, wandte sich Liam sofort an ihn. »Ich schulde dir etwas.«

»Du schuldest mir nichts, ich habe es gern gemacht«, sagte Alexej freudestrahlend.

Verdutzt guckte ich beide an. Alexej lief grinsend an Liam vorbei, um die Haarbürste zurückzubringen.

»Was ...« Verblüfft schaute ich Liam an.

»Mhmm ... Ist irgendetwas?«, fragte er unschuldig.

Alexej kam wieder und setzte sich auf seinen Platz. Kurzerhand kam der Lehrer rein und begann seinen Unterricht. Ich musste immer mal auf die beiden schauen, dabei wanderte mein Blick etwas hinunter und bemerkte, dass Liams Hand auf Alexejs Knie lag. Das Verwirrende war, dass es Alexej gar nichts ausmachte.

Unerwartet trafen sich Liams und mein Blick. Er blickte einmal an mir vorbei und dann wieder zu mir, wobei er ein komisches Grinsen aufsetzte, bevor er zur Tafel schaute. Das gefiel mir überhaupt nicht.

Nach dem Unterricht wollte Alexej mit Liam rausgehen. Schnell packte ich mir meinen Cousin.

»Tut mir leid, aber wir haben heute schon was vor.«

Verwundert blickten beide mich an.

»Das Geschenk!«, warf ich als kleinen Tipp ein.

»Ach ja, das habe ich fast vergessen!«

»Was für ein Geschenk?«, fragte Liam neugierig.

»Matt hat Mittwoch Geburtstag. Und wir beiden müssen ein Geschenk suchen gehen«, informierte Alexej ihn.

»Ach, du musst deinem Freund ein Geschenk kaufen? Dann wünsch ich euch viel Spaß bei der Suche.«

»Was? Ich bin nicht sein Freund?« Sprachlos stand ich im Klassenzimmer. Mit einer, meiner Meinung nach, etwas zu innigen Umarmung verabschiedeten sich Alexej und Liam voneinander.

»Telefonieren wir heute Abend wieder?« Mit einem schüchternen Lächeln nickte Alexej.

Kapitel 7

Shawn

Alexej zog mich aus der Schule direkt zur Bushaltestelle, da ich immer noch perplex war, was Liam zu mir gesagt hatte. Was meinte er mit diesem Satz? Matt war nur ein Freund nicht *mein* Freund. Aber die Idee, Matts fester Freund zu sein, wäre schön gewesen. Ich sollte mir sie aus dem Kopf schlagen. Wenn er seinen Mate fand, wäre es nur schmerzlich für mich.

»Wo sollen wir gucken gehen?«, fragte Alexej und brachte mich somit aus meinen Gedanken.

»Lass uns doch einfach in die Mall gehen. Da muss ja irgendwas dabei sein.«

Wir mussten nicht lange fahren. Hoffnungsvoll betrat ich die Mall, unser erstes Ziel waren einige Klamottenläden, die wir abklappern wollten. Je mehr Klamotten ich mir anschaute, umso weniger gefielen mir. Sie alle sahen gleich aus, obwohl sie aus verschieden Läden stammten. Nichts machte mich zuversichtlich, dass es Matt gefallen würde.

Alexej hatte zwei Shirts von Levi's gefunden, die gar nicht mal so schlecht aussahen. Aber ich wollte ihm etwas Besonderes zu seinem achtzehnten Geburtstag schenken.

Angestrengt liefen wir schon durch den achten oder neunten Laden.

»Hey, was hältst du hiervon? Der Pullover würde ihm doch stehen, oder nicht?«, fragte Alexej aufmunternd.

»So einen hat er letzte Woche getragen. Mann, ich finde kein gutes Geschenk«, nörgelte ich und betrachtete nur widerwillig die anderen Klamotten, die gefaltet auf den Tischen lagen oder auf einem Bügel aufgehängt waren, um sie den Kunden besser zu präsentieren.

»Wenn du nur so herumnörgelst, wirst du dabei nichts finden.«

»Da kann ich nicht das Geringste dafür. Die Sachen sehen alle gleich aus.«

Die Zeit verging und somit stellte sich Alexejs Geduld auf die Probe. Die Hoffnung auf ein gutes Geschenk war weg. Meine Stimmung dementsprechend im Keller.

Alexej, der mir immer weiter aufmunternd etwas vorschlug, war mit seinem Latein am Ende, doch dann kam er auf eine komplett abwegige Idee. »Wie wäre es, wenn wir was essen gehen? Wir können eine Pause machen und neue Energie tanken. Was hältst du davon?«

Ein lautes und erschöpftes Stöhnen entfloh mir, bevor ich ein Lächeln aufsetzte und nickte. So gingen wir zur Foodmeile. Um genau zu sein, zum Burger Palast, wo es die besten Burger und Pommes der Welt gab. Wir bestellten uns die üblichen Menüs. Alexej den Chickenburger, ich hingegen den Doublecheesburger mit extra Salat. Außerdem eine große Portion Pommes und Süßkartoffeln sowie zwei mediumsize Colas. Da es heute so warm war und die Sonne so schön schien, suchten wir uns draußen auf der Terrasse einen Platz. Braune Blumentöpfe, in denen sich junge Palmen befanden, standen dort verteilt, um etwas Urlaubsgefühl zu erzeugen. Die Stühle und Tische waren aus Eisen. Anscheinend hatten wir nicht als

Einzigen die Idee – die Terrasse war überfüllt. Aber wir konnten noch einen Platz unter einem Sonnenschirm ergattern.

In der Nähe unseres Platzes konnte man einen Fluss erblicken, der ab und an eine kühle Brise rüber wehte. Durch die Sonnenstrahlen, die auf das Wasser trafen, erzeugte es ein schönes Lichtspiel.

Ein kleines Summen kam aus Alexejs Hosentasche und er zog sein Handy heraus.

Schmunzelnd betrachtete ich ihn, wie er auf seinem Handy tippte und ein paarmal lächelte.

»Mit wem schreibst du denn?«

»Ich schreibe mit Liam«, antwortet er kurz und knapp.

Skeptisch sah ich ihn an wie eine Mutter ihr Kind. Alexej tippte weiter auf seinem Handy herum. Doch seine Bewegungen wurden langsamer und er lugte vorsichtig zu mir.

»Ist was?«

»Wie, oder besser gesagt, wo soll ich nur anfangen, Alexej?«, fragte ich ihn irritiert.

Ein Fragezeichen bildete sich auf sein Gesicht.

»Ok, mein Lieber! Dann fang ich mal so an. Wie war das, als du mir erzählt hast, dass Liam dich im SunFitness mit neugierigen Fragen gelöchert hat? Und jetzt? Läuft da etwas zwischen euch?«

»Ja, er war am Anfang echt merkwürdig, aber er hat sich am nächsten Tag sofort bei mir entschuldigt, dass er sich so aufgedrängt hat. Er wusste nicht, was er gemacht hat –«

»Alexej! Bitte!«, unterbrach ich ihn direkt und schaute ihn dabei scharf an.

»Shawn ... Er hat sich bei mir entschuldigt und er fühlt sich deswegen schlecht. Jeder hat eine zweite Chance verdient.«

Einen Moment lang blickte ich zur Seite, um dann wieder in Alexejs Augen zu schauen, und stieß ein fast geschlagenes Stöhnen aus. Ich lehnte mich nach vorne und nahm seine Hand in meine. »Alexej! Du weißt, ich vertraue keinem Typen in deiner Nähe. Egal, was er macht oder machen wird. Er würde nie eine zweite Chance bekommen, wenn er dich verletzt hat. Was damals passiert ist ... Dass du es mir nicht früher erzählt hast. Ich werde immer auf dich aufpassen, das weißt du doch, oder?«

»Shawn. Ich weiß. Das, was damals passiert ist, ist Vergangenheit. Das kann man nicht rückgängig machen. Aber gib dir nicht die Schuld dafür, schließlich hast du mir geholfen. Es war meine eigene Dummheit, dir davon nicht früher erzählt zu haben. Ich glaube nicht, dass Liam so ist wie er. Bitte gib ihm eine Chance, wenigstens meinetwegen. Und wie damals wird es nicht wieder ablaufen.«

Er strich sanft über meinen Handrücken und setzte seinen berüchtigten Hundeblick und den Schmollmund auf. Ich konnte nicht anders, als herzlich aufzulachen.

»Na gut, dieses eine Mal. Aber wenn er scheiße baut, gibt es eine Abreibung vom allerfeinsten. Trotzdem hab ich ein Auge auf ihn. Alexej, dass du kein Werwolf geworden bist, ist ein Wunder. Mit diesem Blick siehst du aus wie ein kleiner Welpe«, sagte ich lachend.

Klatschend versuchte ich, das ganze Pommessalz von den Fingern wegzubekommen. Dabei lehnte ich mich zurück und legte einen Ellenbogen auf die Rücklehne meines Stuhles. Mit einer Handbewegung griff ich nach meiner Cola, um einen Schluck daraus zu trinken.

Ich vertraute keinem Typen, der etwas von Alexej wollte. Das, was damals passiert war, war eine andere Geschichte für ein andermal. Nichtsdestotrotz hatte ich ein merkwürdiges Gefühl bei ihm.

»Du und Liam?«

»Mhmm«, war das Einzige, was er rausbrachte.

»Läuft da was zwischen euch? Seid ihr zusammen? Oder was genau ist das?«, fragte ich ihn direkter.

Überrascht verschluckte er sich an einer Pommes.

»Was? Nein!«, wollte er sich retten, aber ich kannte ihn genau.

»Weißt du, was ich heute Schönes gesehen habe?«

»Nein. Was hast denn du denn gesehen?«

»Du weißt es nicht mehr«, sagte ich grinsend. Kopfschüttelnd verneinte er dies.

»Na gut. Warum guckst du ihn so verliebt an und wieso war in der letzten Stunde dann Liams Hand auf deinem Knie?« Dabei verschluckte er sich an seiner Cola. »Du hast das gesehen?«, brachte er hustend raus.

Mit wackelnden Augenbrauen sah ich ihn an.

»Na gut, ich finde, er sieht nicht schlecht aus. Was weiß ich denn. Es könnte sein, dass es zwischen uns etwas gefunkt hat«, erklärte er mit rotem Kopf.

Ein kleines Lachen konnte ich mir nicht verkneifen. Doch Alexej entschied sich für einen Gegenangriff.

»Und was ist mit dir und Matt?«

»Was soll mit uns sein?«

»Na ja, zwischen euch läuft doch garantiert etwas. Insbesondere wie er dich gelegentlich anguckt, wenn du mit anderen redest. Da wird er leicht eifersüchtig, das kann ich sehen. Und Damian hat mir verraten, was im Krankenzimmer passiert ist.«

»Was genau hat er dir erzählt?«

»Dass du Matt küssen wolltest.«

Diesmal war ich derjenige, der sich an der Cola verschluckte. »Das stimmt doch gar nicht. Wir haben uns nicht geküsst. Ich habe ihn ausschließlich an seinem Kragen gepackt, um ihn meine Meinung zu geigen. Damian, der Idiot, missversteht jede Situation«, stellte ich es richtig. »Tja, ob ich es möchte oder nicht. Er findet Mittwoch seinen Mate. Das war alles nur ein Missverständnis im Krankenzimmer.«

»Ich weiß aber, dass Matt genau dein Typ Traummann ist.«

»Ok. Ich glaube, wir sollten aufhören und weiter suchen. Übermorgen ist sein Geburtstag und ich habe immer noch nichts.« Mit dem leeren Tablett stand ich auf, um es in den vorgesehenen Geschirrwagen zu verstauen.

Erneut starteten wir unsere Shoppingtour. In meinem Lieblingsladen *Wild Rose* brauchte ich nur ein paar Sekunden, bis mir etwas ins Auge sprang. Mit einem breiten Grinsen betrachtete ich das gefundene Stück und es gefiel mir auf Anhieb. Glücklich darüber lief ich zur Kasse.

»Hey, Shawn. Heute mal was komplett anderes. Passt gar nicht zu dir.«

»Ja, da hast du recht, Joe. Ist mal was ganz anderes, aber das ist nicht für mich. Das ist für unseren zukünftigen Alpha, Matt«, informierte ich den Ladenbesitzer. Er stach Piercings und Tattoos. In seinem Laden verkaufte er außerdem eine Vielzahl von selbstgemachtem Schmuck und Bandshirts. Von hier hatte ich die schöne Armbanduhr, die ich meiner Mutter einst zu ihrem Geburtstag geschenkt hatte. Bis heute hatte sie sie nicht einmal abgelegt.

Alexej, der über meine Schulter blickte, grinste, als er sah, was ich ausgesucht hatte. Wir verabschiedeten uns von Joe und Alexej musste mir einen Gefallen tun, damit das Geschenk nicht nur ein einfaches Schmuckstück blieb.

»Alexej, könntest du dem Ding einen kleinen Spezialeffekt verleihen?«, fragte ich und fuchtelte mit meinen Händen herum. So wie ein Zauberer in den Kinos.

»Na klar, kann ich machen«, sagte er grinsend und machte es mir nach.

Ich zog ihn näher und bedankte mich bei ihm.

Kapitel 8

Matt

Abwesend hörte ich dem Lehrer zu, der irgendetwas zu erklären versuchte. Alle Fenster im Fachraum waren aufgerissen, da heute ein heißer Tag war. Ab und an kam ein frischer Windstoß herein, den ich jedes Mal genoss. Denn seit heute früh brodelte nicht nur die Hitze, sondern auch mein Kopf, da er voller Fragen war.

Was passiert morgen?

Wer wird Matts Mate?

Wird es ein Mädchen oder ein Junge sein?

Die größte und absurdeste Vorstellung in meinem Kopf war, wie gern ich es werden würde. Ich ließ ein erschöpftes Stöhnen von mir und bemerkte gar nicht, dass der Unterricht beendet wurde.

»Hey, du Träumerchen. Lass uns was essen gehen. Ich habe riesen Kohldampf«, informierte Alexej mich grinsend.

Etwas verträumt blickte ich zu ihm auf und grinste mit einem zustimmenden Nicken.

»Sag mal, was ist mit den anderen? Wir haben denen gar nicht Bescheid gesagt, wohin wir gehen«, stellte ich fest.

»Ich habe ihnen eine Papiertaube zugeschickt, damit sie wissen, dass wir uns in der Cafeteria treffen.« Das war ein Zauberspruch, den Alexej im Alter von zehn kreiert hatte, um kleine Zettel zu verschicken.

»Na, wenn das deine Mom herausbekommt, dass du in der Schule gezaubert hast …«

Alexej und seine Mom hatten eine Vereinbarung, dass er niemals in der Schule zaubern sollte, außer es war ein dringender Notfall.

Die Cafeteria war gut gefüllt mit hungrigen Schülern. Mit dampfenden Tabletts fanden wir einen großen Tisch, der noch frei war, und reservierten genügend Plätze für die anderen, die kurz darauf zu uns stießen.

Überraschend stellte jemand etwas auf meinem Tablett ab. Verwundert blickte ich auf zwei der leckeren Erdbeerjoghurts.

Schnell sah ich mich um, um zu sehen, wer mir diese Joghurts hingestellt hatte. Es war Matt.

»Wieso?«

»Na ja, du hast doch das Basketballspiel gewonnen. Der andere ist dafür, dass du mir bei Mathe geholfen hast. Mit deiner Hilfe war die Klausur wirklich leicht für mich.« Er schenkte mir ein sanftes Lächeln. Ich konnte nur zurücklächeln. Damit wandte er sich von mir ab, um sich mit Chris, der sich gerade von dem Getränkeautomaten einen Durstlöscher holte, einen Platz zum Essen auszusuchen. Schnell packte ich Matt am Ärmel. »Wartet! Ihr könnt gern hier sitzen. Also … Nur, wenn ihr wollt.«

»Wenn das OK für euch alle ist?«, fragte er in die Runde.

Alle nickten freudig und die beiden setzten sich zu uns. Matt neben mich und Chris neben Alexej. Dieser wollte was sagen, doch ich hielt ihn mit einem strafenden Blick davon ab. Da Alexej super gern neben Chris saß – hust, Ironie –, sah es aus meiner Sicht witzig aus.

Später gesellte sich Liam zu uns, aber anstatt auf den freien Platz neben Alexej setzte er sich neben Damian. Alexej warf ihm einen traurigen Blick zu.

Matt blickte einmal böse zu Liam, was nur ich bemerkte.

Wir unterhielten uns über die verschiedensten Themen. Genüsslich setzte ich den ersten Löffel mit meinem heiß geliebten Nachtisch an und mir entfloh ein Stöhnen. Herr Gott, war das lecker. Kurz blickte ich zu meinem Nebenmann, der sofort anfing, herzlich zu lachen.

Oh mein Gott, dieses Lachen.

Schnell wandte ich mich ab und konnte mir ein leichtes Grinsen nicht verkneifen.

»Hey, Grummel, hast du jemals so einen leckeren Nachtisch von deinem Alpha ausgegeben bekommen?«, fragte ich Chris provozierend.

Dieser fühlte sich sofort von seinem neuen Spitznamen angesprochen. Alexej und ich hatten ihn ihm irgendwann heimlich verpasst, da er oft brummte und schlecht gelaunt war. Er schaute mich nur grummelig an und wechselte seine Gesichtszüge zu einem Grinsen. »Tja. Er hat mir bessere Dinge ausgegeben als diesen komischen Brei.«

Diesmal blickte ich ihn grimmig an und konnte mir ein: »Wie bitte?«, nicht verkneifen. Aus dem Augenwinkel erkannte ich, dass sich auf Matts Gesicht ein Lächeln schlich. Wieder konzentrierte ich mich auf meinen Joghurt und murmelte: »Der hat doch selber keinen Geschmack.«

Chris sah mich mit hochgezogener Augenbraue an. Matt, der das ganze Spektakel mit ansah, legte eine Hand auf meinen Unterarm, um mich zu beschwichtigen. Um das Thema zu wechseln, blickte ich zu Matt. Ohne darüber nachzudenken, platzte eine meiner blöden Fragen aus mir heraus, die schon seit heute Morgen in meinem Kopf herumschwirrten. »Also Matt, was denkst du? Wer wird dein Mate?«

»Ich ...«, fing Matt an, bevor ihm die anderen ins Wort fielen.

»Sie wird bestimmt hübsch und eindeutig blond mit blauen Augen. Und groß, wenn ihr versteht, was ich meine«, informierte Damian uns mit einem anrüchigen Grinsen und kassierte direkten einen Schlag von Amelie auf seinen Hinterkopf. »Autsch ...«

Beinahe hätte ich seine Beschreibung falsch verstanden, da einige Punkte mich beschrieben.

»Zu ihm würde eine etwas schüchterne und gut aussehende Frau passen«, kam es diesmal von Amelie, die sicher eine Vorstellung von Twilight im Kopf hatte, wo es um Bella und diesen Werwolfsjungen – wie hieß der gleich? Jacob – ging. O Mann. Wieso wusste ich das?

»Warum muss es denn eine Frau sein?«, sagte ich etwas aufgebracht.

Kopfschüttelnd blickte ich in die Runde. Alle schauten mich mit einem dicken wissenden Grinsen an.

»Wenn ich jetzt auch mal was sagen darf!«, fauchte Matt genervt, da man ihn einfach unterbrochen hatte.

Beschwichtigend hoben die anderen ihre Hände. Ein leises:

»Sorry«, kam von allen Seiten.

»Mir ist es relativ egal, ob es eine Sie oder ein Er wird. Die Mondgöttin wird sich ja was dabei gedacht haben. Eine Sache sollte sie oder er auf jeden Fall haben. Ein hübsches Lachen. Und mir auch mal die Meinung sagen können.«

Unsere Blicke trafen sich und irgendwas fühlte sich merkwürdig an, aber was es genau war, wusste ich nicht. Da war etwas in seinen Augen, was mich anzog.

Die blöde Schulglocke ließ unseren Blickkontakt abreißen. Matts Hand lag immer noch auf meinem Unterarm. Erschrocken lösten wir uns voneinander und standen auf, um die Tablets wegzubringen.

»Shawn ... Wir sehen uns morgen, oder?«, fragte er leise.

Ich schenkte ihm ein schüchternes Lächeln und nickte. »Aber nur, um den Schokoladenkuchen zu sehen und zu vernaschen.«

****

Nach stundenlangem Unterricht hatten wir wieder Basketball-Training. Irgendwie konnte ich mich nicht darauf freuen. Die ganze Zeit flogen diese blöden Fragen in meinem Kopf herum. Ich hatte Angst vor dem morgigen Tag, sowie vor der Wahrheit. Aber was die anderen gesagt hatten, dass zu Matt eine hübsche Frau passte ... Oder so eine doofe Bella.

Die Augen verdrehend balancierte ich den Ball in meinen Händen hin und her. Eine Sache wundert mich schon. Dass Matt kein Problem damit hatte, wenn es ein *Er* wird ... Hatte ich vielleicht eine Chance? Eine wirklich reale Chance bei Matt? In den letzten Tagen gab es so einige Situationen zwischen uns, in denen wir uns nahegekommen waren. Im Krankenzimmer, sowie wenn er sich um meine Wunden gekümmert hatte. Oder was war das in der Cafeteria? In dem Moment, als er seine Hand auf meinen Arm gelegt hatte, da war ein kleiner Funke. Oder hatte ich mich doch geirrt?

Ich merkte, wie mein Kopf wieder nur so brodelte. Erschrocken schreckte ich auf, als auf einmal neben meinem Ohr ein Pfiff ertönte.

»Coleman, aufpassen! Hast du deinen Schönheitsschlaf nicht bekommen, Prinzessin?«, schrie der Coach mich an.

»Nein, alles gut.«

»Sicher. Dann konzentriere dich. Wir haben bald ein Spiel und du bist keine Hilfe als Kapitän. Guck dir Liam an, der ist angriffsbereit und träumt nicht vor sich hin. Ich sollte mal die Stelle für den Kapitän überdenken ... Und vielleicht Liam fragen. In letzter Zeit bist du abwesend, vielleicht solltest du mal eine Pause machen.«

Erschrocken sah ich ihn mit offenen Mund an. »Aber Coach ... Das können Sie mir nicht antun. Kapitän sein ist mein Traum. Das wissen Sie, bitte.«

Wie konnte er nur so was sagen? Ja, ich war in letzter Zeit abwesend gewesen, aber das war doch kein Grund –

Oder?

»OK, Coleman, dann streng dich an.« Mir fiel ein Stein vom Herzen. Doch der Coach war noch nicht fertig. »Konzentriere dich auf das Training. Ich beobachte dich. Wenn du bis zum Spiel nicht wieder der Kapitän wirst, der du warst, gebe ich den Titel jemand anderem.«

Kapitel 9

Matt

Zwitscher, zwitscher ...

Kleine Vögel stimmten sich mit Gesang in den Morgen ein, um die Sonne zu begrüßen, die in diesem Moment am Himmel aufwachte. Sie versuchte mich sanft wachzuküssen, was ihr nicht so gelang, da sie mir mitten ins Gesicht schien.

Ein Brummen verließ meinen Mund, als ich mich träge zur anderen Seite herum drehte. Die Decke zog ich mir soweit es ging über den Kopf. Eigentlich war ich kein Morgenmuffel, aber ab und zu wollte ich einfach nur faul im Bett liegen. Doch das musste ich mir abgewöhnen, denn heute würde ich der neue Alpha werden. Das war auch der Grund, dass meine Laune schlechter war. Ich mochte meine Geburtstage, aber dieser ...

Heute würde ich achtzehn. Ich würde der Alpha, der sich um ein komplettes Rudel kümmern musste. Und ab heute würde ich meinen Mate finden.

Warum gerade ich den Titel meines Vaters übernehmen würde, lag daran, dass ich im Gegensatz zu meinen Brüdern eine offene Art besaß und mich besser in andere hineinversetzen konnte. Nick hatte schon in jungen

Jahren andere Pläne, er wollte Fotograf werden, um die Welt zu bereisen. Julius hingegen plante, hier sesshaft zu werden. Doch er war impulsiv und handelte schnell und ohne nachzudenken.

Viele Leute würden heute auftauchen. Nicht nur aus meinem, sondern auch aus angrenzenden Rudeln der Umgebung. Alphas, die dem neuem Alpha gratulieren wollten. Der größte Stress würde die Mate-Sache sein. Ich hoffte nur, dass ich meinen Mate heute fand. Früher hatte ich zur Mondgöttin gebetet, dass mein Mate das blondhaarige Nachbarskind wird. Ich hatte einen kleinen Narren an diesem Menschenkind gefressen, aber dies war eine alte Geschichte. Ich glaubte nicht, dass sie mich erhört hatte.

Und, wenn ich nur dran dachte, was für ein Stapel an Papierarbeit mir als Alpha blühte. Die ganzen finanziellen Angelegenheiten des Rudels, wie Unterstützungen neuer Mitglieder oder Renovierungsarbeiten alter Häuser. Nicht zu vergessen die jährlichen Bilanzen der Werkstatt und weitere Nebenkosten, die ich im Blick haben musste. Mathe würde mich für immer verfolgen.

Irgendwie klang alles so unglaubwürdig.

Schwermütig setzte ich mich auf und rieb vorsichtig meine Augen. Das Gesicht von Shawn blitzte vor mir auf, als wir uns gestern in der Cafeteria in die Augen blickten und er einen Rotschimmer im Gesicht bekam. Er hatte es gar nicht mitbekommen.

Ich musste lächeln, als ich darüber nachdachte.

Aus heiterem Himmel flog die Tür auf und zwei muskulöse Typen sprangen auf mich zu. Niemand anderes als meine älteren Brüder Julius und Nick waren es, die mich sofort in den Schwitzkasten packten und mir alles Gute zum Geburtstag wünschten, dabei setzten sie ein »Kleiner« hinten dran.

Ich musste kurz aufknurren, damit sie mich losließen. Beide verpassten mir einen feuchten und ekligen Schmatzer auf meine Wangen. Dabei überreichten sie mir jeweils ein Geschenk. Ich wischte mir ihren Sabber weg und bedankte mich. Julius und Nick waren beide Betas, aber es war von Anfang an klar, dass Chris mein wahrer Beta werden würde.

Chris, der gerade um die Ecke kam, lehnte sich gemütlich am Türrahmen an, um das Spektakel mit anzusehen, wobei er auflachte. Es war jeden Geburtstag die gleiche Routine. Die dicke Knutscherei der beiden und das Auslachen von Chris.

»Du bist doch nur neidisch.«

»Wenn du denkst, dass ich dir einen Knutscher gebe, der so aussieht, als würden zwei Hunde ihr Herrchen abschlecken ... Kannst du das vergessen«, sagte Chris grinsend.

»Was? Wie bitte?«, kam es gleichzeitig von Nick und Julius.

»Sicher!« Meine Lippen zu einem Kussmund pressend, verteilte ich Luftküsse in seine Richtung.

Sein Lachen verging, als ich aufstand und näher kam. Ich packte ihn am Arm und zog ihn in eine brüderliche Umarmung. Als i-Tüpfelchen gab ich ihm diesmal einen Schmatzer auf seine Wange.

»Iihhh ...«, rief er angewidert und streckte mir sein Geschenk hin.

Ich nahm es dankend an und packte es sofort aus. Meine Augen vergrößerten sich, als ich sah, was es genau war. Das neue Call of Duty-Spiel. Wo man extra lange anstehen musste, da es die limitierte Ausgabe nur an dem speziellen Tag zu kaufen gab und solange der Vorrat reichte.

Ich zog Chris in eine feste Umarmung und konnte mir einen dicken Schmatze auf seine Wange nicht verkneifen.

»Mann, hör auf damit. Spar dir das für deinen Mate auf«, meinte er grimmig.

»Fühl dich doch geehrt, dass dich ein Alpha freiwillig küsst. Dankeschön. Lass uns das morgen spielen.«

Nickend stimmte er mir zu und wir gingen gemeinsam runter in die Küche. Meine Mutter kam freudestrahlend auf mich zu und umarmte mich. »Alles Gute zum Geburtstag, mein Spatz«, sagte sie zärtlich und gab mir einen Kuss auf die Stirn. Mein Vater tat es ihr gleich und drückte mich fest. Gemeinsam setzten wir uns an den großen Esstisch und aßen das Frühstück. Nachdem wir fertig waren, bereiteten wir alles für die Feier vor. Zur Hilfe kamen andere Rudelmitglieder, wovon die meisten eigentlich Schule hätten. Sie begrüßten mich und gratulierten mir. Sogar die Eltern von Shawn kamen rüber, um mitzuhelfen.

Wir bauten eine Bühne mit Mischpult, Bar und Buffet sowie genügend gemütliche Sitzmöglichkeit auf. Die Frauen dekorierten, dafür hatte ich kein Händchen. Mit unseren Helfern waren wir schnell mit allem fertig.

Oben in meinem Zimmer zog ich mir frische Sachen an. Blaue Jeans, mein Lieblingsshirt von Calvin Klein, wo man deutlich meine Muskeln sehen konnte, und meine braunen Timberlands. Als Accessoire griff ich mir eine dieser Hundemarken-Ketten – aus Plastik und ohne Beschriftung, nicht so wie die eines Soldaten. Nur ein Modeschmuck, der das Outfit abrundete. Mein dunkles Haar gelte ich zurück. Fertig lief ich wieder in den Garten und begrüßte einige der Gäste.

Die Zeremonie würde erst um neunzehn Uhr neunzehn stattfinden, da ich um diese Zeit geboren worden war.
So langsam füllte sich unser Garten. Alle gratulierten und redeten kurz mit mir. Ich bemerkte einige anzügliche Blicke sowie ein paar Flirtversuche, die ich gekonnt ignorierte.

Mit jeder Minute, die verstrich, stieg meine Nervosität. Also zog ich mich in eine ruhige Ecke zurück. Nach geraumer Zeit legte sich eine Hand auf meine Schulter.

Angespannt drehte ich mich um und musste grinsen, als ich die Person sah, die hinter mir hervorkam.

Kapitel 10

Shawn

In der Klasse sowie der Schule herrschte apokalyptische Stimmung, als gingen nur die letzten Überlebenden zur Schule. Die Gänge waren leer gefegt. So leise war es schon lange nicht mehr gewesen, man konnte sogar die Uhren im ganzen Gebäude ticken hören.

Was fehlte, waren diese ... Wie hießen die Dinger nochmal? Die, die in diesen Cowboyfilmen in der dürren Wüsten herum hüpfen ... Ach ja, Wüstenhexen.

Bei der Vorstellung musste ich laut auflachen und kassierte sofort eine Ermahnung vom Lehrer, der mich zum Nachsitzen verdonnerte. Augenrollend blickte ich wieder in mein Buch.

Die restlichen Stunden vergingen echt langsam. Nachdem ich gefühlt ein Jahr gealtert war, musste ich zum Nachsitzen. Ich verabschiedete mich von Alexej und begab mich schnell zum Raum. Schließlich hatte ich keine Lust, mir eine weitere Stunde einzuheimsen. Denn Mr Sanchez liebt es, wenn jemand nur eine einzige Sekunde zu spät kam, dann legte er grinsend noch eine Stunde drauf. Ein richtiger

Abschaum. Manchmal ging er einfach und wir mussten die restliche Zeit weiter absitzen.

Nachdem ich endlich gehen durfte, machte ich mich auf den Weg nach Hause, um mich rechtzeitig für die Feier fertig machen zu können.

Mit nur einem Handtuch bekleidet, lief ich zum Kleiderschrank. Es brauchte eine Zeit lang, bis ich mich für etwas Passendes entschieden hatte. Meine Klamotten lagen jetzt zerstreut im ganzen Zimmer herum. Mit einer Armbewegung schnappte ich mir einen Stapel Oberteile und warf sie in den Schrank zurück. Etwas unordentlich, aber besser als im Zimmer verstreut. Denn wenn meine Mom das sah, würde sie unausstehlich werden und mir die Sachen buchstäblich an den Kopf werfen. Wie: *Das habe ich extra gewaschen, wieso wasche ich, wenn du die sauberen Klamotten, auf den Boden schmeißt oder sie zerknitterst?*

Ich zog eine schwarze Skinny Jeans mit Knielöchern, ein weißes Trasher Shirt und Adidas Superstars Schuhe an. Parfum auflegen und schon war ich fertig. Schnell nahm ich das Geschenk von Matt und ging rüber. Meine Eltern waren seit heute Morgen dort, da sie beim Aufbauen geholfen hatten. Die erste Person, der ich begegnete, war Matts Mutter. Sie war etwas kleiner als ich und hatte ein Sonnenscheinlächeln für jeden übrig.

»Hi, Aria.«

»Hallo, Shawn, Liebling. Schön, dich wiederzusehen. Danke, dass du den beiden immer so nett die Hausaufgaben vorbei gebracht hast. Aber auch, dass du Matt so großartig bei Mathe geholfen hast. Ohne dich wäre er wahrscheinlich verloren gewesen.« Sie nahm mich liebevoll in den Arm. »Wie geht es dir denn?«

»Soweit ganz gut. Und das habe ich doch gerne gemacht. Wo ist denn das Geburtstagskind?«, fragte ich sie grinsend und sah mich in dem Getümmel voller Menschen und Wesen um.

»Lass mich mal schauen, wo er ist ... Ach, da.« Sie zeigte mit dem Finger in die Richtung. Mit einem knappen Danke begab ich mich auf den Weg.

»Vergiss nicht, etwas von meinem leckeren Schokoladenkuchen zu essen, bevor er weg ist. Ich hab eine extra Schicht Nutella gemacht«, rief sie mir nach.

»Den Schokoladenkuchen würde ich doch nie vergessen.«

Sie kicherte und verschwand in der Menge. Matt hatte mir den Rücken zugewandt. Vorsichtig legte ich eine Hand auf seine Schulter und bemerkte unter meinen Fingern seine angespannten Muskeln. Langsam drehte er sich zu mir um und lächelte, als er mich erblickte.

»Hi, Geburtstagskind. Alles fit?«, gab ich grinsend von mir und überreichte ihm mein Geschenk.

»Hi. Ja, es geht«, sagte er etwas bedröppelt.

»Was ist los, Großer?«

Jetzt, wo ich sein Gesicht sah, bemerkte ich, dass sein Kiefer genau so angespannt war wie der Rest seines Körpers. Nervös schaute er sich um, um dann weiter zu reden.

»Na ja, das alles ... Muss das sein? Und was ist, wenn ich meinen Mate heute nicht finde? Ach. Ich weiß es nicht. Ich glaube, ich bin nur nervös wegen dem allem. Eine kleine Feier hätte vollkommen gereicht.«

Kurz legte ich ihm meine Hand auf seinen Oberarm, um ihn dort beruhigend mit dem Daumen zu streicheln. Schlagartig landeten alle Augenpaare auf mir, die mich abtrünnig und voller Hass anfunkelten.

Hastig nahm ich meine Hand von ihm und die bösen Blicke waren so schnell, wie sie da waren, wieder verschwunden. Darüber war ich echt froh, denn für einen

Zickenkrieg hatte ich keinen Nerv. Ich hatte immer noch Kopfschmerzen.

Matt, der die Blicke schon gespürt hatte, bat mich, ihm zu folgen. Zusammen gingen wir in die Küche, wo keine weitere Person war. Ihm entglitt ein entspannter Seufzer, als er sich mit dem Rücken an die Arbeitsplatte anlehnte.

Zufrieden stellte ich mich neben ihn und fing wieder das Gespräch von vorhin an. »Das ist doch nicht schlimm, wenn du deinen Mate heute nicht finden solltest. Es gibt genügend andere Tage, an denen du sie oder ihn finden kannst. Kopf hoch, ok? Und jetzt pack mein Geschenk aus, vielleicht stimmt es deine Laune um.«

Er ging meiner Aufforderung mit einem Lächeln nach. Erwartungsvoll blickte ich ihn an, in der Hoffnung, dass es ihm gefiel.

Behutsam zog er den Gegenstand aus der Schachtel. Was er in der Hand hielt, war eine Kette, an der ein großer Anhänger hing – ein schwarzer Wolfskopf, der an einem dunklen Lederband befestigt war. Fasziniert begutachtete er den Wolf in seinen Händen.

»Weißt du was? Der Wolf sieht genauso aus wie mein Wolf.«

Ich musste schmunzeln, als er das sagte, denn eigentlich sah der Anhänger aus wie der Wolf in meinem Traum. Ich hatte Matts nie gesehen.

»Wo hast du den her?«

»Aus meinem Lieblingsladen. Wild Rose, das ist ein Piercing- und Tattoo-Studio. Der Ladenbesitzer verkauft aber auch selbstgemachten Schmuck, so wie den Anhänger.«

»Wie viele Piercings hast du?«, fragte er neugierig und fasste an eines meiner Ohrläppchen. Er spielte fasziniert mit dem Ohrstecker. Als er wieder losließ, kribbelte die Stelle und schrie nach mehr.

»In der Schule trage ich generell keinen Schmuck. Es stört mich, sie ständig wegen dem Training und dem Sportunterricht abzunehmen. Einmal hab ich mir beim Umziehen einen Stecker rausgerissen.« Ich erschauderte. »Okay. Einen kleinen Hinweis gebe ich dir. Heute trage ich nicht nur Schmuck in den Ohren, sondern auch noch woanders.«

Etwas verdutzt guckte er mich an, schien zu überlegen. »Ich kenne Bauchnabelpiercings, das hat sich meine Cousine letzten Sommer stechen lassen.«

Ich schnaubte. »Bauchnabelpiercings hat man sich früher stechen lassen. Das ist total langweilig. Du weißt doch, wie ich bin. Etwas Ausgefallenes passt mehr zu mir.«

»Was aber ...« Sein Blick wanderte an mir hinab. »Wo versteckst du die denn sonst?«

Immer noch grinsend ging ich einen Schritt auf ihn zu. Dass ihn die Neugier gepackt hatte, gefiel mir.

»Ich habe zwei Piercings, die ich mir genau dort hab stechen gelassen.« Ich legte meine Hände auf seine Schultern und ließ sie langsam runter gleiten, bis ich zu der Stelle ankam, wo sich meine Piercings befanden. Mit den Zeigefingern pikste ich in beide seiner Nippel, was ihn aufkeuchen ließ. Seine Augen veränderten sich, schrien nach Lust.

»Aber ich hatte den Schmuck in letzter Zeit nicht so oft drin. Deswegen hast du sie nicht gesehen.«
Leicht biss er sich auf seine Unterlippe, genau das wollte ich. Diese Geste machte ihn verführerischer, als er schon war.

»Na ja, ich gehe jetzt dem Schokoladenkuchen mal Hallo sagen.«

Doch Matt packte meinen Arm und hielt mich zurück. »Schön, dass du hier bist. Ich freue mich wirklich. Du hast mir etwas die Nervosität genommen. Und danke für die Kette, ich werde sie wie einen Schatz hüten.«

Lachend sah ich ihn an und ging wieder raus – in Richtung Buffet.

Glücklich lief ich mit einem dicken Stück Kuchen und viel Sahne auf dem Teller zu meinen Freunden, die ich relativ schnell in dem vollen Garten fand. Sie saßen auf einem der großen Sofas und Sitzkissen, die in einem Kreis aufgestellt waren.

Ich quetschte mich in die Mitte von Alexej und Amelie.

»Hey, wo ist Liam?«, flüsterte ich Alexej ins Ohr.

»Er ist zu Hause ...« Er wirkte zerknirscht.

»Über wen redet ihr? Zufälligerweise über Liam?«, schrie Amelie fast schon neben meinem Ohr.

Alexej versuchte, eine Hand auf ihren Mund zu legen, damit nicht alle es gleich mitbekamen, was ihm aber nicht so gelang, wie er es wollte.

»Hast dich direkt an den Neuen rangemacht. Wo ist denn dein Schätzchen? Wo hast du ihn versteckt? Darf er nicht zu uns kommen?«, fragte Amelie ohne Punkt und Komma, wobei Alexej tiefer in seinem Sitz versank vor Peinlichkeit. Amelie war nicht diskret oder leise. Sie schwärmte regelrecht für dieses Gespräch und wollte so viel wissen, wie es ging.

»Wir verstehen uns. Liam ist nur ein Freund und mehr nicht. Er ist zu Hause, da er, na ja ... Matt und er kommen nicht so gut miteinander aus.«

»Ja, ja, ja. Du musst dich nur trauen und ihn ansprechen, ob er mit dir ausgehen möchte. Das ist echt nicht schwer. Natürlich kann ich dir helfen.« Dabei hatte sie so ein Grinsen im Gesicht und offensichtlich schon einen perfekten Plan, wie es ablaufen sollte.

Eine Stimme, die durch Lautsprecher erklang, unterbrach die Unterhaltungen der Gäste. Die Person, die man hörte, war kein anderer als Zayn. Er stand auf der Bühne und sprach zu seinem Publikum.

»Ich danke euch allen, dass ihr so zahlreich erschienen seid. An die Helfer nochmal ein dickes Dankeschön, die mit uns aufgebaut sowie dekoriert haben. Heute sind wir alle hier, weil wir was Großes feiern. Denn heute wird mein Sohn achtzehn. Er wird meinen Platz als Anführer übernehmen und sich gut um das Rudel kümmern, so wie ich es getan habe. Die Zeremonie werden wir jede Sekunde abhalten. Was noch bevorsteht, ist, dass er seinen Mate fürs Leben findet.«

Zayn packte sein Mikrofon weg und blickte seinen Sohn tief in die Augen. Seine Augenfarbe wechselte in ein Dunkelrot.

Die Gäste zählten von zehn an rückwärts hinunter. Matt war um neunzehn Uhr neunzehn geboren worden, um diese Zeit würde er Alpha werden und gleichzeitig seinen Mate finden.

zehn

neun

acht

sieben

sechs

fünf

vier

drei

zwei

eins

null

Zayns Augenfarbe wandelte sich wieder zu seinem normalen Braun. Im selben Moment färbten sich Matts Augen in das

Dunkelrot, das bis vor kurzem seinem Vater gehört hatte. Alle fingen an zu jubeln oder ließen ihren Wolf aufheulen.

Matt übernahm das Wort, bedankte sich bei jedem und hoffte auf eine gute Zeit miteinander.

In diesem Moment schoss ein stechender Schmerz durch meinen Kopf, der mich keuchen ließ. Snow wandte sich und jaulte voller Pein immer mal wieder auf. Kurz bemerkte ich, dass Matt mich seit ein paar Sekunden von der Bühne aus anstarrte. Auch wenn es nur ein Augenblick war, entspannte es mich.

Sie beide verließen die Bühne, um sich zu den anderen Alphas zu begeben, die Matt gratulierten. Ebenso die anderen Rudelmitglieder.

Der Schmerz war nicht mehr auszuhalten. Schnell suchte ich meine Mom im Gewusel.

»Mom, ich gehe nach Hause. Kannst du bitte Matt von mir gratulieren?«

»Alles gut, Schatz?«, fragte sie besorgt.

»Mein Schädel brummt, aber halb so wild. Ich würde mich gern hinlegen.«

»Soll ich mitkommen?«

»Nein, das schaffe ich schon allein. Außerdem ist es ja nebenan, wenn was ist, ruf ich einfach. Und Mom, zock die anderen beim Pokern nicht zu sehr ab, lass sie auch mal gewinnen.«

»Ok, Schatz. Pass auf dich auf. Ruf so schnell du kannst, wenn es dir schlechter geht oder es gar nicht besser wird. Dann komm ich zu dir rüber.« Ihr Gesichtsausdruck hellte sich auf. »Wenn die anderen kein Pokerface haben und ich ein gutes Blatt hab, kann ich nicht anders.«

Nickend sah ich sie an und verschwand. Es war echt schwer, nach Hause zu kommen, da sich alles um mich herum drehte. Ich schleppte mich ins Bett, stülpte die Schuhe von den

Füßen. Ich hatte keine Kraft mehr, um wieder aufzustehen und mir eine Schmerztablette zu holen. Also versuchte ich, etwas zu schlafen.

Ein Klicken ertönte und kündigte einen Gast in meinem Zimmer an.

Kapitel 11

Matt

Ich spürte ein leichtes Kribbeln in meinen Augen, als sich die Farbe darin änderte. Sie wechselte von meinem normalen Braun in das tiefe Rot, das vor kurzem in den Augen meines Dads geleuchtet hatte.

Emotionen und Gedanken aller Rudelmitglieder sprudelten nur so in meinen Kopf. Es war ein überwältigendes Gefühl. Ab heute war ich tief mit ihnen verbunden.

Sie jubelten begeistert oder ließen ihren Wolf raus, um fröhlich aufzuheulen. Ich schnappte mir das Mikrofon, bedankte mich herzlich bei allen.

Immer mal wieder huschte mein Blick durch die Menge und landete direkt auf Shawn. Ich wusste genau, wo er stand. Einige Falten bildeten sich auf seiner Stirn und er kniff seine Augen zusammen, als hätte er Schmerzen.

Langsam gingen mein Dad und ich von der Bühne. Sofort kamen die anderen, um mir zu gratulieren. Enge Freunde, Familienmitglieder, Rudelmitglieder aus meinem sowie der umliegenden Rudel und Bekannte.

Mein Blick wanderte immer mal wieder durch die Menge auf der Suche nach Shawn.

Wieso?

Weiter konnte ich mir den Kopf nicht zerbrechen, denn Shawns Eltern kamen auf mich zu und gratulierten mir. Seine Mutter Olivia nahm mich herzlich in eine Umarmung, die ich sofort erwiderte.

»Herzlichen Glückwunsch. Von Shawn soll ich dir auch alles Gute wünschen.«

»Wo ist er geblieben? Er war doch gerade noch da, oder nicht?«, fragte ich sie verwundert.

»Er ist nach Hause gegangen. Er meinte, dass es ihm nicht so gut ginge und ich sollte mir keine Sorgen machen.«

»Ok.«

Abwesend streifte ich im Garten rum. Die Feier war in vollem Gange und die Leute hatten Spaß. Die Feierlaune packte mich kaum, meine Gedanken schweifte immer wieder zu Shawn. Als ich ihn von der Tribüne aus beobachtete, sah er schon blass aus. Wie schlecht ging es im wirklich? Sollte ich einmal nach ihm sehen? Ich machte mir Sorgen um ihn.

»Hey, Alpha, weißt du, wo Shawn ist?«, fragte mich Alexej, der gerade durch die Terrassentür trat.

»Olivia sagte mir, er sei nach Hause gegangen, da es ihm nicht so gut ginge«, informierte ich ihn. Etwas abwesend blickte er sich in der Runde um.

»Komisch, er war schon den ganzen Tag etwas merkwürdig drauf. Schade, wir wollten Phase zehn spielen und Shawn fragen, ob er mitspielen will. Hast du vielleicht Lust?«

»Ein anderes Mal.«

Alexej wollte gehen, als ich ihn doch noch aufhielt. »Wie meinst du das, er habe sich komisch verhalten? Geht das überhaupt bei Shawn?«

»Er war seit heute Morgen neben sich. Im Unterricht hat er nur vor sich hin geträumt. Was total unüblich für Shawn ist. Er meinte, er hätte echt tierische Kopfschmerzen.«

»Ok. Danke«, war das Einzige, was ich herausbekam, ehe ich schon wieder von anderen belagert wurde.

Alexej winkte mir grinsend zu, bevor er verschwand. Jeder fragte mich, ob ich schon meinen Mate gefunden hätte.

Zu niemandem der Gäste spürte ich eine Anziehung. Zu keiner einzigen Person, die auf dieser Party war.

Die Alphas schütteten mir währenddessen immer mal wieder was Neues zu trinken ein. Doch mir war nicht nach feiern zumute. Der ganze Alkohol half nicht. Auch nicht die Feierlaune der anderen.

Irgendetwas war komisch, was ich im ersten Moment nicht deuten konnte.

Etwas fehlte ...

Jemand fehlte. Und mit einem Mal wusste ich genau, wer es war. Nur eine Person war nicht auf der Feier, die seit Tagen ständig in meinen Gedanken herumschwirrte. Endlich machte es Klick bei mir.

Er war der Einzige, der mir die Stirn bot. Immer seine Meinung sagte. Mich zum Lachen brachte, aber auch zur Weißglut bringen konnte. Er war eine der wunderbarsten Personen, die ich kannte.

Vielleicht hatte die Mondgöttin meinen Wunsch ja doch erfüllt.

Leise und unbemerkt versuchte ich, mich von meiner eigenen Feier wegzuschleichen. Es war schwerer als erwartet. Überall waren fröhliche Leute, die mich, wenn sie mich sahen, direkt in irgendein Gespräch verwickelten oder mir etwas in die Hand drückten. Sei es ein Kuchenstück, ein Getränk oder ein Geschenk. Ich konnte nicht unhöflich sein und es ablehnen oder es ihnen übelnehmen, dass sie mit mir reden wollten. Heute war ein besonderer Tag.

Als ich dachte, ich hätte es endlich geschafft, wurde ich dann doch von jemanden aufgehalten.

»Na Süßer, wohin des Weges?« Es war niemand anderes als Alina, die Kapitänin der Cheerleader-Mannschaft. Ihr blondes Haar war wie sonst zu einem strengen Zopf gebunden. Sie schlang ihre Arme um meine Schulter und versuchte, mich an sich zu drücken.

»Finger weg, Alina«, brummte ich ihr entgegen.

»Aber, aber, mein Hübscher. Jetzt bin ich an der Reihe, denn das Beste kommt immer zum Schluss. Ich weiß doch, dass ich die einzige und wahre Luna bin, nicht wahr? Du kannst es mir ruhig sagen.«

Alina lehnte sich so weit nach vorne, dass ihr Gesicht nah an meinem war.

»Ich sagte: Finger weg! Und nein, die bist du ganz und gar nicht. Du wirst es nie sein!«, knurrte ich bedrohlich. Dabei fletschte ich die Zähne und benutze etwas von der Alphastimme, die ich jetzt hatte.

Mit geweiteten Augen sah sie in meine glühenden, bevor sie ihren Blick senkte und mit einem Wimmern Abstand nahm.

Endlich stand mir nichts mehr im Weg. Die Haustür der Familie Coleman war zu meinem Glück nicht abgeschlossen. Oben an Shawns Tür hörte ich kein Geräusch, bis auf einen hektischen Herzschlag. Unsicher öffnete ich seine Zimmertür. Mein Blick landete direkt auf dem Bett.

»Shawn«, sagte ich voller Sorge.

Kapitel 12

Shawn

Jemand rief meinen Namen, aber das Einzige, was ich als Gegenantwort rausbekam, war ein gequältes Stöhnen. Die Tür knallte so laut zu, dass ich vor Schreck senkrecht im Bett saß.

Urgh ... Das war keine so gute Idee, sich so schnell aufzusetzen. In meinem Schädel brummte es und für einen Moment drehte sich der Raum.

»Shawn? Du siehst gar nicht gut aus, ist alles ok bei dir?«, fragte mich die Stimme, die sich als die von Matt herausstellte.

»Matt, was machst du denn hier? Musst du nicht drüben auf deiner Feier sein? Hast du deinen Mate gefunden? Diese ach so tolle blonde Schönheit mit ihren ach so tollen Kurven, wie Damian sie beschrieben hat?« Eifersucht brodelte tief in mir und übernahm die Kontrolle meines Mundwerkes. Niemals hätte ich diese Dinge mit klarem Kopf gesagt.

»Das ist nicht schlimm, wenn ich mal kurz weg bin, es gibt etwas Bedeutsameres als die Feier. Das mit der Mate-Sache werde ich dir ein anderes Mal erzählen.«

»Was ist denn wichtiger als dein eigener Geburtstag? Wieso möchtest du mir nicht sagen, ob du deinen Mate gefunden hast? Verrat es mir!«

Wieso wollte er es mir nicht erzählen? War sie hübscher, als ich dachte? Oder war es doch ein Mann geworden? Was für mich noch schlimmer wäre.

Schwankend setzte ich einen Fuß auf den Boden, dann den anderen. Ich versuchte mich aufzuraffen, um ihm besser gegenüberzutreten. Doch es war ein Fehlschlag, denn sobald ich mich hinstellte, flog ich schmerzlich zurück auf die Matratze.

Matt, der sich auf die Bettkante setzte, legte eine Hand auf meine Stirn. »Shawn, du bist ja heiß.«

»Das weiß ich selber. Ich schaue jeden Morgen in den Spiegel. Gut, dass du es jetzt mal einsiehst!«

»Shawn! Ernsthaft! Das ist nicht der passende Moment für so einen Scherz!« Ein Ächzen entfloh mir, als ich mich aufsetzen wollte. Jedoch hielt mich eine starke Hand an der Schulter auf und drückte mich sanft zurück auf die Matratze.

»Bleib liegen.«

»Mein Schädel brummt. Kannst du mir bitte eine Schmerztablette und Wasser geben? Tablette obere Schublade und eine Wasserflasche steht noch auf dem Schreibtisch.«

Matt ging meiner Bitte nach und überreichte mir die Gegenstände. Sofort schluckte ich die Tablette mit dem Wasser hinunter.

»Besser?«, fragte Matt besorgt.

»Ein wenig, aber ich würde gern duschen. Ich fühl mich eklig und verschwitzt.«

»Zieh deine Sachen aus!« Matt zog am Saum meines Shirts.

»Was wird das, Matt? Das geht mir, glaube ich, zu schnell«, keuchte ich panisch.

»Ein Bad wäre keine so gute Idee, aber du kannst neue Klamotten anziehen, sonst erkältest du dich und wirst richtig krank.«

Etwas überfordert von der Situation bemerkte ich gar nicht, wie flink Matt mir das Shirt auszog und sich an meiner Hose zu schaffen machte. Zügig legte ich eine Hand auf seine Brust, bevor er mich weiter ausziehen konnte.

»Matt. Warte doch mal.«

»Was denn?«

»Ich möchte mich frisch fühlen und da hilft mir viel mehr eine Dusche als neue Klamotten. Wenn ich neue Sachen anziehe, bleibe ich verschwitz.«

»Zieh dich aus! Ich hol ein Waschlappen und eine Schüssel mit Wasser, das muss reichen!« Mit dem Satz verschwand er aus dem Zimmer.

Irritiert starrte ich die angelehnte Tür an. Er wusste doch gar nicht, wo er nach den Sachen suchen sollte. Mein erster Gedanke war, ihm nachzugehen, doch den verwarf ich schnell, als ich wieder einen Fuß aus dem Bett hieven wollte und einen Schwindelanfall bekam. Was mir blieb, war die Hoffnung, dass er alles ohne meine Hilfe finden würde.

Ungelenk öffnete ich meine Hose und kämpfte damit, den Stoff über meine Knie zu bekommen. Ausgelaugt schloss ich für einen Moment die Augen.

»Fuck«, hörte ich Matt plötzlich keuchen, der wieder ins Zimmer trat. In seinen Händen hielt er eine große Schüssel, die mit Wasser befüllt war. Des Weiteren hing über seiner Schulter das rote Küchenhandtuch meiner Mom, das sie aus dem letzten Spanien-Urlaub mitgebracht hatte.

Behutsam stellte er die volle Schüssel auf den Schreibtisch und tunkte das ganze Handtuch hinein. Langsam setzte er sich neben mich auf die Bettkante.

Ein zufriedenes Stöhnen entfloh mir, als er mit dem nassen Tuch meine Brust fürsorglich abtupfte. Wie gebannt zeichnete er einen feuchten Weg hinunter zu dem Bund meiner Unterhose. Wie von selbst wanderte meine Hand zu seiner, wo ich ihn sanft am Gelenk packte. Das nasse Tuch fuhr über meine Brust und ließ mich den Rücken durchdrücken, weil Matt mit dem Daumen dezent über eines meiner Piercings strich.

»Matt!«

»Mhmm ...?«, war das Einzige, was er sagte, da er gespannt auf einen meiner Nippel starrte. Er riss sich los, um mir in die Augen zu blicken.

»Was machst du hier?«, fragte ich mit klarerem Kopf.

»Keine Ahnung. Ich habe mir Sorgen um dich gemacht. Olivia hat mir gesagt, dass es dir nicht gut geht. Deshalb bin ich zu dir gekommen.«

»Das ist nett, aber du hast drüben deine Geburtstagsfeier und du bist hier? Was ist mit deinem Mate?«

»Nächstes Jahr habe ich auch Geburtstag. Irgendwas sagte mir, ich sollte nach dir schauen.«

Skeptisch sah ich ihn an.

»Shawn, darf ich dich etwas fragen?«

Ich nickte.

»Warum hast du keinen Geruch? Wieso kann ich dich nicht riechen?«

Mit aufgerissen Augen sah ich ihn an. »Ich weiß es nicht. Ähm ... Vielleicht habe ich einfach einen normalen Geruch, den man nicht riechen kann. Oder mein Duft ist nicht so intensiv.«

Ungläubig blickte er mich an. Ich drehte den Spieß um, als er wieder anfangen wollte zu reden. »Und wieso riechst du extrem nach Frauenparfüm? Insbesondere nach dem von Alina?«

Denn der Geruch war grausam, zu viel von dem ekligen Parfüm.

Kurz roch er an seinem Shirt. »Alina hat sich mir um den Hals geworfen.« Er zögerte einen Moment. »Warte mal. Wie hast du das gerochen?«

Verwundert kniff ich die Augenbrauen zusammen. Denn ich wusste es selber nicht genau.

»Er stinkt. Er soll sich waschen, der Gestank soll von ihm weg. Durch den Geruch bekommen wir noch mehr Kopfschmerzen«, meldet sich Snow auf einmal.

Ich war seiner Meinung. Der Geruch von jemand anderem auf Matt machte mich krank. Insbesondere so ein penetranter Duft eines omahaften Parfums.

»Shawn? Ist alles gut bei dir?«, fragte Matt und sah mich besorgt an.

»Nein. Du stinkst nach jemand anderem. Mach, dass es weg ist!«, blaffte ich und packte ihn am Kragen. Mit meiner letzten Kraft drehte ich uns, sodass Matt nun auf der Matratze lag und ich rittlings auf seiner Hüfte saß.

»SHAWN! Ist das dein Ernst? Was soll der Scheiß?«, knurrte er mich an und ließ seine Alphaaugen aufblitzen. Die Drehung hatte alles schlimmer gemacht. Ich bemerkte, dass Snow ausbrechen und Matt seine Meinung um die Ohren pfeffern wollte. Irgendwie konnte ich ihn mit Müh und Not zurückhalten. Doch irgendwas veränderte sich. Was es genau war, wusste ich nicht.

»Hör auf, mich jedes Mal anzuknurren, wenn ich nicht nach deiner Pfeife tanze!«

Und diesmal war ich es, der sich nicht zurückhalten konnte. Ungeachtet meines Ausbruches konnte ich Snow von etwas anderem nicht mehr abhalten. Ruckartig blitzten um mich herum Sterne auf und mein Sichtfeld wurde schwarz.

Kapitel 13

Matt

Was war das? Hatte ich das wirklich gesehen? Shawns Augen hatten sich von meerblau in ein helles Babyblau mit weißen Punkten verändert. Es sah aus, als würde man in den verschneiten Himmel schauen.

Kurzzeitig hatte mich ein betörender Duft umgeben – nach heißer Schokolade und Sonnenblumen. Doch so schnell er aufgetaucht war, war er schon wieder weg gewesen. Dabei hätte ich gern mehr davon gerochen.

Aber das Bewundernswerte war, dass er mich angeknurrt und dabei die Zähne gefletscht hatte, die am Ende spitz waren. Wie bei einem Werwolf.

»Scheiße! Shawn, was ist los?«

»Müde ...«

Ein wenig erleichtert, zog ich ihm etwas Bequemes an und deckte ihn zu.

Shawn verheimlichte mir doch was, aber was genau? Kurz blickte ich besorgt auf ihn hinunter und strich sanft durch seine weichen Haare, bevor ich ihm einen Kuss auf seinen Haaransatz drückte und aus seinem Zimmer verschwand.

Zögernd lief ich aus dem Haus, denn es war schwer. Mein Herz schmerzte, als ich ihn zurücklassen musste.

Nur eine Person konnte mir jetzt eine Antwort auf die Frage geben, was ich gerade gesehen hatte. Olivia.

Zurück auf der Party, die immer noch in vollem Gange war, hielt ich nach Shawns Mutter Ausschau.

»Hey, Geburtstagskind.« Chris tauchte vor mir auf.

»Wo warst du die ganze Zeit? Hab dich schon überall gesucht, was echt schwierig war in diesem Getümmel. Alle fragen schon, wo denn die wichtigste Person des Abends hin ist.«

»Wo ist Olivia?«

»Was willst du denn von Shawns Mutter?«

»Nicht jetzt. Erzähl ich dir später, wenn ich es geklärt habe. Hast du sie gesehen? Ja oder nein?« Chris überlegte kurz. »Mhmm ... Ja, sie spielt mit deinem Vater und den anderen Alphas Poker.«

Gemeinsam liefen wir in den Keller, wo sich der Pokerraum meines Vaters befand. Er hatte viel Arbeit und Zeit in diesen Raum gesteckt. Die Möbel, wie der Pokertisch und die Bar, hatte er selber hergestellt. Ohne anzuklopfen, gingen wir rein. Wie Chris schon sagte, saßen alle Alphas an dem riesigen Tisch. Vor Olivia, die in der Mitte saß und ihren Cocktail gelassen in der Hand hielt, lag ein großer Haufen an Chips.

Ich räusperte mich kurz, um die Aufmerksamkeit auf mich zu lenken. Erwartungsvoll blickte sie mich alle an. »Olivia, können wir reden? Es ist dringend!«

»Kann das kurz warten?«

Was bedeutete, sie hatte ein gutes Blatt.

»Ich glaube, die Herrschaften brauchen eine kurze Pause. Wenn ich die Herren bitten dürfte, den Raum zu verlassen, um uns einen Moment zu geben.«

Die Alphas um den Pokertisch erhoben sich und verließen den Keller. Mein Vater sowie Shawns und Chris blieben hier. Für einen Moment wartete ich, bis ich das Klicken der oberen Tür hörte, das mir sagte, dass wir nun unter uns waren.

»Es geht um Shawn.«

Sofort sprang sie auf. »Was ist mit ihm? Geht es ihm gut?«

»Es wird ihm wieder besser gehen. Aber darum geht es nicht. Ich habe etwas gesehen, was ich vermutlich nicht hätte sehen sollen. Shawn ist kein Mensch, oder?«, platzte ich mit meiner Vermutung heraus.

Schnell blickte sie zu ihrem Mann und legte beide Hände in ihr Gesicht. Die sonst so starke Frau, die ich kannte, war auf einmal angreifbar.

»Olivia«, sagte ich leise und legte eine Hand auf ihre Schulter.

»Olivia, Schatz. Wir müssen es unserem Alpha endlich erzählen!«, redete ihr Mann auf sie ein. Sie hob ihren Kopf.

»Na, gut. Ihr müsst mir versprechen, dass das, was ich euch jetzt erzähle, in diesem Raum bleibt und ihr es niemandem, absolut niemandem weitererzählt!« Dabei schaute sie in die Runde, bis ihr Blick bei mir hängen blieb.

Wir nickten alle gleichzeitig.

Schwer schluckend fing sie an zu erzählen. »Shawn ist kein Mensch. Er ist in Wirklichkeit ein Werwolf.«

»Was ist daran so schlimm? Ist doch toll«, ertönte die Stimme meines Vaters. Sachte legte er Olivia eine Hand auf ihre Schulter, um sie aufmunternd zu drücken.

»Er ist kein normaler Werwolf. Er ist ein ... *Omega*«, offenbarte Olivia mit Tränen in den Augen.

Jeder im Raum hielt den Atem an. Das veränderte alles. Für einen Sekundenbruchteil fühlte es sich unreal an, aber der Ausdruck in Olivias Augen sprach die Wahrheit.

Mein Vater war der Erste, der sich wieder in Bewegung setzte und versuchte, Olivia aufzumuntern, indem er ihr einen neuen Drink mixte. Ein kleines Lächeln huschte über ihr Gesicht, als sie das kühle Glas dankend annahm. Chris ließ langsam die Luft aus seinen gepressten Lippen. „Das ist eine große Sache."

Mein Vater ignorierte Chris und wandte sich stattdessen wieder Olivia zu.

»Wieso hast du es uns nicht erzählt? Wir sind doch gute Freunde«.

»Ihr wisst, was mit den Omegas passiert ist. Die Sammeljäger waren hinter ihnen her. Man hat seit Ewigkeiten keinen mehr gesehen. Ich hatte Angst, unser Kind zu verlieren. Das musst du verstehen, Zayn. Wir wollten nicht, dass es mehr Leute wissen«, sagte sie mit Tränen in den Augen. Jason legte eine Hand beschützend um die Schultern seiner Frau. Sie schmiegte ihre Nase in die Halsbeuge ihres Mannes und nahm den Duft auf, was sie zu entspannen schien.

»Omegas sind doch schwache Wesen. Shawn ist das komplette Gegenteil, er ist stark und flink«, hörte ich mich selber sagen. Das Gefühl von Stolz kribbelte in meinem Magen, als ich Shawn beschrieb. Er war schon immer anders und das mochte ich an ihm.

»Und schlagfertig. Er bietet dir die Stirn«, fügte mein Vater lachend hinzu.

»Aber wie ist es möglich, dass er keinen Geruch hat oder irgendwelche Anzeichen vorweist, dass er ein Werwolf ist?«, warf ich irritiert in den Raum.

»Ihr kennt doch meine Zwillingsschwester Ann. Sie ist eine Hexe. Ich bat sie damals, Shawns Wolfswesen zu verstecken. Deshalb hat er keinen Geruch. Damit ihn niemand aufspüren kann. Doch jeder Zauber verfliegt. Sobald Shawn achtzehn wird, wird sein Wolf zum Vorschein kommen.«

»Aber wieso konnte ich vorhin einen Duft, der von Shawn aus kam, riechen?«

»Was? Unmöglich!«

»Nein, oder?«, kam es diesmal von Chris. »Das kann nur eins heißen ...«

Wir schauten ihn alle an.

»Ihr seid Mates.«

Kapitel 14

Shawn

Einige Vögel sangen draußen fröhlich und kündigten die Sonne an. Wie von einem Irren aufgescheucht, klingelte mein Wecker. So langsam ich konnte, tastete ich danach, um ihn auszuschalten. Kurz hob ich den Kopf, um den Störenfried böse anzufunkeln. Mit einem lauten Stöhnen ließ ich mein Gesicht wieder ins Kissen fallen. Denn ich fühlte mich, als hätte ich einen dicken fetten Kater.

Nach einiger Zeit setzte ich mich schwer auf und versuchte, mich fertig für die Schule zu machen. In Zeitlupe lief ich die Treppe hinunter in Richtung Küche.

»Morgen Mom«, sagte ich total müde und mit leichten Kopfschmerzen.

»Guten Morgen, Schatz. Hier!« Sie küsste meine Stirn und reichte mir eine Schmerztablette mit einem Glas Wasser. Erleichtert bedankte ich mich bei ihr.

»Was hast du gestern gemacht, als du zu Hause warst? Ist irgendetwas Besonderes passiert? Irgendetwas, was du mir gerne erzählen möchtest, mein Kind?«

»Mhmm ... Ähm ... Nö. Ich bin direkt ins Bett gegangen und eingeschlafen bin«, gab ich verwirrt von mir, weil ich nicht genau wusste, auf was sie hinaus wollte.

»Ich sollte dir etwas erzählen«, räumte sie ein. »Was gestern Abend passiert ist, als du weg warst.«

Verwirrt blickte ich sie an. »Was meinst du damit?«

»Nachdem du gegangen bist, ist Matt bei dir gewesen. Er hat sich Sorgen um dich gemacht. Aber als er zurückkam, musste ich es ihm sagen.«

»Was musstest du ihm sagen?«

Ich wusste nicht, in welche Richtung dieses Gespräch führte, doch es gefiel mir nicht.

Zuerst zog sie einen kräftigen Atemzug durch ihre Lungen, bevor sie mir in die Augen schaute. »Ich habe ihm gesagt, dass du ein Omega bist.«

Entsetzt sah ich sie an, Verärgerung und Enttäuschung sprudelten in mir. »Mom! Du hattest kein Recht dazu. Schließlich ist es meine Entscheidung, wem ich es erzählen möchte. Warum musstest du das tun?!«

Leicht zuckte sie zusammen. »Er ist der neue Alpha und er ist dein ...« Ich unterbrach sie abrupt, denn ein Blick auf die Uhr signalisierte mir, dass ich vor acht Minuten hätte loslaufen sollen.

»Mom, wir reden später in Ruhe.«

Ich schnappte mir meine Tasche und machte mich auf den Weg.

»Shawn, warte!«, schnaubte meine Mom, als ich das Haus verließ.

Zwei Minuten, bevor es klingelten, schaffte ich es, in der Schule anzukommen. Außer mir war keiner im Flur zu sehen. Ich schloss die Schließfachtür auf und kramte die Bücher raus, die ich für den Unterricht brauchte, als mich zwei starke Hände an der Hüfte packten und mich hochspringen ließen. Fast knallte ich gegen die Schließfachtür. Erschrocken blickte ich nach hinten. Meine Augen wurden größer, als ich sah, wem diese Hände gehörten.

»Matt!«

»Anscheinend geht es dir besser. Die Abkühlung hat geholfen.«

Jetzt war ich verwirrt. Hatte ich was verpasst?

Fragend sah ich ihn an.

Er hingegen schmunzelte. »Shawn? Weißt du, was gestern Abend passiert ist?«

»Mhmm ... Ich bin früher nach Hause gegangen, da ich starke Kopfschmerzen hatte. Bin direkt ins Bett gefallen. Ansonsten kann ich mich an nichts erinnern. Aber meine Mom hat mir heute Morgen etwas erzählt ...«

Skeptisch sah er mich an. Doch ehe einer von uns weitersprechen konnte, gesellten sich Chris und Alexej zu uns.

»Na, ihr Turteltäubchen?«, sagte Chris lachend. Was hatte der denn für eine gute Laune?

»Ach ja, da war was.« Matt wandte sich an mich. »Ich wollte dir noch was sagen ...« Voller Hoffnung schaute er mich an, doch das verging, als ich ihm zuvorkam.

»Alles Gute, neuer Alpha.« Ich klopfte ihm sanft auf die Schulter.

»Sag mal, wer ist denn dein Mate? Hast du die Person gefunden?«

Ein Stich zog sich durch meine Brust, als ich ihn fragte, aber ich musste es wissen. Vielleicht konnte ich mir ja Hoffnung machen. Anderseits, wenn er einen anderen Namen als meinen aussprach, wie würde ich mich fühlen?

Erstaunt blickten mich alle an. Hatte ich irgendwas Falsches gesagt?

»Habe ich was im Gesicht?« Kurz fasste ich mein Gesicht an und lachte dabei.

»Shawn, also ...« Matt wurde von der Schulglocke unterbrochen.

»Ich glaube, wir sollten gehen, sonst bekommen wir Ärger mit Mr Schulz«, meinte ich. »Wir können ja in der Mittagspause reden, oder?«

Flüchtig stimmte er mir zu und ging bedröppelt mit Chris zur Klasse.

Hatte ich etwas Falsches gesagt?

Ich bemerkte, dass Alexej mich entsetzt anschaute, jedoch nichts sagte. Im Klassenzimmer erkundigte sich sogar Liam, wer Matts Mate sei. Ich zuckte nur mit den Schultern. Wer war es? Hatte er ihn oder sie gar nicht gefunden?

Unbewusst drehte sich mein Kopf zu Matt. Mit gesenktem Haupt saß er an seinem Platz. Irgendwas regte sich in mir. Ich wollte ihn trösten, weil es mich verletzte, ihn so traurig zu sehen. Aber es war nicht meine Aufgabe, oder? Kopfschüttelnd blickte ich wieder nach vorne. In der Mittagspause zog mich Alexej auf den Schulhof.

»Was ist los?«, fragte ich ihn verwundert.

»Du hast keine Vermutung, wer Matts Mate sein könnte?«

»Nein, mir fällt niemand ein.«

»Na ja ...«

»Du weißt, wer Matts Mate ist, oder?«

Anscheinend war der Boden so interessant, dass Alexej nur noch dorthin starrte.

»Alexej!«, blaffte ich genervt, woraufhin er mich mit Kulleraugen anschaute. Schlagartig wurde es mir bewusst. »Kann es sein, dass ich es bin?«

Wie aus heiterem Himmel kamen Matt und Chris durch die Tür, die zum Schulhof führte. Sofort trafen sich unsere

Blicke. In dem Moment war ich mir sicher und es machte in meinem verlangsamten Gehirn Klick.

»Das ist doch nicht wahr, oder? Ich Idiot ...«, sagte ich zu mir selbst. Ich brach den Blickkontakt ab.

»Shawn?«, fragte mich Alexej perplex.

»Ich muss kurz allein sein«, brachte ich schwer raus und verschwand durch die nächstbeste Tür. Schnurstracks lief ich in Richtung Krankenzimmer. Ich wollte mich nur hinlegen und mein Idiotensein verfluchen.

Mein Glück war, das die Krankenschwester momentan nicht da war, also konnte ich mich einfach niederlegen. Schnell zog ich die Schuhe aus und legte die Decke über meinen Kopf.Nach kurzer Zeit klingelte es und die nächste Stunde begann. Doch darauf hatte ich keine Lust.

Abrupt flog die Tür auf und jemand betrat das Krankenzimmer. Behutsam setzte sich die Person zu mir. Ich spürte, um wen es sich handelte. Als die Decke von mir gezogen wurde, blickte ich in Matts Augen.

»Sag doch einfach, dass ich ein Idiot bin!«, nuschelte ich und verbarg mein Gesicht hinter den Armen. Ein Lachen kam von Matt. »Du bist kein Idiot.«

»Da bin ich mir nicht so sicher.«

»Willst du mich nicht einmal anschauen?«

Ein Murren verließ meinen Mund und ich zog die Hände vom Gesicht. Wir guckten uns einige Zeit in die Augen. Immer mal wieder huschte mein Blick auf seine Lippen, aber Matt tat es mir gleich. Wir kamen uns immer näher, es fehlten nur ein paar Millimeter, die ich schnell überbrückte.

Matt, der sofort den Kuss erwiderte, leckte über meine Unterlippe, bevor seine Lippen wieder auf meinen waren. Ich öffnete sie und seine Zunge wanderte in meinen Mund. Ein Stöhnen entfloh uns beiden.

Meine Hände wanderten von seinem Nacken zu seinen Haaren, wo sie sich festkrallten. Matts zu meiner Hüfte. Er zog mich fester zu sich.

Der Kuss wurde immer leidenschaftlicher. Unsere Zungen kämpften um die Führung, die irgendwann Matt gewann.

Aber irgendwas stimmte nicht.

Was war los?

Unerwartet riss ich die Augen auf und sah, dass sich meine Nägel in Krallen verwandelten. Rasch schob ich Matt von mir und zog die Decke wieder komplett über meinen Kopf.

»Sorry, Matt. Ich habe total Kopfschmerzen. Ich schlafe lieber ein bisschen.«

»Soll ich hierbleiben?«

»Nein. Nein. Ich komme schon klar. Wir haben doch jetzt Mathe, da solltest du besser aufpassen.«

»Na gut.« Wenn auch scheinbar widerwillig erhob er sich vom Bett. »Hoffentlich vergisst du nicht wieder, was wir gemacht haben.«

Sanft gab er mir einen Kuss auf meine zugedeckte Stirn, dann hörte ich, wie Matt leise den Raum verließ.

Langsam setzte ich mich auf und blickte auf meine Hände. Meine Fingernägel waren nicht mehr normal. Sie hatten sich in Krallen verwandelt. Das konnte doch nicht sein. Ich hatte erst in einer Woche Geburtstag. Wieso?

Vorsichtig stieg ich aus dem Bett und lief zum Waschbecken, wo ein Spiegel hing. Mit gesenktem Kopf stand ich davor. Ein angestrengtes Stöhnen entfloh mir.

»Komm schon, Shawn«, sagte ich aufmunternd zu mir selbst. »Was kann schiefgehen?«

Mit viel Mut blickte ich in den Spiegel. Was ich sah, war mir nicht geheuer. Das waren nicht meine Augen, die mir entgegenblickten. Ich sah in zwei babyblaue Iriden mit weißen Punkten darin, die zu Snow gehörten.

Angst breitete sich in mir aus.

»Snow? Wie kann das sein?«

»Ich weiß es nicht, wir sollten sie fragen.«

Moment mal ... Ich roch an mir und erkannte, dass das nicht mein übliches Deo war. Geschockt sah ich wieder in den Spiegel und schüttelte energisch den Kopf. Ein leises: »Fuck«, entfuhr mir.

Hastig zog ich die Kapuze über und steckte die Hände in meine Hosentaschen. Ich trat aus dem Krankenzimmer, mit dem Ziel, schnellstmöglich die Schule zu verlassen.

Meine Füße führten mich automatisch, den Kopf behielt ich den gesamten Weg über gesenkt. Vor der Tür angekommen, atmete ich einmal tief durch, bevor ich gegen das Holz hämmerte.

Energisch flog die Tür und eine verwunderte Frau stand im Türrahmen.

»Ann!«

»Shawn, alles ok?«, fragte meine Tante besorgt.

»Gar nichts ist in Ordnung!«

Mit dem Satz quetschte ich mich an ihr vorbei in ihr Haus.

»Komm doch rein«, sagte sie gespielt beleidigt, aber ich war nicht in Stimmung. Aus dem Wohnzimmer erklang eine vertraute Stimme, zu der ich hinging.

»Shawn, Liebling. Was machst du denn hier? Hast du nicht Schule?«, fragte meine Mom perplex.

»Ja, aber das ist jetzt nebensächlich.«

»Was ist denn passiert?«, wollte Tante Ann wissen.

»Das ist passiert!«, sagte ich und zeigte ihnen meine Krallen.

Geschockt sahen mich beide an.

»Unmöglich! Wie kann das sein? Mein Zauber wird erst an deinem Geburtstag brechen!«, sagte meine Tante verzweifelt.

Schwer setzte ich mich auf einen ihrer Sessel. »Das würde ich selber gerne wissen.«

Wir grübelten eine Zeit lang, bis sich meine Mom zu Wort meldete. »Kann es sein, dass Shawns Mate es ausgelöst hat?«

Etwas verdutzt sah ich sie an und hob eine meiner Augenbrauen. »Mom?«

»Wer ist denn dein Mate? Den möchte ich erst einmal kennenlernen!«, zischte Ann.

»Es ist Matt«, kam es von meiner Mom. Erschrocken blickte ich sie an. Wusste es jeder außer mir? »Mom, woher weißt du das?«

»Na ja ... Wo soll ich nur anfangen? Wie ich es dir heute Morgen erklären wollte, kam es gestern zu einer ungeplanten Situation. Matt hat es herausgefunden und uns, deinem Vater, dem altem Alpha, Chris und mir erzählt, was geschehen ist.«

Total fassungslos saß ich auf dem Sessel. Unbewusst rutschte ich tiefer in die Polsterung und ließ ein schweres Stöhnen von mir.

Aus meiner Hosentasche fischte ich mein Handy und probierte, so gut es ging, eine Nachricht zu schreiben. Fuck, wie sollte das mit Krallen funktionieren? Vorsichtig versuchte ich, den Sperrcode einzugeben, aber ein Knacken ertönte und ein Riss bildete sich unter meiner Kralle. Scheiße!

»Könnte mir einer kurz helfen, mein Handy zu entsperren?«

Meine Mom streckte mir ihre Hand hin und ich reichte ihr mein Handy. Den vierstelligen Pin diktierte ich ihr. Sobald der Homebildschirm auftauchte, reichte sie es mir zurück.

»Danke. Ich werde kurz auf die Veranda gehen«, verkündete ich den beiden Schwestern. Draußen lehnte ich mich an einen der Holzbalken an. Mit viel Geduld versuchte ich, mit der Fingerkuppe die Diktierfunktion bei Alexejs Chat anzuschalten.

Ich: Könntest du Matt Bescheid geben, dass ich nach Hause gegangen bin? Und ihn fragen, ob er nach der Schule zu mir rüberkommen könnte?
Alexej: Wieso bist du zu Hause? Ja, kann ich machen, aber erst, in der Pause. Wir schauen gerade einen Film.
Ich: Meine Nägel haben sich in Krallen verwandelt. Wenn wir uns sehen, erzähl ich dir alles.

Für einen Augenblick zog ich genüsslich die Luft ein und ließ die Ruhe auf mich ein wirken, bevor ich wieder ins Haus ging.
»Was können wir tun, damit meine Krallen wieder verschwinden?«
Ann stand auf und trat an ihr großes Bücherregal, das die ganze Wand ihres Wohnzimmers in Beschlag nahm. Während sie mit dem Finger über die Einbände schwebte, murmelte sie immer wieder das Wort Umkehr-Zauber, bis sie an einem Buch stehenblieb. Einen braunen Ledereinband zog sie heraus und blätterte schnell vor und zurück, bis sie anscheinend die richtige Seite fand. Mit dem Buch kam sie rüber zu mir. »Hier steht, du musst entspannt sitzen und deine Füße gerade auf den Boden stellen, sodass du eine bessere Verbindung zur Mutter Erde hast.«
Ich tat, was sie sagte, und schob meine Schuhe von mir.
»Gut so! Jetzt sprich in deinen Gedanken den Satz: Wolf zu Natur und Mensch zu Körper. Mach das solange, bis ich wiederkomme. Ich werde dir noch ein Gebräu

zusammenrühren, was du komplett trinken musst.« Damit verschwand sie in die Küche.

Wie in Trance schloss ich die Augen und ließ die Wörter in meinem Kopf immer wieder abspielen. Die Zeit verflog und eine Berührung an der Schulter riss mich aus dem Gedankenfluss.

»Shawn, du musst das Trinken.« Ann hielt mir einen dampfenden Holzbecher hin. Der Inhalt war eine merkwürdige dunkelblaue Flüssigkeit mit grünen Streifen. Das Gute daran: Es roch nach nichts. Skeptisch schaukelte ich den Becher leicht in meiner Hand.

»Am besten versuchst du, es in einem runterzuschlucken«, riet mir meine Mom. »Auf gar keinen Fall darfst du aufhören, sonst wird der Geschmack noch schlimmer.«

Nicht groß darüber nachdenkend, versuchte ich den gesamten Inhalt zu trinken. Doch es war schwierig. Es schmeckte nach etwas Abgestorbenem und reichlich Bananen. Zuerst wollte ich würgen, doch ich musste es runterschlucken, wie meine Mom gesagt hatte. Einmal abgesetzt, wollte man es nicht mehr ausprobieren.

Mit einem erleichterten Seufzen überreichte ich den leeren Becher meiner Mom. Von beiden Schwestern bekam ich ein: »Das hast du gut gemacht.«

»Zum Schluss musst du dich auf deine menschliche Form konzentrieren«, informierte Ann mich. »Du musst deinen menschlichen Körper manifestieren. Wir beide werden einen Kreis mit unseren Händen bilden, du sitzt im Mittelpunkt. Außerdem werden wir die Wörter, die du vorhin im Kopf wiederholen solltest, laut aussprechen.«

Zu dritt setzten wir uns auf den Boden und vollzogen den letzten Schritt. Die Stimmen meiner Mom und Tante erhellten den Raum. Ich schloss die Augen, um mich ganz auf meinen Körper zu konzentrieren. Die Sehnen und Muskeln entspannten und lockerten sich. Langsam öffnete ich die Lider, da sich meine Finger leichter anfühlten. Die Krallen schrumpften zurück in meine normalen Fingernägel.

»Wir haben es geschafft! Vielen Dank!« Euphorisch hielt ich meine Hände in die Luft.

»Da bin ich erleichtert, dass es geklappt hat«, sagte meine Mom und stand schwer auf.

Ein schrilles sowie lautes Geräusch ertönte von meinem Handy. Unbekannte Nummer. Unsicher nahm ich ab.

»Wo bist du?«, ertönte Matts Stimme auf der anderen Seite der Leitung.

»Ich bin bei meiner Tante, wieso?«

»Ich sollte doch nach der Schule zu dir kommen.« «Überrascht nahm ich mein Handy vom Ohr, um die Uhrzeit auszumachen. »Es tut mir wirklich leid. Ich werde mich direkt auf den Weg machen.«

»Bleib dort, ich werde dich abholen. Bis gleich.« Nachdem ich mich auch von ihm verabschiedet hatte, legten wir beide auf.

»Matt wird mich gleich abholen«, informierte ich die Zwillingsschwestern und verließ die Damen, um draußen auf ihn zu warten. Aufgeregt spielte ich mit einem kleinen Stein, den ich zwischen meinen Füßen hin und her kickte. »Was ist das für ein Tag?«, nuschelte ich erschöpft.

Am Straßenrand näherte sich ein schwarzes Auto. Die kleine Beule am Kotflügel vorne links kannte ich von Matts Wagen, also stieg ich ein. Er schaute mich besorgt an. »Ist alles okay bei dir? Du siehst ein bisschen blass um die Nase aus. Ich hätte bei dir bleiben sollen!«

»Mir geht es besser, aber wir sollten reden!«

Matt beruhigte sich, wobei er sich in seinen Sitz zurücklehnte.

Nervös knetete ich meine Hände. »Ich weiß nicht, ob das hier gerade die beste Umgebung ist, um dieses Gespräch zu führen. Könnten wir irgendwohin, wo es ruhiger ist?«

»Ich kenne einen guten Ort, wo wir hinfahren könnten«, informierte er mich und legte den Gang ein. Matt lenkte das Auto Richtung Stadtgrenze, um dann auf einem abgeschiedenen Platz zu parken. Vor uns erstreckte sich eine grüne Landschaft, die durch die Sonne erleuchtet wurde.

»Du hast gestern mein Geheimnis gesehen, oder?«, platze es aus mir heraus. Es war eine rhetorische Frage, da ich die Antwort bereits kannte.

Ich wollte ihm sagen, was ich war. Deshalb entschied ich mich, nicht lange rumzureden, sondern mit der Sprache rauszurücken. Wie bei einem Pflaster, das man schnell abriss.

»Ich bin ein Omega!«

Kapitel 15

Shawn

Stille zog sich hin. Wieso sagte er nichts? Ich packte und rüttelte seine Schultern. »Matt?«

»Wunderschön«, sagte er leise, trotzdem hörbar für mich.

»Was?«, fragte ich perplex.

Mit seinen Händen umfasste er mein Gesicht, sodass wir uns in die Augen schauen konnten. »Deine Augen. Sie sind wunderschön.«

Peinlich berührt blickte ich zur Seite.

Heißer Atem traf auf meinem Hals.

»Matt, was wird das?«, fragte ich verdattert.

»Dieser Geruch. Du riechst so gut«, sagte er verzückt. Sein Atem kam immer näher, was mich erschauern ließ. Jetzt war nicht nur sein Atem nah, sondern auch seine Lippen. Er legte sie sanft auf meine Halsbeuge, verteilte leichte Küsse, bis er an einer empfindlichen Stelle ankam, die mich leise aufkeuchen ließ. Matt küsste mich nicht nur, sondern saugte an einer Stelle oberhalb meines Halses.

»Mhmm ...«

Ich drückte ihn weg von mir und setzte mich rittlings auf seinen Schoß. Wenn er dachte, er bekäme die Oberhand, dann nicht mit mir.

Provozierend grinste ich ihn an und legte meine Lippen auf seine. Ich küsste mich runter zu seinem Hals und saugte daran, wobei ich an einigen Stellen mein Zeichen auf seiner Haut hinterließ. Seine Hände wanderten in der Zwischenzeit zu meiner Hüfte, wo sie die Haut unter meinem Shirt erkundeten.

Ein Schauer lief mir den Rücken runter. Unsere Körper kamen sich immer näher und die Hitze stieg zwischen uns.

Ein stumpfes, aber lautes Vibrieren ertönte.

Das Geräusch konnte nur von meinem Handy kommen, aber ich musste es ignorieren. Ich sollte mich auf das Hier und Jetzt konzentrieren, um nicht die Kontrolle zu verlieren. Doch das blöde Ding vibrierte ein weiteres Mal. Dieses Mal war ich es, der seine Hände unter Matts Shirt legte und es ihm auszog. Hungrig blickte ich auf seine Muskeln.

»Gefällt dir, was du siehst?«, raunte er mir ins Ohr. Ich biss mir auf die Unterlippe und ein: »Oh ja«, kam aus meinem Mund. Mit dem Zeigefinger malte ich sein Sixpack nach.

Ein weiteres Mal erklang das stumpfe Vibrieren.

Schnell nahm ich ab, weil ich es mir nicht mehr antun konnte. »Was?!«

»Hab dich auch ganz doll lieb«, kam es vom anderen Ende.

»Damian! Was ist los? Wieso musst du mich nerven?«

»Du hast zwanzig Minuten Zeit, deinen hübschen Arsch hierher zum Training zu bringen! Du weißt doch, was der Coach gesagt hat über deine Position?«, erinnerte er mich.

»Deine Sporttasche nehme ich mit in die Umkleide.«

»Scheiße! Ja, ich mach mich auf den Weg«, sagte ich und legte direkt auf. »Matt. Ich ähmm ... Scheiße. Ich muss zum Training. Ich würde gern weitermachen, aber meine Position als Captain steht auf dem Spiel, wenn ich nicht gehe.«

»Mach dir keinen Kopf, wir werden das hier schnell wiederholen«, sagte er und zwinkerte mir zu, bevor er in meinen Hintern kniff. Ein Keuchen entfuhr mir, als ich mich wieder in den Beifahrersitz setzte.

»Möchtest du mitkommen?«

Matt grinste und stimmte zu. Er wuschelte mir durch die Haare und wir fuhren gemeinsam zur Sporthalle. Wir kamen rechtzeitig, dass Training hatte noch nicht angefangen. Unsere Wege trennten sich. Matt setzte sich auf die Tribüne und ich verschwand in der Umkleide. Eine Handvoll Spieler zogen sich um und ich war froh, dass ich meine Tasche an ihrem üblichen Platz in der hintersten Bank vorfand.

Abrupt schmiegte sich ein Arm wie aus dem Nichts schwer um meinen Hals.

»Na, hab ich etwa bei irgendetwas Besonderem gestört?«, fragte Damian sarkastisch.

»Ach, quatsch. Ich hab mich nur kurz hingelegt«, log ich. Ein freches Grinsen zierte sein Gesicht. »Ja, ist klar. Mit wem denn? Etwa mit dem neuen Alpha?« Vermutlich konnte er Matt an mir riechen.

Nachdrücklich tippte er auf eine Stelle an meinem Hals, als ich mein Sportshirt anzog, um seine Aussage zu bekräftigen. »Du kannst ruhig sagen, dass ich bei etwas Wichtigem gestört habe.«

Ich schubste ihn an die Seite, um besser in den verschmierten Spiegel der Umkleide zu blicken. Wie? Ein dicker fetter Knutschfleck zierte meinen Hals. Ich kam aus dem Staunen nicht raus.

Verdammt.

»Los Jungs! Noch heute! Ihr seid keine Mädels, die sich die Frisuren richten müssen!«, verkündete Coach Barten, als er hereinplatzte.

Die Umkleide leerte sich mit einem Schlag. Das Training begann mit zehn Runden joggen. Nach ein paar weiteren Aufwärmübungen planten wir den Ablauf des Spiels und übten in zwei Gruppen einen Spielplan durch. Bei jedem Schritt und Sprung, den ich tat, durchzog mich ein kleiner Stich in meinem Kopf. Allerdings milderte sich der Schmerz, sobald sich Matts und mein Blick trafen. Er saß in den ersten Reihen der Tribüne nahe der Umkleiden und schaute gespannt dem Verlauf des Trainings zu. Dass er da war, erfüllte mich mit Zufriedenheit und motivierte mich, weiter alles zu geben. Zum Abschluss holte uns der Coach zu sich, um uns was mitzuteilen.

»So, auf dem Plan an der Wand seht ihr die Aufstellung fürs Spiel. Außerdem finde ich, dass einer sich gut gemacht hat und sich den Titel für den Vice Captain zu Recht verdient hat. Euer neuer Vice Captain wird Liam! Herzlich Glückwunsch!«

Gemurmel entstand, gleichermaßen positiv als auch negativ. Insbesondere ärgerte sich Brad. Er war schon lange auf den Posten des Captains aus und bekam nicht mal diese Chance, sich zu beweisen. Auf höfliche Weise gratulierten sie alle Liam zu seiner Position. Das gefiel mir überhaupt nicht. Und ich bemerkte einen besorgten Blick, der auf meinem Rücken lag und nur von Matt stammen konnte.

Der Coach machte uns noch klipp und klar, dass wir heute früh ins Bett gehen und keine Scheiße bauen sollten. Dabei blickte er mich direkt an und gab mir zu verstehen, dass er mich alleine sprechen wollte.

Die anderen machten sich unterdessen auf den Weg zu den Umkleiden.

»Shawn, das, was du heute geleistet hast, war besser als die Tage davor. Mach weiter so und dein Titel bleibt bestehen. Ach, und das da. Die Fortsetzung kannst du dir bis morgen abschminken!«, teilte er mir mit und zeigte genau auf den Knutschfleck an meinem Hals.

Meine Augen weiteten sich, als mich sogar der Coach darauf aufmerksam machte. Sein Lachen hallte in der ganzen Halle wider und er sagte, dass er damals auch so gewesen war. »Na los. Ab in die Kabine und nach Hause mit dir.«

Mit hochrotem Kopf lief ich zur Umkleide, jedoch blickte ich Matt beim Vorbeigehen an, der mir nur einen entschuldigen Blick zuwarf, da er das Gespräch mit angehört hatte.

Schnell machte ich mich fertig und verabschiedete mich von allen. Doch als ich die Umkleide verlassen wollte, hielt Liam mich auf.

»Was gibt es?«, fragte ich ihn etwas schnippisch, da er mir den Weg versperrte.

»Ich wollte dich etwas fragen.«

»Was denn?«

»Ist es okay, wenn ich Alexej zum Spiel einlade? Also, dass ich ihn frage?« Nervös kratzte er sich am Hinterkopf. Perplex sah ich ihn an. Vielleicht war er doch anders, als ich dachte. Ein Lächeln zierte mein Gesicht. »Ja, klar ist das ok, wenn du ihn fragst.«

Ich verabschiedete mich von ihm.

Vor der Umkleide wartete Matt auf mich. Das enge Oberteil, das er trug, schmiegte sich hervorragend an ihn und zeigte seine Muskeln. Wie gerne ich dort weiter gemacht hätte, wo wir heute Mittag aufgehört hatten.

O Gott, Shawn. Aufhören. Aus.

Schnell schüttelte ich den Gedanken ab und lief zu ihm rüber. Als er mich erblickte, zierte sein komplettes Gesicht ein breites Lächeln. Es war hinreißend, wobei ich mir zart in die Unterlippe biss.

»Shawn!«

»Mhmm ... Was?«

»Beiß dir nicht auf deine schönen Lippen!«, sagte Matt bestimmt.

Ein angenehmer Schauer lief mir den Rücken runter. Ich konnte nicht fassen, wie rau und dominant er sprach. Chris hatte sich während des Trainings die Schlüssel für Matts Auto geborgt, da er in die Stadt fahren wollte, um irgendetwas zu besorgen. Deswegen liefen wir nach Hause, was ich sehr schön fand. So konnten wir mehr Zeit miteinander verbringen. »Du hast gehört, was der Coach gesagt hat, oder?«

»Ja, habe ich.«

»Dann weißt du genau, wofür das ist.« Damit boxte ich ihm in die Seite, was sich für Matt wohl eher wie ein Mückenstich anfühlte.

Lachend sah er mich an und wir blieben kurz stehen. »Wenn du denkst, ich hätte als Einziger einen Knutschfleck hinterlassen, dann liegst du falsch. Guck dir das an.«

Er schob sein Shirt etwas runter. An seinem Schlüsselbein erkannte man deutlich eine verfärbte Stelle, die aber schon wieder verblasste.

Kurz streifte ich über mein Werk.

»Leider verblasst er schnell wieder.« Enttäuscht strich ich ein weiteres Mal über seinen Hals.

»Werwolf halt«, sagten wir gleichzeitig, was uns sofort zum Lachen brachte.

Matt lehnte sich zu meinem Ohr. »Dann musst du immer wieder neue machen«, raunte er mir zu. Eine leichte Röte überzog mein Gesicht und ich setzte mich wieder in Bewegung. Matt, der mich nach einigen Schritte einholte und neben mir lief, konnte sich ein Grinsen nicht verkneifen.

»Matt. Ich hoffe, du kommst morgen zum Spiel.«

»Natürlich komme ich.«

Doch die Freude sollte nicht von Dauer sein.

Kapitel 16

Shawn

Endlich war es so weit, das Spiel gegen die Chamblee Charter Highschool stand vor der Tür. Wir befanden uns in der Kabine und der Coach ging nochmal mit uns den Plan durch.

»Jetzt geht raus und macht mich stolz!«, befahl er und warf uns zum Schluss einen Blick zu, der hieß: Wenn ihr das verkackt bekommt ihr höchstpersönlich einen Arschtritt von mir, dass ihr nach Timbuktu fliegt.

Schwer schluckten wir und nickten.

Das Team lief aufs Spielfeld und begrüßte den Gegner.

»Ladys und Gentlemen, heute spielt die Red Moonlight Highschool gegen die Chamble Charter Highschool«, erklang eine männliche Stimme, die durch ein Mikrophon sprach. Die aktiven Spieler stellten sich an die Linie und machten sich bereit. Ein lauter Pfiff ertönte und signalisierte den Spielstart.

Zur Halbzeit wurde zur Pause gepfiffen. Gleichstand. Ausgepowert liefen wir zum Coach und griffen durstig nach etwas zu trinken. Der Schweiß rann unsere Körper hinunter und ließ sich kaum von den trockenen Handtüchern auffangen. Unsere Gegner waren größer als einige meiner Teamkollegen und das war unser Vorteil. So konnten wir im passenden Moment bei ihnen hindurchschlüpfen. Vielleicht waren wir nicht groß, dafür aber flink und wendig. Ungeachtet davon standen unsere beiden Mannschaften auf derselben Spielebene.

»Das war schon gut. Aber jetzt mit mehr Power! Ok?«, befahl der Coach und erklärte uns nochmal den Plan.

Von der Bank schnappte ich mir mein Handtuch und wischte mir den Schweiß vom Nacken und der Stirn. Im Publikum suchte ich nach Matt, der mir aus der Masse zu winkte. Ein Grinsen zierte mein Gesicht. Ich sah mich weiter um, aber eine Person fehlte. Alexej! Ich stupste Liam in die Seite und lehnte mich zu ihm. »Wo ist Alexej?«

»Sitzt er nicht im Publikum?«

Irgendwas stimmte ganz und gar nicht. In seiner Stimme lag etwas, was nicht nach Sorgen klang, eher nach Gleichgültigkeit.

»Nein, da ist er nicht. Deshalb frag ich ja!«

»Alexej war aber da. Bestimmt ist er kurz auf die Toilette gegangen. Mach dir keine Sorgen.«

Ich hatte ein ungutes Gefühl. Leider konnte ich mir nicht weiter den Kopf zerbrechen, denn das Spiel fing wieder an. Mit dem Ball trippelte ich zum gegnerischen Korb. Gefolgt von Liam und einem anderen Mitspieler. Wie aus dem Nichts kam einer von vorne und lief in mich rein.

Ich flog nach hinten und rollte mich ab.

Ein Pfiff, gefolgt von einem lauten: »Foul!«, war zu hören, das vom Schiedsrichter ausging.

Liam, der mir hoch half, hatte ein falsches Grinsen aufgesetzt. Skeptisch sah ich ihn an, dann war er schon weg. Der Schiedsrichter fragte, ob alles okay sei, und ich bejahte es. Das Spiel ging weiter, doch bei jedem Schritt, den ich machte, zog es schmerzlich in meinem Knöchel, was ich aber ignorieren musste.

Die letzten Minuten liefen an. Damian spielte den Ball zu mir und ich hatte nur noch den Korb vor Augen. Flink schlängelte ich mich an den Gegnern vorbei, holte aus und warf.

Fünf Sekunden.

Der Ball rollte um die Metallstange.

Vier Sekunden.

Drei Sekunden.

Der Ball blieb kurz auf der Stange stehen.

Zwei Sekunden.

... Und dann fiel er doch ins Loch. Das Geräusch der Schlusssirene erklang und das Spiel war vorbei. Mit einem Punkt Vorsprung gewann unser Team.

Erleichtert ließ ich mich auf den Boden fallen, denn das ganze Adrenalin in mir war aufgebraucht. Das Publikum jubelte vor Freude. Mithilfe von Damian richtete ich mich langsam wieder auf und lief zu meiner Mannschaft rüber. Der Coach, der schon Rotz und Wasser geheult hatte, rief stolz und damit es alle hören konnten: »Das sind meine Jungs!«

Ja, unser Coach konnte emotional werden, insbesondere, wenn wir ein Spiel gewannen.

Euphorisch liefen meine Mannschaft und ich zur Umkleide. Leider kam ich nicht so weit wie die anderen. Mir wurde buchstäblich der Boden unter den Füßen weggezogen. Ungezügelt trat ich wild um mich, bis mir ein neckender Duft in die Nase stieg, der nur einem gehören konnte: Matt. Er schleppte mich durch eine Tür, die ein rotes Kreuz aufwies, das nur zum Sanitätsraum gehörte.

Matt setzte mich sanft auf das weiche Polster der Liege.

Er zog mir den Schuh aus, wobei ich ein qualvolles Zischen zurückhalten musste.

»Wenn Chris mich nicht aufgehalten hätte, wäre ich direkt von der Tribüne gesprungen und hätte denjenigen fertiggemacht!« Ich hörte seine innere Wut heraus. »Er hat gesagt, wenn ich das mache, würdest du mich keines Blickes mehr würdigen.«

Chris kam in diesem Moment durch die Tür und reichte ihm ein Kühlpflaster sowie einen Verband. Grummelnd lehnte er sich an den Türrahmen, während Matt das Pflaster behutsam an mein Fußgelenk klebte und den Fuß anschließend verband. Seine Hände wanderten über meine Wade, wobei er die angespannten Muskeln massierte.

»Oh, tut das gut«, seufzte ich regelrecht.

Ein kleines Lächeln zierte Matts Gesicht, doch er wurde sofort wieder ernst.

»Warum hast du nichts gesagt? Der Schiedsrichter hat dich gefragt, ob alles ok ist.«

»Ich bin ein Sturkopf, das weißt du doch. Und das war nichts. Ich hab schon Schlimmeres eingesteckt.«

Chris, der sich eine Hand vor den Mund halten musste, um nicht laut loszulachen, räusperte sich.

»Ich glaube, wir sollten«, meinte er dann zu Matt.

»Wir müssen kurz was erledigen. Ich komme dann sofort zu dir.« Er küsste sanft meine Stirn. »Ich hoffe, dass wir heute Abend eine Fortsetzung haben ...«, raunte er mir ins Ohr und tippte auf meinen Hals.

Mir hochrotem Kopf saß ich auf der Liege, während die beiden Werwölfe verschwanden. Als ich mich wieder gefangen hatte, stülpte ich meinen Schuh über den verbundenen Fuß. Zurück in der Kabine zog ich mich um und lief mit Damian raus, der in der Umkleide auf mich gewartet hatte. Viele Leute standen auf dem Hof und unterhielten sich über das Spiel. Tante Ann erblickte ich in der Masse, die sich besorgt um sah. Etwas humpelnd lief ich mit Damian auf sie zu.

»Hi, Ann. Alles gut?«

»Shawn, Liebling. Hast du Alexej gesehen?«, fragte sie mich besorgt.

»Nein. Aber er wird bestimmt gleich rauskommen. Schließlich war er ja beim Spiel.«

»Er war nicht beim Spiel. Ich habe nachgeschaut, er war nicht im Publikum.«

»Was?«

»Alexej. Er ist heute Morgen nicht zum Frühstück gekommen und ich bin dann hoch, um zu sehen, wo er bleibt. In seinem Zimmer sowie im ganzen Haus war er nicht zu finden. Er sagt immer Bescheid, wenn er weggeht, das ist total untypisch für ihn.«

»Wir werden ihn suchen. Mach dir keine Sorge«, beruhigte ich meine Tante. Denn wenn ich jetzt auch noch in Panik verfiel, würde es sie zusätzlich verunsichern.

»Damian, weißt du, wo Liam ist?«

»Ich glaube, er ist in der Halle. Irgendwo bei den Kabinen.«

»Ich gehe mal rein.«

»Mrs C und ich suchen in der Schule.« Damian schnappte sich Ann und lief mit ihr in Richtung Schulgebäude, während ich den Weg zurück in die Halle einschlug. Laute Stimmen erklangen schon von weitem. Als ich um die Ecke bog, sah ich, wie Matt und Chris angeregt mit Liam redeten. Was wohl zwischen ihnen los war?

»Liam!«, rief ich laut.

Alle drei drehten sich zu mir um.

»Shawn. Bitte geh«, sagte Matt ruhig.

»Das geht nicht. Ich habe ein Hühnchen mit dem da zu rupfen!«, blaffte ich wütend und stampfte zu den dreien.

»Was gibt's, Hübscher?«, fragte Liam provozierend. Ich packte ihn am Kragen und zog ihn zu mir. »Wo ist Alexej?«

Liam, der nicht beeindruckt war, blieb ruhig.

»Sag schon!«, fauchte ich diesmal wütender. Schmerzlich umklammerte er mein Kinn.

»Hübsche Augen!«, hörte ich ihn kühl sagen. »Genau das wollte ich sehen, Omega!« Mit aufgerissenen Augen sah ich ihn an. Ein gefährliches Knurren kam von Matt, der gerade auf Liam losgehen wollte. Ich wurde an der Schulter umgerissen und mit dem Rücken an Liams Brust gedrückt. Direkt blickte ich in Matts panische Augen. Etwas Kaltes und zugleich Scharfes, das sich nach einem Messer anfühlte, wurde an mein Gesicht gehalten.

»Lass ihn los! «, brüllte Matt.

»Na, na, na. Nicht so schnell, Alpha. Du willst doch nicht, dass ich das schöne Gesicht deines Mates verunstalte, oder? Und danke, dass du ihn noch nicht markiert hast!« Wie aus dem Nichts erschien dichter Nebel, der sich zwischen Matt und mir bildete. Ein scharfer Stoß an meinem Hinterkopf ließ mich schwarz sehen. Das Einzige, was ich mitbekam, war, dass Matt meinen Namen rief.

Kapitel 17

Shawn

Dunkelheit umhüllte mich. Alles, was ich sah, war schwarz. Meine Augen waren schwer wie Blei. Gedämpft bekam ich mit, dass jemand was sagte und dabei schluchzte. Immer wieder hörte ich es, es musste in der Nähe sein.

»S- Sh ...«

Jedes Mal fing die Stimme an, etwas zu sagen, aber brach immer wieder ab.

»Shawn ... Es ist alles meine Schuld. Bitte ... wach auf ... Es ... tut mir leid.« Die Stimme, sie war mir bekannt. Langsam bildete sich in meinem Kopf ein Gesicht dazu – Alexej. Aber warum entschuldigte er sich? Da stimmte doch was nicht.

Verschwommen erkundete ich mein Umfeld. Was ich sehen konnte, war ein spärlich eingerichtetes Zimmer. Holzboden, Holzwände, Holztür und ein in die Jahre gekommener Schrank. Der Untergrund, auf dem ich lag, war eine dürre Matratze auf einem klapprigen Metallgestell. Das Einzige, was das Zimmer in Licht tauchte, war ein großes Fenster. In der Ferne waren Tannen zu erkennen.

Außerdem bemerkte ich, dass mein Kopf auf einem Schoß gebettet war. Träge blickte ich nach oben und entdeckte Alexej über mir,. Einzelne Wassertropfen fielen auf mein Gesicht.

»Shawn ...« Seine Tränen flossen ununterbrochen von seinen Wangen. Vorsichtig rappelte ich mich auf und zog ihn in eine feste Umarmung.

»Alles wird gut, Alexej«, versuchte ich ihn zu beruhigen.

Ich löste mich von ihm und umfasste sein Gesicht mit beiden Händen. Mit meinen Daumen wischte ich seine Tränen weg.

Hektisch schüttelt er seinen Kopf. Erst jetzt stellte ich schockiert fest, wie Alexej aussah. Nur mit Boxershorts gekleidet saß er vor mir, die Hände hinter seinem Rücken festgebunden.

»Alexej. Was ist hier los?«, fragte ich unsicher.

»Es ist meine Schuld ...«

»Alexej, beruhig dich und erzähl mir genau, was passiert ist!« Er holte tief Luft und fing an zu reden.

»Ich hätte auf dich hören sollen. Doch ich bin so verdammt naiv. Liam hat alles nur vorgespielt. Sein Verhalten und wer er wirklich ist. William hat Liam beauftragt, mich zu entführen. Er hat herausgefunden, dass wir alles nur inszeniert hatten.«

Dieser kranke Mistkerl. Wie hatte er es geschafft, jemanden zu engagieren, der Alexej entführte? Was hatte er vor, wenn er hier war und Alexej in die Finger bekam? »Wir müssen so schnell, wie es geht, hier weg, bevor William kommt und etwas tut, was du nicht möchtest!«

William war vor zwei Jahren Alexejs fester Freund gewesen. Irgendwann hatte Alexej mit ihm Schluss gemacht, als er ihn zum Sex drängen wollen. Das hatte William aber nicht wahrhaben wollen. Er hatte ihn bedrängt, mit Nachrichten vollgespamt und war Alexej nachgelaufen.

Da Alexej mich diesem William nie vorgestellt hatte, hatte ich eine verrückte Idee. Nämlich die, dass ich seinen »Fake-Freund« spielte. Mit Nerven und Verrücktheit schafften wir es, dass es aufhörte. Wir dachten, wir wären ihn los. Aber wie sagte man? Zu früh gefreut.

»Alexej, dreh dich um!«, befahl ich ihm. So gut es ging, folgte er meiner Anweisung. Ich versuchte, den Knoten aufzubekommen, mit dem Alexej gefesselt war. Er bewegte sich kein Stückchen.

Plötzlich spürte ich einen Stich, der von meinem Hals ausging und durch meinen ganzen Körper strömte. Ein schmerzliches Stöhnen entfloh mir. Panisch ertasteten meine Hände ein schweres Band an meinem Hals. Wie konnte ich dieses Ding nicht bemerken? Wahrscheinlich war mein Fokus zu sehr auf Alexej und meine Umgebung gerichtet.

»Shawn, alles gut?«, fragte mich Alexej besorgt. Hinter mir räusperte sich jemand, was uns beide buchstäblich an die Decke springen ließ.

»Na, na, na, Süßer. Lass das mal lieber«, ertönte Liams Stimme. Langsam drehte ich mich um und sah, dass er im Türrahmen stand.

»Schön geschlafen?«, fragte er total unschuldig und trat mit wenigen Schritten ans Bett. »Pass mal auf! Wenn du nochmal versuchst, das Seil aufzuknoten oder irgendeinen anderen Scheiß, der in deinem blöden Kopf herumschwirrt, wird es böse für dich enden! Denn dieses Halsband ...« Er zog stark an dem Ding an meinem Hals. »... verpasst dir einen Stromschlag, der wehtun kann. So wie bei einem Köter, der sich nicht benehmen will. Als Extra unterdrückt das hübsche Ding deinen Wolf, sodass du keine Werwolfskraft anwenden kannst. So wie das Seil, das Alexej um hat, seine Zauberkraft unterdrückt.«

»Was hast du mit uns vor?«, fragte ich ihn verärgert.

»Na ja, eigentlich wurde ich nur engagiert, um diesen süßen Jungen zu entführen.« Dabei nahm er grob Alexejs Gesicht, um ihm einen Fischmund zu verpassen. »Dann fand ich aber heraus, dass du ein Omega bist. Was man mit dir alles machen kann ... Mal gucken, was du so wert bist.«

»Wer bist du wirklich?«

Er zog mich näher an sich. »Ich bin ein Sammeljäger, mein Hübscher!«, offenbarte er und stieß mich grob auf die Matratze zurück. Seine Gesichtszüge wurden sanfter, als er sich wieder Alexej widmete. »Schade, Kleiner, dass wir nicht mehr Zeit zu zweit haben. Mein Auftraggeber kommt heute Abend, um dich zu sehen.« Er strich sanft über Alexejs Wange. Dieser versuchte, seinen Kopf von ihm wegzuziehen, was ihm gelang, als Liam sich mir zuwandte. Aus seiner Hosentasche zog er zusätzliche Fesseln, die er am Gestell des Bettes anbrachte, um mich an einer Stelle zu behalten.

Bevor Liam fortging, zog er ein modriges Kissen aus dem Schrank auf der anderen Seite des Zimmers und legte es hinter Alexej. Als er aus der Tür verschwand, versuchte ich kräftig an den Handschellen zu rütteln.

»Ach man...«, murmelte ich.

Hektisch suchte ich einen Gegenstand, mit dem ich mich befreien könnte.

»Alexej? Hast du schon aus dem Fenster geschaut?«, fragte ich ihn, da er näher dran saß.

»Ja. Überall sind nur Bäume. Wir sind im tiefsten Wald«, informierte er mich traurig.

»Wir werden hier rauskommen. Matt und die anderen werden uns finden«, versuchte ich, uns Mut zu machen.
Alexej nickte nur stumpf.

Kapitel 18

Matt

Seit fast fünf Stunden waren wir nun schon auf der Suche nach Shawn und Alexej. In der Stadt, der Schule, der Bücherei und in verschiedenen Häusern. Aber rein gar nichts. Nicht mal eine einzige Fährte konnten wir wittern. Es war echt zum Verzweifeln.

Zu spät erfuhren wir durch Ann, wer Liam wirklich war. Sie fand Alexejs Zimmer verwüstet mit eindeutigen Spuren von Jägern und einer Brise von Liams Präsenz, die sie durch ihre Magie offenbaren konnte. Ein Jäger verhieß nichts Gutes und mit genau diesen Anschuldigungen wollte ich Liam konfrontieren. Bis mir Shawn einen Strich durch die Rechnung machte. Ihn wollte ich so weit es ging von Liam weghaben, solange die Vermutung im Raum stand, dass er ein Jäger war.

In meiner Wut zerstörte ich zwei Stühle und den geliebten Glastisch meiner Mutter. Sie war stinksauer, aber das war mir egal. Es gab Wichtigeres als diesen blöden Tisch.

Nachdem die Suche erfolglos blieb, versammelte sich das ganze Rudel im Rudelhaus, um weitere Maßnahmen zu besprechen. Olivia und Ann saßen aufgelöst auf dem Sofa. Meine Mutter versuchte, die beiden zu beruhigen und bot ihnen Tee an. In der Zeit setzte ich mich mit meinem Beta und den anderen zusammen.

»Ich möchte, dass die Gegend nochmal abgesucht wird! Stellt alles auf den Kopf! Außerdem werde ich mit einer kleinen Gruppe den Wald durchkämmen!«

Mein Vater lief mit Shawns Vater sowie den anderen nach draußen, um nochmal die komplette Gegend abzusuchen. Kurz setzte ich mich gegenüber der beiden aufgelösten Mütter hin.

»Olivia, Ann. Es tut mir leid. Ich hätte besser auf Shawn und Alexej aufpassen sollen.«
Olivia legte sanft eine Hand auf meine Schulter. »Du kannst nichts dafür.«

»Ich verspreche, dass ich beide wieder heil zurückbringe.« Amelie, eine gute Freundin von Shawn und Alexej, die neben Ann saß, meldete sich zu Wort. »Ist das nicht von Shawn? Diese Kette, die du am Hals trägst?« Perplex sah ich sie an. »Ja, aber was hat das jetzt mit der Situation zu tun?«

»Na ja, Alexej hat mir erzählt, dass er einen Multizauber auf Shawns Wunsch auf die Kette gelegt hat. Shawn meinte, dass auch ein Alpha beschützt werden sollte. Auch wenn es seinen Stolz verletzt. Nicht jeder kann das Schicksal vorhersehen, also muss man sich gut darauf vorbereiten, was auch kommen mag. Shawn wollte nur sicher gehen, dass derjenige in Sicherheit ist, den er am meisten liebt. Kann man die beiden damit aufspüren oder daraus einen Kompass zaubern? Es muss doch eine Art Fußnote in dem Zauber sein, der die Handschrift von Alexej.«

Skeptisch sahen wir sie an.

»Wie soll denn der Kompass deiner Meinung nach aussehen? Oder besser funktionieren?«, fragte Chris etwas harsch, aber das kannte man nicht anders von ihm.

»Ihr wisst schon, so, dass die Kette schwebt und uns den Weg zeigt. Oder so wie bei ... Wie hieß der Film nochmal? Schloss im Himmel. Dass sie uns mit einem Lichtstrahl den Weg zeigt.«

Es war gar keine so doofe Idee.

Ann, die langsam ihren Kopf hob, blickte mich an. »Kannst du mir bitte die Kette mal geben?«

Ich nickte und überreichte sie ihr. Sie nahm die Kette in beide Hände und schloss ihre Augen. Nach einigen Sekunden öffnete sie sie wieder. »Ich brauche ein paar Sachen aus meinem Haus. Alexej hat einen Zauber drauf gelegt. Einen, den wir noch aktivieren müssen.«

Chris, Ann und ich liefen zu ihrem Haus.

Ann steuerte direkt das Wohnzimmer an und machte den voluminösen Holztisch frei.

»Chris, könntest du bitte die drei Energiekugeln holen? Die sind in Alexejs Zimmer, wenn du die Treppe hochgehst die zweite Tür auf der rechten Seite. Sie müssten auf seinem Schreibtisch liegen. Sie sind rosa und sehen aus, als wären sie kaputt.«

Chris ging Anns bitte nach und lief hoch zu Alexejs Zimmer.

»Matt, kannst du mir die Kreide neben dir reichen?« Ich reichte ihr die weiße Kreide, sobald ich sie mir gegriffen hatte.

»Danke.«

Sie zeichnete irgendwelche Zeichen und Kreise auf den dunklen Holztisch, die nach geometrischen Formen aussahen und mit drei großen Kreisen verbunden worden. Danach lief sie zu einer Vase mit vielen Rosen. Die Rosenschere lag keine fünf Zentimeter davon entfernt. Mit einer kurzen Handbewegung schnitt sie die Köpfe ab. Beiläufig legte sie die Rosen an den Rand des Holztisches.

Nach ein paar Minuten kam Chris mit den Kugeln zurück, was für mich etwas zu lange gedauert hatte. Er überreichte sie Ann, die sie sofort an ihren Platz stellte.

»Was hat da so lange gedauert?«

Er blickte mich etwas verloren an und riss sich wieder zusammen. »Ich habe eine Kugel nicht gefunden.«

»Okay. Und zum guten Schluss nur noch die Kette.« Ann legte sie in das Zentrum des gemalten Kreises. Sie begann, irgendwelche lateinischen Wörter zu sprechen, die ich nicht verstand, und fuchtelte mit ihren Hände über den Tisch. Auf einmal verwelkten die Rosen und die Kugeln glitzerten auf. Die Energie, die davon ausging, übertrug sich auf die Kette. »Weise mir die Richtung«, sprach sie ruhig und beendete damit den Zauber. Der Anhänger leuchtete kurz auf und verdunkelten sich wieder. Ann überreichte mir die Kette.

»Jetzt ist es, wie Amelie gesagt hat, ein *Kompass*. Du musst den Anhänger in beide Hände nehmen und fest drücken. Am besten schließt du die Augen und denkst an deine Liebe zu Shawn.«

Wie konnte Ann das Wort Liebe so einfach in den Mund nehmen? Ich konnte es nicht einmal Shawn laut sagen. Ich konzentrierte mich auf den Gegenstand in meinen Händen. Der Griff um den Anhänger festigte sich und ich schloss die Augen. Meine Gedanken drehten sich jetzt nur um Shawn.

Sein blondes Haar.

Seine meerblauen, fast engelsgleichen Augen.

Sein wunderbares, aber freches Lächeln.

Seine Dickköpfigkeit.

Einfach alles.

Kurz blitzte ein lachender Shawn vor meinem inneren Auge auf. Vorsichtig öffnete ich die Lider und lockerte den Griff. Der Anhänger schwebte über meinen Händen.

»Am besten ziehst du die Kette wieder an, sonst fliegt sie dir weg«, teilte Ann mir als kleinen Tipp mit und lächelte. Mit der kleinen Gruppe, die aus Chris, Nick, zwei weiteren Deltas bestand, machte ich mich auf den Weg. Der schwebende Anhänger führte uns tief in den Wald, wo wir irgendwann an eine alte Holzhütte kamen. Zusammen versteckten wir uns hinter den Bäumen und Büschen, die um das Haus wuchsen. Wir planten, das Haus zu umzingeln.

Zwei meiner Männer inspizierten die Rückseite. Per Gedankenübertragung – auch Mindlink genannt –, teilten sie mir mit, dass hinten alles frei wäre. Nick wollte gerade auf die Veranda treten, um ins mutmaßliche Wohnzimmerfenster zu blicken, als sich plötzlich ein Auto näherte. Gerade noch rechtzeitig konnte er sich in einem nächstgelegenen Busch verstecken.

Aus dem dunklen SUV stieg ein älterer Mann aus. Er war in einem schwarzen Mantel und einer schlichten Sonnenbrille gekleidet. Die Tür öffnete sich und Liam erschien im Türrahmen. Er sah eingeschüchtert aus. Er bat die Person ins Haus und dann war die Tür schon wieder zu ...

Kapitel 19

Alexej

Seit Stunden, die sich wie eine Ewigkeit anfühlten, saßen wir hier in diesem kahlen und kalten Zimmer fest. Ich hatte überhaupt kein Zeitgefühl, was mich verrückt machte. Shawn, der immer wieder an seinen Handschellen ruckelte, bekam gleichzeitig einige Stromschläge verpasst. Ein paarmal versuchte ich, mich zu befreien. Doch an diesen blöden Knoten kam ich mit meinen kurzen Fingern nicht ran und versagte bei jedem Versuch. Deshalb gab ich irgendwann auf.

»Shawn, das hat keinen Sinn. Hör damit auf, du tust dir eher weh, als dich zu befreien.« Ausgepowert lehnte ich mich an die abgeblätterte Tapetenwand.

»Sei doch kein Pessimist. Wir werden schon hier rauskommen, da bin ich mir sicher. Egal, wie wir es anstellen. Ich werde nicht untätig herumsitzen«, sagte Shawn siegessicher und rüttelte weiter an seinen Ketten. Ich schüttelte einerseits verständnislos den Kopf, da das alles nichts brachte. Doch anderseits wollte ich schnell weg von hier, denn etwas sagte mir, dass etwas Schlimmes passieren könnte. Entkräftet legte ich meinen schweren Kopf in den Nacken.

Ja, ich konnte nur negativ denken. Wie sollte es anders sein? Ich konnte keinen positiven Gedanken fassen. Wer würde denn voller Optimismus bei so einer Situation sein?

Ach ja, ich vergaß. Der hier: Shawn höchstpersönlich. Er hatte immer Glück, egal wobei. Ich hingegen ...

Kein Glück bei den Männern. Immer wieder ein Fehlschlag und immer fiel ich auf die gleiche Masche rein. Erst waren sie nett und dann zeigten sie mir ihr wahres Gesicht. Ein naiver Junge war ich.

Eine Träne floss meine Wange runter.

Schlagartig riss jemand die Tür auf und die Person, die ich nie wieder in meinem Leben sehen wollte, stand im Türrahmen. William, mein Exfreund. Früher war er ein top gestylter Mensch und hatte immer erpicht darauf geachtet, wie er aussah und was die Leute von ihm dachten. Doch das Bild, was ich jetzt von ihm sah, hatte nichts mehr mit seinem früheren Aussehen zu tun. Seine sonst gestylten Haare waren zerzaust und standen von seinem Kopf ab. Unter seinen Augen erschienen dunkle Ringe.

Ich bemerkte, dass mein ganzer Körper anfing, vor Angst zu zittern.

Mit einigen Schritten kam er auf uns zu. Bestimmt packte er mein Kinn und zog mich hoch. »Jetzt hab ich dich wieder!« Langsam ließ er mich los und wandte sich Shawn zu. »Und du, kleine Ratte! Was fällt dir ein, Alexej solche Flausen in den Kopf zu setzen? Du hattest doch die Idee, dass du seinen Fake-Freund spielst, oder?«

Er machte mir Angst.

»Na, und wenn schon? Alexej hat mit dir Schluss gemacht, sieh es endlich ein! Du Creep!«, zischte Shawn. Der Dickkopf kam bei ihm durch, aber das war eine schlechte Idee.

William holte mit der Faust aus und wollte ihm eine

reinhauen. Doch aus dem Nichts stellte sich Liam vor Shawn, um den Schlag mit den Händen abzufangen.

Wieso tat er das?

War ihm doch nicht egal, was mit uns passiert?

»Sag mal, geht's noch?«, rief Liam genervt und rieb sichsein Handgelenk.

»Das hat er doch verdient, diese Kröte!«

Liam schüttelte den Kopf. »Komm, Shawn! Wir gehen und lassen die beiden in Ruhe.« Er entfesselte Shawn vom Bett und zog ihn mit sich aus dem Zimmer.

»Shawn! SHAWN!«, rief ich, aber es brachte nichts.

Nein! Nein! Ich wollte nicht mit ihm allein sein. Die Tür knallte zu und ein Klicken vermittelte mir, dass mein einziger Weg hier raus verschlossen war. William stellte sich dicht vor mich, sodass ich ihm in die Augen schauen musste. »Jetzt habe ich dich für mich allein!«

Meine Tränen flossen ungehemmt, doch wurden von Williams Händen gestoppt.

»Du siehst heiß aus! So gefesselt gefällst du mir!«, fügte er hinzu und leckte sich über seine Lippen.

Kapitel 20

Shawn

Liam zog mich kraftvoll die Treppen runter in ein ungemütliches Wohnzimmer, wo er mich auf eine der zwei Sitzmöglichkeiten schubste. Im Raum standen außer der Couch, auf der ich saß, ein weiteres Sofa, eine große Stehlampe mit einem ausgeblichenen gelben Schirm und ein Wohnzimmertisch aus Holz. Die Wände hatten weiße Stellen, die unterschiedlich groß waren, so als hingen dort vor langer Zeit mal Fotos. Die Wärme des Raumes stammte von einem Feuer im Kamin, der sich im hinteren Teil befand.

Flüchtig warf ich Liam einen bösen Blick zu, der mich mit einer längeren Fessel am Fußboden mit einem Stahlkarabiner fixierte. Ich konnte nicht aufstehen, um hoch zu Alexej zu laufen. Ich ließ ein wütendes Schnauben von mir.

»Lass mich zu Alexej!«

»Nö.«

»Lass mich zu ihm! Du weißt doch, was der Creep mit ihm macht! Alexej kann sich nicht wehren, du Arsch!«

»Unterm Kissen liegt ein Messer. Damit kann er sich befreien oder ihn abstechen«, informierte er mich ruhig. Was?

»Wieso liegt da ein Messer? Seit wann liegt das schon da?«

»Bin ja kein Unmensch.«

»Wieso unternimmst du nichts?«

»Deswegen ist das Messer ja da!«, erwiderte er genervt. »Wenn ich was unternehme, bin ich am Arsch, weil ich meinen Auftrag nicht richtig ausgeführt habe. Das würde nicht schön ausgehen für mich.«

Ich legte meine Stirn in Falten. Was ein Schwachsinn. Ich hoffte, dass Alexej das Messer fand und diesen Creep abstechen würde.

»Warum hast du den Schlag auf dich genommen?« Liam, der sich derweil auf dem gegenüberstehenden Sofa niederließ, brummte mich kurz an. »Ich möchte nicht, dass meine Ware beschädigt oder entstellt wird. Schließlich brauche ich dich für was Wichtiges! Außerdem bist du ein gutes Sümmchen wert!«

»Ja, ja, ist klar, das war es«, blaffte ich provozierend.

»Shawn?«

»Mhmm?«

»Halt die Klappe!«

Ich verengte die Augen und warf ihm wieder einen bösen Blick zu. »Wieso hast du dich in den Weg gestellt? Warum tust du das? Wieso bist du erst freundlich, dann ein Arsch und dann wiederum so?«

»Shawn!«, sprach er und fuhr sich angestrengt durch seine Haare, die ganz zerzaust wieder auf seinem Kopf landeten.

»Lass es, Shawn! Du weißt nichts! Und du kennst mich nicht! Es wäre gefährlich!« Nun legte sich der Schalter für sturköpfig um und meine Neugierde wurde geweckt. »Was, weiß ich nicht? Dann erklär es mir! Spiel mir ja nichts vor und rück endlich mit der Wahrheit raus!«

Schwer lehnte er sich nach hinten und entließ ein angestrengtes Seufzen. »Du gibst keine Ruhe oder?«

»Nö! Ich kann das den ganzen Tag.«

»Na gut. Du willst es unbedingt wissen! Ich hab dich gewarnt!«

Jetzt war ich neugierig, was kommen würde.

Er lehnte sich nach vorne, stützte dabei seine Arme auf seinen Knien ab. »Du musst wissen, nicht jeder hat eine so tolle Familie wie du oder Alexej«, sagte er verächtlich.

»Also wolltest du die tolle Familie zerstören, oder was?«

Verärgert sah er mich an. »Nein, auf was für eine gequirlte Scheiße kommt dein Hirn? Mein Vater ... Wie soll ich es beschreiben? Er ist mächtig und angsteinflößend. Er hat einen Hang zur Gewalt. Er tut jedem Gewalt an, der nicht das macht, was er von einem verlangt. Er schreckt nicht mal davor zurück, seine Fäuste gegen seine eigene Frau zu erheben. Geschweigedenn sein eigen Fleisch und Blut krankenhausreif zu verprügeln.«

Schockiert sah ich ihn an. Wie konnte ein Vater seiner eigenen Familie Gewalt antun? Man mochte denken, dass Liam log und sich alles ausdachte, aber ich spürte, dass es nicht so war. Seine Augen waren klar, verrieten mir, dass er die Wahrheit sagte.

»Irgendwann hab ich herausgefunden, dass mein Vater meine Mutter fast jeden Tag schlug. Er wollte, dass ich mit ihm auf die Jagd ging. Im Gegenzug würde er ihr nicht mehr wehtun. Ich war wie Alexej. Ein naiver Junge, der immer das Gute in einer Person sieht. Na ja, ich hab es auf die harte Weise kennengelernt, dass ich nicht jedem vertrauen sollte. Irgendwann wollte ich nicht mehr auf die Jagd mitgehen, doch das hätte ich meinem Vater nicht sagen sollen. Als ich die Jagd verweigerte, sah er mich wütend an und holte mit seiner Faust aus. Das Nächste, was ich erblickte, war ein Krankenzimmer. Mein Vater erzählte dem Arzt, dass ich von Fremden verprügelt worden wäre und überreichte ihm heimlich ein Bündel Geldscheine. Seit dem Zeitpunkt zweifelte ich an allem. Ab da wusste ich, dass mein Vater der Teufel in Person sein musste. Jedes mal, wenn ich bei der Jagd oder einem Auftrag nicht einhundert Prozent gegeben hatte, zeigte er mir seine Meinung dazu. Oft benutzte er nicht nur seine Fäuste, sondern ein Lineal oder eine Peitsche.« Man hörte einen Hauch von Trauer sowie Enttäuschung aus seiner Stimme.

Zögerlich stand er auf, mit einer Bewegung zog er sich das Shirt über seinen Kopf und drehte mir den Rücken zu. Bitter verzerrte ich mein Gesicht. Seine Haut zierten einige alte sowie neue Narben, die schmerzhaft sein mussten. Insbesondere, da er ein Mensch war und sie nicht von selber heilten wie bei einem Werwolf oder einem anderen Wesen.

Er zog sich sein Shirt wieder über, setzte sich auf seinen alten Platz und fuhr fort. »William hat meinen Vater engagiert, um Alexej zu entführen und ihn zu ihm zu bringen. Ich konnte es verhindern, indem ich den Job übernahm. Wenn mein Vater ihn entführt hätte, hätte Alexej mit gebrochenen Rippen rechnen können. Das wollte ich ihm ersparen. Aber Alexej … Er … Er erinnert mich einfach an mich. Ich wollte ihn die Begegnung mit meinem Vater ersparen!«

»Wieso hast du dir nicht von jemandem helfen lassen?«

»Meinst du, das hätte ich nicht in Erwägung gezogen? Meine Mutter hat um Hilfe gebeten. Sie fragte unsere damalige Haushälterin, ob sie mich wegbringen könnte, damit ich ein neues Leben anfangen kann, um nicht weiter in Gewalt aufwachsen zu müssen. Doch mein Vater fand es heraus, verprügelte meine Mutter und brachte unsere Haushälterin um. Sie war eine nette Frau, die mir immer heimlich ein paar Bonbons für die Schule zusteckte«, sprach er abwesend.

Kurz blickte er auf den Boden, ehe er wieder zu mir sah. »Weißt du, als ich gehört habe, dass du ein Omega sein sollst, hab ich meine Chance gesehen. Eine Chance, frei zu sein, für meine Mutter und mich. Mein Vater hatte selbst einen Omega gefangen und bekam somit Macht und Ansehen. Ich dachte, wenn ich dich meinem Vater übergebe, könnte ich im Gegenzug die Freiheit bekommen. Oder wenn ich dich verkaufe und ihm den Erlös gebe, um wenigstens meine Mutter aus seinen Fängen rauszukaufen ... Es war eine dumme Idee.«

»Dann lass dir doch von mir helfen«, sagte ich entschlossen.

»Hast du mir nicht zugehört? Mein Vater ist der Teufel! Der würde dich kurz und klein prügeln!«

»Nicht nur ich allein. Die anderen würden bestimmt helfen.« Ich war überzeugt, dass sie es tun würden. Aber nur mit sehr viel Überzeugungskraft.

»Shawn? Ich habe dich und Alexej entführt! Das weißt du doch? Oder hast du was an den Kopf bekommen? Die anderen werden mir nicht helfen!«

Auf einmal hörte man ein Auto ranfahren.

»Bekommst du Besuch?«

»Nicht, dass ich wüsste.«

Ein kräftiges Klopfen an der Tür sowie eine rauchige Stimme, die Liams Namen aussprach, ertönte. Überrascht blickte er mich an und seine Gesichtszüge entgleisten ihm. Pure Angst spiegelte sich in seinem Gesicht wider. Schnell Schritt er zu Tür und ließ den unangekündigten Gast hinein.

Wie Liam gesagt hatte, war es der Teufel.

Er strahlte eine düstere Aura aus, die mir Angst machte. Sie verdunkelte den Raum. Langsam zog er den Hut von seinem Kopf. Er hat kurze schwarze Haare und seine

Augen waren eiskalt. Sie spiegelten den Tod wider. Eine große Narbe zierte sein Gesicht, die über sein linkes Auge verlief.

Ich erstarrte, als er mich erblickte und zu mir lief. Grob griff er in meine Haare und zog an ihnen, wobei mir ein schmerzliches Keuchen entkam. Er ließ mir keine andere Wahl, als ihm in die Augen zu sehen.

»Ist er das? Der Omega?«, fragte er mit angsteinflößender Stimme.

Liam nickte nur stumm.

»Schönes Ding! Hast du gut gemacht, mein Sohn! Du hast dir was Tolles verdient! Egal, was es ist, du bekommst es!«, sagte er boshaft lachend.

Ich spürte, wie die Farbe aus meinem Gesicht entwich und kalter Schweiß durch meinen Körper fuhr.
Ein Rumpeln kam von oben. Der Teufel ließ von mir ab.

»Kannst du deinen Auftrag nicht richtig ausführen!«, brüllte er Liam an.

»Ich weiß nicht, was der Kunde vorhat.«

Liam bekam für seine Aussage eine gepfeffert. Sein Vater ließ ein Knurren von sich, als es ein weiteres Mal oben polterte. Mit schweren Schritten lief er zur Treppe, um nach dem Rechten zu sehen.

»Liam! Tu was! Du weißt, was er mit Alexej macht! Du weißt, dass Alexej sich nicht wehren kann. Er wird verletzt werden oder Schlimmeres. Bitte!«, flehte ich ihn mit Tränen in den Augen an. Liam, der mich nicht beachtete, wandte seinen Blick nicht von seinem Vater ab. Stock steif stand er am unteren Treppenansatz.

»Liam! Bitte ... Bitte hilf ihm!«

Ich würde Alexej nicht verlieren.

»Liam!«, schrie ich ihn diesmal wütend an. »Hast du nicht gesagt, Alexej erinnert dich an dich selber, als du ein Kind warst! Unternimm was! Mach es besser, rette ihn!«

Der Teufel verschwand aus Liams Sichtfeld. Sofort löste er die Fesseln am Boden und zog mich von der Couch zur Tür. So schnell er konnte, machte er mir die Handschellen ab und die Tür auf. Kurz packte er mich am Kragen und sagte eindringlich: »Shawn! Hör mir jetzt genau zu! Ich helfe Alexej, aber hab keine zu große Hoffnung, dass es klappt! Ich möchte, dass du so schnell wie möglich wegläufst! Hast du verstanden? Keine Widerrede. Tu, was man dir sagt!«

»Aber ...«

Da knallte er mir die Tür vor der Nase zu. Mit einem Schnauben drehte ich mich um und wollte einen anderen Weg wieder rein finden. Leider kam ich nicht so weit, da ich plötzlich in den nächsten Busch gezogen wurde. Ich ließ Snows Augen aufblitzen und wurde von meinem Gegenüber mit einem besorgten Blick durchbohrt.

Matt. Ich zog ihn in eine Umarmung.

»Du hast dir aber Zeit gelassen«, schnaubte ich.

Ein Knurren kam als Antwort und ich wurde enger an seinen Körper gezogen. Ein leises Räuspern ertönte hinter mir, das von Chris stammte. Matt warf seinem Beta einen bösen Blick zu und wir lösten uns aus der Umarmung.

»Ich muss wieder rein! Alexej ist noch drin!«, sagte ich prompt.

»Du gehst da nicht nochmal rein! Wir machen das!«, bestimmte Matt.

»Aber ...«

Wieder wurde ich unterbrochen. »Nichts aber! Shawn, ich möchte dich nicht nochmal verlieren, ist das klar!«

»Das wirst du nicht«, sprach ich sanft und küsste seine Wange.

»Es ist alles kompliziert und es wird euch nicht gefallen, was ich sage, aber Liam müsst ihr auch retten! Ich werde alles später erklären. In dem Haus sind zwei Männer, die ihr fertigmachen müsst. Sie sind beide im Obergeschoss«, erklärte ich der kleinen Gruppe, die sich um mich versammelt hatte. »Der eine ist der Teufel und bei dem anderen handelt es sich um Alexejs Ex.« Ein Knurren kam von Chris und ich blickte ihn verwirrt an.

Plötzlich hörten wir einen lauten Knall, der höchstwahrscheinlich von einer Waffe ausging.

Alexejs Stimme schrie einen Namen, den ich nicht zuordnen konnte.

Jack? Wer war Jack? Chris, der neben mir stand, verwandelte sich in seinen Wolf. Moment mal. Den hatte ich doch schon einmal gesehen. Alexej hatte ein selbstgezeichnetes Bild von diesem Wolf in seinem Zimmer hängen.

War das dieser Jack?

Chris Wolf lief, ohne auf die anderen zu warten, los. Er stemmte sich mit viel Kraft gegen die Tür, sodass sie aufschlug. Matt, der genau so verwirrt war wie ich, verwandelte sich schnell und lief mit dem Rest in Angriffsstimmung hinterher. Matts Wolf war der aus meinem Traum. Er war wunderschön.

»Sollen wir mal rein gehen?«, fragte mich Snow.

»Auch mal wieder da?«, konterte ich.

»Sorry, aber die Fesseln. Kann ich doch nichts dafür«, rechtfertige er sich.

»Ist ja gut. Ich glaube, aber wir sollten hierbleiben. Sonst bekommen wir Ärger.«

Mein Blick wanderte zur Tür. Von drinnen hörte man viele Geräusche – von Knurren bis zu umfallenden Sachen.

Auf einmal stand der Teufel im Türrahmen und wollte zu seinem Auto sprinten.

Ich blickte mich um und entdeckte etwas. Ein fieses Grinsen zierte mein Gesicht. Zum Glück hatte der Teufel mich noch nicht erblickt. Er war nur ein paar Meter von seinem Auto entfernt, doch er drehte sich um, da Matt ihn in seiner Wolfsform von der Veranda anknurrte. Der Teufel hatte mir seinen Rücken zugewandt. In dem Moment sah ich meine Chance. Zielstrebig und leise, sodass er mich nicht bemerkte, lief ich hinter ihn. Er war nur auf einen Kampf mit Matt vorbereitet, aber nicht mit mir. In meiner Hand hielt ich einen dicken Ast. Ich holte aus und schlug den Ast mit Kraft auf seinen Kopf.

Mein Opfer fiel ohnmächtig zu Boden.

Die Deltas sowie Matt waren noch in ihrer Wolfsform. Sie kamen gerade aus dem Haus, da sie dem Teufel nachlaufen wollten, und schauten mich nur verblüfft an. Ich wirbelte den Ast mit Leichtigkeit in meiner Hand.

»Shawn ...«, kam es überrascht von Matt, der sich wieder in seine Menschenform verwandelt hatte.

»Du hast nur gesagt, ich soll nicht ins Haus gehen«, rechtfertigte ich mich und fügte hinzu: »Ich hab früher mal Baseball gespielt. Ich war echt gut als Schlagmann.«

»Unsere Luna hat es echt drauf«, sagte einer der Deltas. Bei dem Wort Luna stieg mir die Röte ins Gesicht. Klang gar nicht mal so schlecht. Mein Blick wanderte hoch zur Veranda. Einige Leute fehlten, die noch im Haus waren.

Chris, der Alexej im Arm hatte, kam nun raus. Alexej klammerte sich fest an ihn und zitterte am ganzen Körper.

»Alexej«, flüsterte ich seinen Namen und wollte ihn trösten. Die kleine Berührung ließ ihn zusammenzucken und er klammerte sich noch enger an Chris. So verletzlich hatte ich ihn nie zuvor gesehen. »Bitte kümmere dich um ihn«, bat ich Chris. Scheinbar war er der Einzige, den Alexej gerade brauchte.

Mit einem Nicken verschwanden die beiden.

Als Nächstes kam Nick mit Liam im Arm raus. Liam war bewusstlos und blutete. Höchstwahrscheinlich hatte er den Schuss abbekommen. Matt kam auf mich zu.

»Wo ist William?«, wollte ich wissen.

»Jack, der Wolf von Chris, ist durchgedreht. Als er diesen Kerl über Alexej sah, ist ihm eine Sicherung durchgebrannt und hat seine Zähne in die Halsschlagader gebohrt. Ihm war nicht mehr zu helfen. Jack hat noch immer die Kontrolle und wird dem Rat berichten müssen, was passiert ist und wieso«, informierte mich Matt in einem zu ruhigen Ton.

Die restlichen Werwölfe nahmen den gefesselten Teufel mit sich, um ihn dem Wandlerrat zu überstellen.

»Lass uns gehen«, meinte Matt. »Später werden einige das Haus aufräumen.«

Nach kurzer Zeit kamen wir bei Matts Elternhaus an, wo schon alle besorgt auf uns warteten. Meine Mom nahm mich in eine feste Umarmung, wobei sie mir immer wieder sagte, wie sehr sie mich lieb habe. Mein Vater war da anders, ruhiger, und zog mich in eine gleichfeste Umarmung. Am Schluss sagte er mir mit ernster Miene, dass ich genauso sei wie meine Mom.

»Du bist bestimmt erschöpft?«, fragte Matt und massierte mir meinen Nacken. Ich konnte diese Frage nur mit einem Nicken bejahen und mich für einen Moment in der Berührung verlieren. Matt hob eine Ecke der Bettdecke hoch, sodass ich ins Bett schlüpfen konnte.

Ich kuschelte mich an ihn und schlief direkt ein. Das war ein echt komischer und nervenzerreibender Tag gewesen.

Kapitel 21

Shawn

Sonnenstrahlen, die genau in mein Gesicht schienen, weckten mich am nächsten Morgen. Kopfschmerzen, die über die üblichen Schmerzen hinausgingen, plagten mich. Es war eine Mischung aus kleinen Nadelstichen und als würde man ein Brett vor den Kopf geknallt bekommen.

Zögerlich öffnete ich die Augen nacheinander. Ich musste lächeln, als ich Matts Gesicht genau vor meinem sah. Er sah so unbeschwert und zufrieden aus. Seine Hände lagen auf meiner Hüfte und drückten mich an ihn. Durch sie spürte ich, dass ich beschützt wurde.

Vorsichtig fuhr ich mit dem Zeigefinger seine Gesichtszüge nach. Sein Dreitagebart machte ihn heißer, als er es eh schon war.

Wie magisch zog es meine Augen zu seinem Sixpack, wobei ich mir vor Aufregung auf die Unterlippe biss. Wie gerne ich es mit meinem Finger nachmalen würde ...

Meine Augen wanderten hoch, um zu gucken, ob er wach geworden war.

Gut, er schlief noch. Gespannt schaute ich auf seine Lippen, die so zärtlich und weich aussahen. Unbewusst strich

ich mit meinem Daumen über seine Unterlippe. Wie gerne ich ihn küssen würde ...

Plötzlich packte Matt meinen Arm und ich erschrak. Mit weiterhin geschlossenen Augen strich er beruhigend über meinen Arm.

»Was machst du da?«, fragte er müde.

»Mhmm ... Nichts.« Ich lehnte mich weiter nach vorne. Auf einmal machte er seine Augen auf und blickte direkt in meine. Sofort zierte ein breites Grinsen sein Gesicht.

»Das sieht mir aber nicht nach nichts aus. Wenn du mich küssen möchtest, dann tu es doch.«

Erwischt. Schmunzelnd blickte ich ihn an. »Na, wenn das so ist.« Ich legte meine Lippen auf seine.

Wir beiden mussten in den Kuss grinsen. Sanft fuhr ich mit meinem Daumen über seinen Dreitagebart. Erst war der Kuss sanft, dann wurde er immer leidenschaftlicher.

Matt strich mit seiner Zunge über meine Unterlippe und bat somit um Einlass, den ich ihm gewährte. Seine Zunge erkundete meinen Mund, bis er sich schließlich meiner Zunge widmete.

Für einen Moment kämpften wir um die Dominanz, die letzten Endes aber Matt gewann. Ein leises Stöhnen entfloh mir, was Matt zum Grinsen brachte. Ein Bein legte ich um seinen Körper. Langsam löste ich mich von ihm und saß rittlings auf seinem Schoß. Meine Hände legte ich auf seiner Brust ab. Ich leckte über meine Lippen, danach malte ich endlich seine definierten Bauchmuskeln nach.

Er keuchte auf, als mein Finger seinen Bauchnabel umkreiste. Es spornte mich an.

Plötzlich quiekte ich auf. Matt wollte nicht untätig sein und kniff mir in den Hintern. Seine Hände huschten an den Boxershortbeinen runter und legten sich auf meinen nackten Hintern.

Kurz massierte er ihn, bevor er meine Backen auseinanderzog. Das ließ mich auf keuchen.

Meine Hände wanderten hoch zu seinen Haaren, wo sich meine Finger vergruben. Ich lehnte mich runter und stoppte für einen Moment vor seinen Lippen. Unsere Augen strahlten nur so vor Lust auf den jeweils anderen. Die letzten paar Zentimeter überbrückte ich schnell und legte meine Lippen wieder auf seine. Sie waren so weich und zärtlich.

Plötzlich hörte man von unten Gerumpel und lautstarkes Gemeckere.

Schnelle Schritte kamen auf uns zu, sowie ein hitziges Gespräch, das von: »Du hast ja keine Ahnung«, zu: »Wie konnte ich das wissen?« führte.

Matt zog schnell seine Hände aus meiner Boxershorts, sodass ich mich von ihm wegsetzen konnte. Die Tür flog auf und Chris trat ein. Hinterher kam kein geringerer als Alexej, der sich an Chris vorbei drückte.

»Shawn, du wirst es nicht glauben, aber Chris ist Jack. Jack, der Wolf, der mich damals gerettet hat, als ich ein Kind war. Das Beste kommt jetzt: Er hat gedacht, ich sei ein Mädchen. Ein Mädchen!«, schnaufte Alexej regelrecht angepisst.

»Was kann ich dafür, wenn du Mädchenklamotten trägst und so mädchenhaft rüberkamst.«

»Das war ein verdammtes Regencape, das war für Jungs! Den habe ich geschenkt bekommen. Meinst du, ich konnte mir aussuchen, was ich als Sechsjähriger trage? Außerdem bist du ein Wolf. Du hättest riechen können, wer ich bin!«

»Fang nicht mit der Wolfsnase an«, mahnte Chris ihn.

»Ich weiß es doch auch nicht. Du hattest einen anderen Duft. Vielleicht lag es an deinen Tränen.«

Das Blickduell, das daraufhin entstand, war einfach kindisch. Nicht zum Aushalten. Wie konnten sie so eine verdammte Diskussion schon am frühen Morgen abhalten? Der Spruch: Was sich neckt, das liebt sich, passte nicht wirklich. Eher: Was sich hasst, das wird sich irgendwann mal lieben.

»Stopp!«, unterbrach ich. »Du meinst, dass der Wolf von damals Chris ist? Zugegeben, die Form seines Wolfes ähnelt deinen Zeichnungen, aber bist du dir hundertprozentig sicher. Du sprichst hier von unserem Chris. Laut deinen Erzählungen war Jack sehr freundlich.«

Das wäre unmöglich. Chris war immer ein Miesepeter, noch nie hatte ich ihn lächeln gesehen. Konnte er überhaupt lächeln? Ein Knurren kam von Matt und alle Köpfe flogen in seine Richtung.

»Ihr werdet jetzt rausgehen und euch vertragen! Ihr seid keine Kinder mehr. Raus jetzt!«

Chris packte sich Alexej und lief mit ihm im Arm raus. So ging die Tür wieder zu.

Schnaufend lehnten wir uns zurück an das Bettgestell.

»Die sind wie ein altes Ehepaar«, sprach Matt meinen Gedanken aus.

Wir blickten uns an und mussten lachen.

»Wo waren wir stehengeblieben?«, fragte Matt verführerisch. Er lehnte sich zu mir, um mir einen Kuss zu geben. Einen Arm schob er hinter meinen Rücken und zog mich runter, sodass wir beide lagen. Mit einer Handbewegung zog er mein Shirt aus. Matt, der nun über mir war, legte seine Lippen auf meine. Erst war der Kuss zart, dann immer wilder. Meine Finger wanderten zu seinen Haaren und krallten sich in ihnen fest. Matts Hände strichen sanft meine Seite entlang und stoppten bei meiner Hüfte. Ein Keuchen verließ meinen Mund. Matt löste sich, um von meinem Gesicht bis zum Hals sanfte Küsse zu verteilen.

Er wanderte weiter runter zu meinem Oberkörper, das ließ mich immer wieder aufstöhnen.

Auf einmal rumpelte etwas und das Gemeckere ging von vorne los. Nur diesmal waren es nicht Alexej und Chris. Nein. Sondern es klang so, als wären es Liam und ... Nick? Uns beide verließ erst ein Knurren, dann ein angestrengtes Stöhnen.

»In diesem Haus bekommt man wirklich nicht seine Ruhe!«, kam es von Matt.

Ich schüttelte den Kopf. Anscheinend würden wir heute gar nicht mehr zum Zug kommen.

»Ich glaube, wir sollten mal runter gehen. Wir können ja dann frühstücken«, sagte Matt aufmunternd. Er stand auf und ging Richtung Tür.

Ich zog mir das Shirt wieder über.

»Hey! Was soll das, zieh dir gefälligst was an!« Mein Gegenüber knurrte, was mich zum Lachen brachte. Angezogen gingen wir runter, wo schon Matts Bruder Julius und mein Dad im Wohnzimmer saßen und sich angeregt über die Wirtschaft austauschten. Meine sowie Matts Mutter standen in der Küche und machten Pancakes.

»Morgen, Mom. Morgen, Aira«, begrüßte ich beide. Dann schenkte ich meiner Mom einen Kuss auf die Wange und umarmte Aira. Matt tat es mir gleich, nur andersrum.

Zwei Teller bestückte ich mit frischen Pancakes und überzog sie mit Honigsirup, bevor ich sie vor Matts Nase abstellte, der sich ins Esszimmer verzogen hatte.

Genüsslich aßen wir in Ruhe. Als wir fertig waren und das dreckige Geschirr in der Spülmaschine verstauten, drangen angeregte Stimmen zu uns. »Nein! Das glaub ich nicht! Wie soll das gehen? Ich bin ein na ja ... normaler Mensch. Ich bin kein Wesen. Dazu ein Jäger! Und ein Mann! Ein Arschloch! Ich hab doofe Sachen gemacht, ok? Wie ... Wie soll das gehen?« Liam lief aufgebracht und wild mit seinen Händen gestikulieren an uns vorbei in Richtung Tür. Hinter ihm ein knurrender Nick. Kurz bevor Liam die Haustür erreichen konnte, packte sich Nick ihn und warf ihn über die Schulter. Für ein paar Sekunden versuchte er zu protestieren, aber gab schnell auf.

So schnell sie da waren, waren sie wieder in Nicks altem Zimmer verschwunden.

Was für ein bunter Haufen, das konnte ja nur spaßig werden.

Kapitel 22

Shawn

Gemütlich saßen wir auf der Couch mit Chris, Alexej und Julius. Im TV lief die Wiederholung des gestrigen Basketballspiels zwischen den Golden State Warriors und den Atlanta Hawks.

»Wir sollten reden«, riss Matt mich aus meiner Starre, als ich gespannt auf den nächsten Spielzug von Trae Young wartete. Trae war gerade dabei, den Ball zu passen, doch es stellten sich ihm zwei gegnerische Spieler in den Weg.

Ich wollte ihn fragen, ob er einen Moment warten könnte, aber sein Blick drückte eine Entschlossenheit aus, die keine Widerrede duldete.

»Okay«, brachte ich schwer schluckend raus.

Sanft nahm er meine Hand in seine und führte mich in den großen Garten, wo noch einige Sitzmöglichkeiten mitten auf der Fläche standen. Matt zog mich auf seinen Schoß, als er sich auf Bank setzte.

»Na gut, über was möchtest du denn reden?« Sanft strich ich mit meiner Hand über einen seiner Arme, die er um mich gelegt hatte.

»Hast du dich schon mal verwandelt?«

»Wir haben es nie ausprobiert. Na ja, ich weiß nicht, wie es geht. Ann hat mit Magie mein Wesen versteckt, somit konnte ich meine Fähigkeiten nicht vor allen nutzen. Ich musste vorsichtig sein, damit niemand herausfindet, was ich bin. Man kann mich nicht riechen, wie du ja weißt.«

»Dass du keinen eigenen Duft hast, stimmt nicht ganz«, warf er ein.

»Wie meinst du das?«

»Du wirst dich nicht erinnern, aber an meinem Geburtstag war ich bei dir. Aus irgendeinem Grund haben wir uns gestritten. Unerwartet traf mich ein Duft. Einer, den ich noch nie gerochen habe. Manchmal rieche ich ihn immer noch, so wie jetzt, aber er ist schwach. Und hinreißend.«

»Wirklich? Daran kann ich mich nicht erinnern. Wie riech ich denn?«

»Nach heißer Schokolade ...« Er knabberte an meinen Nacken, was mich keuchen ließ. »... Sommer und Sonnenblumen.« Er verteilte weitere Küsse. Das Gefühl war schön und entspannend.

»Anscheinend rieche ich sehr lecker«, neckte ich ihn.

»Nur leider kann ich dich nicht riechen ...«

»Keine Sorge, das werden wir schon hinbekommen.«

Auf einmal brummte Matt hinter mir.

»Alles gut?«, fragte ich besorgt.

»Nicht ganz. Weißt du, jemand möchte etwas Zeit mit dir verbringen. Er hat dich gestern schon gesehen, aber das reicht ihm nicht.« Angespannt rieb er seine Schläfe.

»Wer den?«, fragte ich ihn verwirrt.

»Mein Wolf, Blake.« Matt schob mich von seinem Schoß. Man hörte mehrfach lautes Knacken von Knochen. Da saß ein Wolf vor mir mit schwarzem Fell, der haargenau so aussah wie der aus meinem Traum. Ich kniete mich vor ihn hin und ließ meine Hand durch sein Fell gleiten. Blake gefiel die Streicheleinheit.

»Können wir uns nicht verwandeln? Ich möchte so gerne Blake gegenübertreten. Mit ihm durch den Wald laufen, so schnell wir können«, wimmert Snow.

»Ich weiß es nicht. Wir können es ja ausprobieren«, versuchte ich ihn aufzumuntern. Blake, der mich fragend ansah, kam näher. Er legte seine Stirn auf meine.

»Wie verwandelt man sich? Was muss ich machen?« Matt verwandelte sich zurück und blickte mir tief in die Augen.

»Weißt du, wie dein Wolf aussieht?«

Ich nickte zustimmend.

»Okay. Du musst dich voll und ganz auf deinen Wolf konzentrieren. Wie er ist und wie er aussieht. Zum Schluss lass locker, sodass deine Knochen knacken. Keine Angst, bei der ersten Verwandlung wird es wehtun, aber später nicht mehr«, informierte mich Matt und gab mir einen Kuss auf die Stirn, ehe er sich wieder verwandelte. Okay. Hörte sich einfach an. Dann versuchten wir es. Snow machte paar Freudensprünge, bevor wir uns entspannten. Ich schloss die Augen und stellte mir Snow bildlich vor. Glieder und Muskeln verformten sich und Knochen knackten. Schmerz durchzog meinen Körper, aber ich konnte es für uns, Snow und mich, ertragen.

Und dann stand ich im Garten in meiner Wolfsform.

Ich war sprachlos. Ich hatte es geschafft.

Snow übernahm kurz die Kontrolle und rieb seine Nase in Blakes Nackenfell. Sein Geruch war unfassbar. Bittere Schokolade und Himbeeren. Ob Matt auch so roch?

Auf einmal rief eine tiefe Stimme meinen Namen in meinem Kopf, die aber nicht von Snow war. Nein, sie war von Matt.

»Wie geht denn so was?«

»Mindlink, mein Süßer. Dadurch können wir in unserer Wolfsform kommunizieren. Wollen wir spazieren gehen? Ich möchte dir etwas zeigen.«

Ich stimmte zu.

Wir liefen einige Zeit, bevor wir an einem bezaubernden Platz ankamen. Es war eine Wiese voll mit Blumen. Die Sonne schien auf dieses Stückchen Erde, als wäre es ein Gemälde.

Moment mal, das war wie in meinem Traum. Blake lief durch die Wiese und drehte sich zu mir. Er gab mir zu verstehen, dass ich zu ihm kommen sollte.

»Was grinst du denn?«, fragte er mich neugierig.

»Ich habe mich an etwas erinnert.«

»Und an was?«

»Das ist ein Geheimnis, vielleicht erzähle ich es dir irgendwann einmal.«

Zusammen spazierten wir zu einer Stelle an einem Bach. Der Tag verlief schön, wir entspannten und tobten uns aus. Ich ließ Snow ab und zu mal die Kontrolle übernehmen. Das Gefühl, als Wolf herumzulaufen, zu toben und zu erkunden, war atemberaubend. Eingekuschelt lagen wir nun am Bach und genossen die letzten Sonnenstrahlen, wobei Blake stetig nervöser wurde.

»Ist alles in Ordnung?«, fragte ich ihn besorgt.

»Wir sollten wieder zurück.«

»Okay.«

Fast am Haus angekommen, drängte er mich, mich zurückzuverwandeln. Zu kraftvoll packte er mein Handgelenk und führte uns im Schnellschritt nach oben in sein Zimmer.

»Dein Duft ist zu betörend geworden. Ich kann mich nicht mehr zurückhalten und werde dich heute markieren. Niemand anderes soll deinen Duft so riechen wie ich. Niemand soll dich mir wegnehmen.« Mit einem Mal hatte nicht mehr meine normale Hautfarbe, sondern die einer Tomate.

Matt wollte sich auf mich stürzen.

»Stop! Schließ die Tür ab! Ich möchte nicht wieder gestört werden!«

So schnell er an der Tür war, war er zurück über mir. Unsere Lippen verbanden sich. Erst war der Kuss sanft, dann intensiver und dann wild. Seine Lippen glitten weiter runter und runter. Dabei verteilte Matt leichte Küsse von meiner Lippe über mein Gesicht, meinen Hals, mein Schlüsselbein, meine Brust bis zum Bauchnabel. Immer mal wieder verließ ein Stöhnen meinen Mund.

Es überkam mich eine Welle der Lust, als er eines meiner Nippelpiercings zwischen seine Zähne nahm und leicht hineinzwickte. Seine Hand spielte mit der anderen Brustwarze, wobei er das Piercing zwischen seinen Fingern drehte.

Meine Hände vergruben sich in seinen Haaren. Er ließ von seiner Tätigkeit ab und wanderte an meiner Seite hinunter, wo er an der Hüfte zum Stehen kam. Matt krallte sich in meine Jeans und ärgerte mich, in dem er immer wieder an meinem Hosenbund zupfte.

Ich hob meine Hüfte, sodass er meine Hose aufmachen und runterziehen konnte. Doch das tat er nicht. Verärgert drückte ich ihn von mir und setzte mich provokant auf seine Mitte.

»Reiz mich nicht!«, sagte ich und küsste ihn aggressiv. Ich wollte ihn provozieren. Kräftig drückte ich mich gegen ihn. Etwas forsch bewegte ich mein Becken in Kreisbewegungen auf seinem Schoß.

Leicht biss er sich auf seine Lippen. Diesmal konnte ich ihm ein Stöhnen entlocken, was mich noch mehr anspornte, weiterzumachen, bis Matt leise knurrte und mich wieder in die Matratze drückte.

Seine Augen glühten leicht rot.

Mit einer schnellen Handbewegung entledigte Matt erst mich und dann sich selbst unserer Klamotten. Danach kramte er in seiner Nachttischschublade. Ein roter Schimmer bedeckte mein Gesicht, als ich sah, was er rausholte. Gleitgel. Matt schob meine Beine auseinander, sodass ich sie anwinkeln konnte. Er beschmierte einige Finger mit dem Gel. Mit dem ersten umkreiste er meinen Schließmuskel, bevor er in mich eindrang.

Ich sog scharf die Luft ein, da das Gefühl total komisch war. Doch es wurde durch Schmerz ersetzt, als er den nächsten Finger in mich schob. Dies bemerkte Matt.

Er lehnte sich zu mir runter. »Entspann dich«, sagte er ruhig und küsste mich sanft. Der Kuss entspannte mich und ich wurde etwas lockerer. Somit konnte Matt mich weiter vorbereiten und verteilte immer weitere Küsse auf mir.

Auf einmal berührte er einen bestimmten Punkt in mir, der mich laut aufstöhnen ließ. Schlagartig schlug ich meine beiden Hände auf meinen Mund und wurde rot.

»Das klang schön«, raunte Matt mir ins Ohr. Er zog seine Finger aus mir und positionierte sein Glied an meinem Eingang. Für einen Moment bekam ich einen etwas klareren Kopf. Denn eine Sache kam mir wieder in den Sinn, die ich Matt nicht erzählt hatte.

»Warte!«

»Was ist? Wehe du sagst, dass wir aufhören sollen. Denn das kann ich wirklich nicht, Shawn!«, brummte Matt.

»Nein, nicht aufhören! Zieh ein Kondom über!«

»Wofür? Du weißt, dass wir keine Krankheiten weitergeben können.«

»Mach es einfach. Ich erklär es dir später.« Ohne Widerrede holte er ein Kondom aus seiner Nachttischschublade. Er zerriss die Verpackung mit seinen Zähnen. Diese Geste ließ mich nicht kalt und unbewusst leckte ich mir über die Unterlippe. Matt stülpte sich das Kondom über sein Glied und war schon wieder an meinem Eingang. Mein Blick wanderte unterdessen runter.

O Gott, der passt doch niemals in mich.

Vorsichtig positionierte er sich und schob sein Glied behutsam in mich. Mein Atem wurde unruhiger und schwerer. Der aufkommende Schmerz ließ mich so fest auf meine Lippe beißen, dass ich anfing zu bluten.

»Nicht! Beiß dir nicht auf deine schönen Lippen!«, raunte Matt mir ins Ohr. »Atme! Tief einatmen und wieder aus.«

Mein Atem wurde ruhiger. Meine Hände wanderten zu seinem Gesicht, wo sich meine Fingerspitzen in seinen Haaren vergruben. Wir blickten uns tief in die Augen. Mit einem Nicken gab ich ihm zu verstehen, dass er weitermachen konnte. Somit schob er sein Glied weiter in mich und mit einem Stoß war er endlich komplett in mir, was mich laut aufstöhnen ließ.

Matt ließ mir einen Moment, um mich an seine Größe zu gewöhnen, bevor er sich in mir bewegte. Seine Stöße waren erst langsam, dann schneller. Nach ein paar weiteren Stößen traf er wieder diesen Punkt in mir, der mich lauter stöhnen und Sterne sehen ließ. Ich war ein Wrack unter ihm, aber nicht nur ich war am Stöhnen, sondern Matt genauso.

Wir waren unserem Höhepunkt nah. Ich bemerkte, das Matts Augen sich komplett rot färbten. Er verteilte Küsse auf einer Stelle an meinem Hals. Auf einmal biss er genau dort fest zu. Ich tat es ihm gleich und biss ihm in seine Halsbeuge.

Damit brachte er mich über die Klippe und ich wurde unten eng, wodurch auch Matt zum Höhepunkt kam. Das Einzige, was ich mitbekam, war, das Matt sich aus mir rauszog und die Decke über uns legte.

Kapitel 23

Shawn

Ein Arm, der um meinen Körper gelegt war, zog mich näher an eine warme Person hinter mir. Jemand verteilte sanfte Küsse auf meinem Nacken sowie Hals. »Mhmm ... Ist das schön.« An jeder Stelle, die Matt sachte küsste, kribbelte meine Haut. Es fühlte sich himmlisch an. Ich wollte mehr, drückte den Hinterkopf in seine Richtung. Matt lachte und küsste mich ein weiteres Mal.

»Na, ist die Prinzessin wach geworden und das durch einen Kuss?« Mir entfloh ein entspanntes Seufzen. Leicht drehte ich den Kopf in Matts Richtung, der mir ein verträumtes Lächeln schenkte.

Meine Hand wanderte zu seinen Haaren und ich kraulte seine Kopfhaut. Seine Nase vergrub er in meinen und küsste meinen Haaransatz. Kurz lehnte er sich zurück, um mir in die Augen zu sehen. Dabei drehte ich mich in seinen Armen, um ihn besser ansehen zu können. Meine Hand wanderte zu seinem Dreitagebart, den ich kraulte, was ihn zum Schnurren brachte.

»Ich wusste gar nicht, dass ein Werwolf schnurren kann«, sagte ich lachend.

»Aber nur, weil du es bist«, informierte er mich mit einem Grinsen im Gesicht. Ich hauchte ihm einen Kuss auf die Lippen. Er hatte nichts Erotisches oder schrie nach mehr. Er war kurz, aber voller Liebe.

»Du hast gestern gesagt, wir müssen über eine Sache reden. Es klang wichtig. Worüber möchtest du reden? Und wieso sollte ich ein Kondom anziehen?«, fragte er und brachte mich wieder zurück in die Realität. Oh ja, da war was. Das musste ich wohl oder übel mit ihm besprechen.

Wie sollte ich nur anfangen?

Würde er es verkraften?

Für einen Moment war ich in meinen Gedanken versunken, doch als ich den Kopf hob und Matt betrachtete, zogen sich meine Mundwinkel hoch – fast bis zu den Ohren.

»Shawn? Alles gut?«, fragte er besorgt. Mit einer Hand drückte ich seine Schulter zurück in die Matratze, sodass er auf dem Rücken lag. Ich setzte mich rittlings auf seinen Bauch.

»Was machst du?« Er hob verführerisch eine Augenbraue. Seine Hände glitten von meiner Seite zur Hüfte und blieben dort.

Meine Hand wanderte unterdessen zu seiner Schulter. Zu meinem Mal auf seiner Haut.

»Es ist wunderschön.« Fasziniert fuhr ich mit den Fingern um mein Mal auf seiner Halsbeuge. Ein weißer Wolf, der aussah wie Snow. Ein Basketballkorb stand hinter ihm.

»Finde ich auch«, sagte Matt lächelnd. Fragend blickte ich ihn an. »Du hast es schon gesehen?«

»Ich meinte meins.« Er tippte auf meine Schulter und ich fasste wie von selbst an die Stelle. Neugierig sah ich mich um und fand einen Spiegel. Unbedacht wollte ich aufstehen, doch dann fiel mir ein, dass ich nackig war. Hastig blickte ich auf den Boden und suchte nach etwas, um meinen Unterkörper zu bedecken. Ja, Matt hatte schon alles gesehen, aber jetzt war es hell und ich hatte einen klaren Kopf.

Schnell sammelte ich eine Boxershort auf, die neben mir am Boden lag. Ich rollte mich von Matts Bauch, bevor ich mir die Shorts überstreifte und zum Spiegel huschte.

Mein Grinsen wurde breiter, als ich Matts Mal sah. Zwischen meiner Halsbeuge und Schulter war ein schwarzer Wolf, der Blake darstellte. Er stand auf einer bunten Blumenwiese und heulte zum Mond.

Matt, der inzwischen aufgestanden war, kam zu mir rüber. Aus dem Augenwinkel sah ich, dass er sich ein Laken um die Hüfte gebunden hatte. Er sah einfach göttlich aus.

Ich schüttelte kurz meinen Kopf, um den Gedanken loszuwerden. Zwei starke Hände legten sich um mich und sein Kopf auf meine Schulter. Er betrachtete sein Mal durch den Spiegel.

»Ich werde jetzt kurz duschen und dann reden wir«, informierte ich ihn und fragte, ob er mir ein paar frische Klamotten geben könnte. Er überreichte sie mir mit zwei Handtüchern.

»Mach nicht zu lange«, sagte er und gab mir einen Kuss auf die Lippen, ehe er sich auf den Weg in ein anderes Badezimmer des Hauses machte.

Schnell huschte ich in sein Bad und sprang unter die Dusche. Unter dem heißen Wasser sammelte ich meine Gedanken, wie ich es Matt am besten sagen könnte. Als ich in sein Zimmer trat, nahm ich den Föhn mit. Matt, der bereits zurück war, sah mich erwartungsvoll an. Tief atmete ich ein und aus, fast wie ein Mantra.

Ok, ich würde das schaffen.

Ich setzte mich auf die Bettkante und stöpselte den Föhn in die Steckdose, die nah am Bett war. Mit einer Handbewegung bedeutete ich ihm, auf dem Boden zwischen meinen Beinen Platz zu nehmen, damit ich ihm die Haare trocknen konnte. Den Föhn legte ich wieder an die Seite, als seine Haare endgültig trocken waren.

»Worüber ich jetzt mit dir rede, ist sehr ernst okay? Ich werde dich nicht verarschen!«, fing ich an. »Du weißt, wenn sich zwei Menschen sehr doll lieb haben, haben sie für gewöhnlich ... Na ja, ähm ... etwas Intimes. Und manchmal passiert was, wenn man ein spezielles Utensil vergisst. Ein Kondom. Dann kann es sein, dass die Frau schwanger wird«, stotterte ich vor mich hin.

Plötzlich fing Matt an zu prusten. Er drehte sich um und blickte mich belustigt an. Ihm kamen schon einige Tränen.

»Sag mal, versuchst du mich aufzuklären? Das gestern war mehr als eine gute Aufklärung. Außerdem wirst du nicht schwanger! Deshalb hab ich nicht verstanden, wieso du vehement auf das Kondom bestanden hast.« Ich sah ihn ernst an und sein Lachen verstummte langsam.

»Shawn?«

»Lass mich weiterreden.« Ich drehte seinen Kopf wieder nach vorne. »Es ist so ... Frauen können schwanger werden, wenn man kein Kondom oder sonst irgendwelche Verhütungsmittel benutzt. So macht das die Natur. Eigentlich. Aber die Natur ist widerspenstig und hat manchmal einen schlechten Humor.«

Federleicht strich Matts trockene Haare. Es beruhigte mich auf eine Art und Weise.

»Ann hat ganze viele Bücher über alles. Das weißt du doch, oder?«

Er nickte, blickte weiter nach vorne.

»Früher wollte ich herausfinden, was genau Omegas sind. Und in einem von Anns Büchern fand ich Antworten. Ich hab erfahren, dass sie schwach seien, nicht so schnell wie andere Wölfe, dagegen aber flink und wendig. Eine Sache stand in dem Buch, die mich als Kind so geschockt hat, dass ich es nicht mehr weiter gelesen habe. Na ja, wie erwähnt, können Frauen schwanger werden. Tja, da hat sich die Natur einen Scherz erlaubt und aus Witz gesagt: Lass uns Omegas erschaffen«, erzählte ich zu Ende. »Ich kann schwanger werden, Matt. Deshalb solltest du das Kondom überziehen. Ich will nicht so enden wie eine dieser MTV Teen Moms, okay?« Matt drehte sich langsam zu mir um. Er nahm beide meiner Hände in seine und blickte mich an.

»Findest du das ekelig, dass ein Mann schwanger werden kann? Also dass ich schwanger werden kann? Findest du mich ekelig?«, fragte ich unsicher und sah auf unsere Hände.

Auf einmal erhob Matt sich und setzte sich neben mich. Mit einem schnellen Griff packte er mich und zog mich auf seinen Schoß. Eine Hand legte er unter mein Kinn, sodass wir uns in die Augen schauen konnten.

»Shawn, Liebling. Du bist doch nicht ekelig. Nur weil die Natur sich sowas ausgedacht hat. Du bist wunderbar. Außerdem glaube ich dir eine Sache nicht, nämlich die, dass du schwach sein sollst. Schließlich bist du stark und ein Dickkopf, der gern mal einem Alpha und einem Beta die Stirn bietet. So was ist gefährlich, weißt du?« Er schenkte mir ein Lächeln.

»Ach ja, so was ist gefährlich? Das wusste ich gar nicht.« Ich lächelte zurück. Matt stimmte mir zu und wir legten uns auf die Matratze. Er drehte seinen Kopf zu mir und grinste mich schief an.

»Was grinst du denn so?«

»Elf«, brachte er heraus.

»Elf? Elf was?« Ich stand auf dem Schlauch.

»Ich hätte gern elf Kinder mit dir, das wäre wie eine kleine Fußballmannschaft«, sagte er schief grinsend.

»Elf Kinder? Ich glaube, du spinnst! Ich bin ein Basketballspieler und kein Fußballspieler, das weißt du doch. Wenn, dann fünf. Das wäre eine kleine Basketballmannschaft.« Zusammen lachten wir und tauschten ein paar sanfte Küsse aus.

»Ich weiß, dass du einen Plan hast. Denn mir ist klar, dass du nicht wie eine dieser Teeniemütter wirst. Also möchtest du ihn mir verraten?«

Ich schmunzelte.

»Ich würde erst Kinder bekommen, wenn wir mit der Schule fertig sind. Insbesondere, da ich auf ein Sportstipendium hoffe, müsste ich immer mein Bestes geben. Du weißt, dass es mein größter Traum ist, Basketballspieler zu werden. Aber auch, dass ich auf dem Abschlussball nicht als Kugel tanzen möchte. Und ich hoffe, mein lieber Wolf wird mit mir dahin gehen? Wir sollten erst nur ein Kind bekommen. Schließlich weiß ich nicht, wie das abläuft, wenn ich schwanger werden würde.«

Matt, der mir aufmerksam zuhörte, verlor sein Lächeln nicht. Seine Hand glitt zu meinem Gesicht und er strich sanft mit seinem Daumen meine Wange nach.

»Dein Wolf würde gerne mit dir auf den Abschlussball gehen.« Er gab mir einen sanften Kuss. »Dein Plan ist gut. Ich würde gern das Buch lesen, was du als Kind angefangen und nicht beendet hast. Vielleicht steht da ja mehr über die Schwangerschaft von männlichen Omegas.« Matt lehnte sich zu meinem Ohr und flüsterte: »Ich hoffe, unser erstes Kind wird ein Mädchen.

Kapitel 24

Shawn

Ich war so verträumt, dass ich nicht bemerkte, was um mich herum geschah. In einigen Tagen würde mein Geburtstag stattfinden, nur wie sollte ich meinen Achtzehnten gebührend feiern? Und wo? Vielleicht gemütlich zu Hause? Nein. Dieser Geburtstag sollte anders als die anderen Male gefeiert werden. Mir schwebte ein gewisser Club vor ...

Die Ohren auf Durchzug geschaltet, blendete ich all den Lärm sowie die Gespräche meiner Mitschüler aus. Ich bekam nicht mit, dass Mrs Fitz mich die ganze Zeit anzusprechen versuchte.

Alexej pikte mich unverblümt in die Seite, was mir ein lautes »Autsch« entlockte.

Er schaute mich mit aufgerissenen Augen an, dann nach vorne. Ich brauchte ein wenig, um zu verstehen, was er von mir wollte. Als mein Blick jedoch auf den genervten von Mrs Fitz traf, wurde es mir klar. Sie stand mit verschränkten Armen vor mir.

»Na, Mr Coleman. Sind Sie aus Ihrer Traumwelt erwacht? Ich wusste gar nicht, dass mein Unterricht für Sie so langweilig ist! Können Sie mir denn wenigstens die Lösung verraten?« Mahnend schaute sie mich an und stemmte ihre Hände ihn ihre Hüften.

Nicht aufnahmefähig brachte ich nur ein »Ähm« heraus. Einige meiner Klassenkameraden kicherten. Nervös blickte ich auf die Rechnung an der Tafel.

»Könnten Sie mir das Ergebnis verraten, Mr Coleman?«, fragte sie nochmal eindringlich.

Ich blickte Mrs Fitz total vernebelt an, bevor ich abwesend nickte. Mein Blick wechselte wieder zur Tafel und ich versuchte, so schnell ich konnte in meinem Kopf zu rechnen. Dabei biss ich mir konzentriert auf die Unterlippe.

»Ähmmm ... Es ist achtunddreißig.« Es war eher eine Frage, aber gut, dass Mrs Fitz es als Antwort verstand.

»Nochmal gut gegangen. Schlafen Sie bitte nicht noch einmal in meinem Unterricht ein.«

Nachdem der Unterricht endete, zitierte sie mich zu sich an ihr Pult. Sie war enttäuscht, dass ich so unaufmerksam war. Ich sprach eine kleine Entschuldigung aus, bevor ich gehen durfte.

Seufzend lief ich den Gang entlang zu meinem Schließfach, um die überflüssigen Bücher zu verstauen. Dabei legte sich ein schwerer Kopf auf meine Schulter. »Was wollte Mrs Fitz noch von dir?«

Kurz schloss ich die Augen. Seine raue Stimme verursachte ein angenehmes Kribbeln in meinem Körper. Mit einem Lächeln drehte ich mich um. Matts Hände schmiegten sich an meine Hüfte und zogen mich an ihn. Seine Nase vergrub er in meinen Haaren und er sog meinen Duft ein. Ich schlang meine Arme um seinen Hals. Obwohl wir uns nur kurz umarmten, spürte ich das Band zwischen uns.

Vorsichtig lehnte ich mich gegen den Spind.

»Sie hat mir klargemacht, dass ich nicht nochmal in ihrem Unterricht träumen soll«, beantwortete ich seine Frage.

»Wovon hast du denn geträumt?« Sein Gesicht zierte ein dickes Grinsen.

»Natürlich von dir«, verteidigte ich mich, was Matt glücklich zu machen schien.

»... aber auch von was anderem.«

Seine Miene veränderte sich. »Wovon?«

Diesmal zierte mein Gesicht ein Lächeln. »Nichts Schlimmes. Ich hab doch bald Geburtstag und ich glaube, ich habe die perfekte Idee, was ich machen möchte!« Matt machte ein Geräusch, das fast so klang, als hätte er die Luft angehalten.

»Und hast du schon ein Geschenk für mich?«, fragte ich.

»Du wirst es nicht glauben, aber ich habe es tatsächlich schon.«

Mit neugierigen Blicken durchbohrte ich ihn.

Er lachte. »Du kannst mich so lange angucken, wie du möchtest, aber verraten werde ich es nicht. Lass dich einfach überraschen. Aber mal was anderes. Willst du mir nicht deine perfekte Idee verraten?«

»Kennst du die Disco Night Howl?«

»Ja, da war ich schon mal. Ich bin nicht der Partytyp, deshalb war ich nur einmal da.«

»Tja, mein Lieber, an meinem Geburtstag wirst du es sein. Du wirst schön mit mir tanzen, wenn ich dich auffordere! Es ist beschlossene Sache, wir gehen feiern! Die anderen Pappenheimer kommen auch mit!« Matt, der nur ein angestrengtes Stöhnen von sich gab, schüttelte den Kopf. »Na gut, wenn es sein muss. Hab aber keine großen Erwartungen, wenn ich meine Tanzkünste zeige.«

»Keine Angst. Du musst nicht wirklich tanzen. Das Einzige, was du machen musst, ist meine Hüfte festzuhalten, so wie jetzt. Den Rest mach ich selber, glaub mir, das bekommst du schon hin.« Verführerisch ließ ich meine Hüfte kreisen und zwinkerte ihm dabei zu.

Matt packte mich und zog mich fester an sich. »Ich glaube, das bekomme ich hin.« Unsere Lippen kamen sich näher und er legte seine sanft auf meine. Der Kuss wurde intensiver, aber nicht unkontrolliert. Nur unsere Münder liebkosten sich. Wir lösten uns, als auf einmal Gekicher von der anderen Seite des Flures kam.

Alina mit ihrer Mädchen-Clique stand dort und guckte zu uns rüber.

Matt gab ein tiefes Knurren von sich. Damit verschwanden sie, aber Alina blickte uns verächtlich an.

»Was haben die denn für ein Problem?«

»Ich habe keine Ahnung ...« Matt wirkte nachdenklich. Egal. Jetzt hatte ich erst einmal nur noch die Planung meines achtzehnten Geburtstags im Kopf.

Kapitel 25

Matt

Seit gestern war Shawn mit der Planung für seinen Geburtstag beschäftigt und hatte deswegen erst mal keine Zeit mehr für mich. Was meine Stimmung total in den Keller verfrachtet. Als wäre das nicht schlimm genug, meinte mein Dad, ich könnte mich mal langsam meinen Aufgaben als Alpha widmen. Den Papierhaufen, der seit gestern auf meinem Schreibtisch lag, hatte ich immer noch nicht fertig. Ich hatte das Gefühl, er wurde einfach nicht weniger. Von Anträgen für die Aufnahme ins Rudel bis hin zu neuen Aufträgen der Werkstatt.

Ein angestrengtes Seufzen verließ meinen Mund.

Erschöpft lehnte ich mich zurück in den gepolsterten Lederstuhl. Eine kleine Pause würde mir guttun. Für einen Moment schloss ich die Augen, um mich zu entspannen, wurde aber schnell durch ein Summen unterbrochen. Seufzend wischte ich mir durch das Gesicht und tastete nach meinem Handy, das irgendwo auf dem Schreibtisch lag. Mürrisch setzte ich mich auf und fand das summende Ding unter einem Stapel Blättern.

Mein Gesicht zierte ein Lächeln. Denn die Nachricht, die ich bekommen hatte, war nicht von irgendjemanden.

Shawn: Hey, du! Vergiss nicht, wir gehen heute ins *Night Howl* und feiern durch. Wahrscheinlich sind wir schon um 21 Uhr drin. Ich weiß, dass du noch viel Papierkram hast, aber sei bis spätesten 23 Uhr hier. Ich freue mich, dich zu sehen. Insbesondere, wenn wir gemeinsam tanzen. Lass mich nicht zu lange warten, sonst such ich mir einen anderen Tanzpartner. ♥

Schmunzelnd rieb ich mir meine Stoppeln am Kinn und merkte, dass ich mich heute noch rasieren sollte. Der kleine Schlawiner. Der konnte was erleben, wenn ich da später aufkreuzte und er mit jemand anderem tanzen sollte.

Aber, egal ich musste mich konzentrieren und mich ran halten. Je schneller ich das fertig hatte, umso schneller konnte ich zu Shawn.

Nach einiger Zeit des Papierwälzens hatte ich fast den Stapel geschafft. Doch mein Glück sollte nicht lange halten, denn mein Vater kam grinsend mit einer Handvoll neuer Papiere rein.

»Ernsthaft!«, blaffte ich angestrengt und blickte ihn unglaubwürdig an. Amüsiert legte er die Blätter unter den angefangenen Stapel, um die Ordnung nicht zu zerstören.

»Hört das denn nie auf?«.

Seine starken Hände legten sich auf meine Schultern, um mich zu massieren. »Tja, mein Sohn. Willkommen in meiner Welt. Endlich wirst du erwachsen. Das wird nie aufhören. Du wirst es schaffen, bevor du zu Shawns Geburtstag los musst.«

»Witzig!« Ich funkelte ihn böse an. Doch leider funktionierte das bei ihm nicht. Er war schon an der Tür und drehte sich nochmal zu mir um. »Mach dir keine Sorgen, wenn du das Haus leer auffindest. Wir werden nicht da sein. Dein

Onkel hat uns zum Essen eingeladen und das kann amüsant werden, wenn wir den Pokerkoffer rausholen.«

Lustlos machte ich mich wieder an die Arbeit. Nach gefühlt tausend Stunden lehnte ich mich schwer in den Ledersitz. Angestrengt rieb ich meine Augen und griff nach meinem Handy, um zu prüfen, wie spät es war. Draußen war es bereits dunkel geworden. Einundzwanzig Uhr dreißig.

Schnell sprang ich vom Stuhl, um mich fertig zu machen. Noch schnell Shawns Geschenk aus dem Rucksack holen und dann los.

Doch meine Heiterkeit verflog, stattdessen breitete sich ein unangenehmes Gefühl aus. Die ganzen Bücher und Hefter lagen auf dem Boden verstreut. Sogar den Rucksack drehte ich um, um ihn auszuschütteln. Doch das Geschenk fiel nicht raus.

Panisch stellte ich mein Zimmer auf den Kopf. Schon nach kurzer Zeit glich es einem Schlachtfeld. Ich fand Sachen, die ich vor Monaten verloren hatte, aber das Geschenk war weg. Als wäre es vom Erdboden verschluckt worden.

Hektisch lief ich auf und ab, doch nirgendwo war es.

Ich ging meinen Gedanken nach, wo ich es vielleicht hingelegt hatte. Dann kam mir die Idee: Mein Spind in der Schule. Ich könnte mir die Haare rausreißen! Wie doof ich nur sein konnte, das Geschenk dort zurückzulassen. Rasch griff ich mir meine Jacke und die Autoschlüssel. Die Schule müsste noch aufhaben, da einige AGs und Sportvereine oft bis spätnachts dort waren, um zu üben.

Fünfzehn Minuten Autofahrt später, huschte ich zu meinem Spind. Erleichtert atmete ich aus, als ich die kleine Schachtel in den Händen hielt. Rasch lief ich zurück zu meinem Wagen. Mein Fehler war, dass ich am Sportfeld vorbeikam, an dem die Footballmannschaft trainierte. Gerade machten die Cheerleader an dem Zaun Pause, an dem ich vorbei musste.

Darauf hatte ich gerade absolut keine Lust. Doch leider hatte ich kein Glück. Wie aus dem Nichts stand die Person vor mir, die ich heute überhaupt nicht sehen wollte .

Alina!

Innerlich verdrehte ich die Augen. Sie hielt die Arme vor der Brust verschränkt in dem Versuch, ihre Brüste prall und groß aussehen zu lassen.

»Hi, Matt. Alles gut bei dir?«, fragte sie mit einem breiten aufgesetzten Lächeln.

Aus Höflichkeit beantwortete ich ihre Frage und wollte an ihr vorbeilaufen. Doch sie stellte sich mir in den Weg. Ihre linke Hand legte sich auf meine Brust, ehe sie sie zu meinem Arm gleiten ließ.

Ihre kleine Masche funktionierte aber bei mir nicht.

Ich nahm ihre Hand von mir. »Alina! Lass das!«

»Wieso?«, fragte sie unschuldig und klimperte mit ihren falschen Wimpern.

»Ich bin mit Shawn zusammen!«

»Das glaub ich irgendwie nicht.«

Ich zog das T-Shirt an der Halsbeuge weg. »Siehst du das? Das ist Shawns Mal.« Auf einmal kicherte Alina.

»WAS IST?«, schnauzte ich sie an, weil ich jetzt überhaupt keinen Bock auf ihr Gequatsche hatte. Irgendwann war auch meine Nettigkeit vorbei.

»Matt, Matt, Matt«, summte sie vor sich hin. »Da ist kein Mal, mein Lieber. Anscheinend wurdest du von einem Schwulen getäuscht. Keine Sorge. Ich werde dich trösten.« Sie zückte ihr Handy, um ihre Aussage mit einem Foto von meinem Hals zu bekräftigen. Provokant zeigte sie mir das Bild.

»Ich kann da kein Mal erkennen, und du?«

Geschockt blickte ich auf das Bild.

Wie konnte das sein?

Schnell stürmte ich zu meinem Auto und rempelte dabei Alina an. Ich klappte die Sonnenblende runter und automatisch ging das kleine Licht an der Klappe an. Was ich sah, gefiel mir ganz und gar nicht. Fassungslos blickte ich in den Spiegel. Ich suchte hektisch auf beiden Seiten meiner Halsbeuge nach dem Mal. Doch es war weg.

Einfach weg. Schwer atmend saß ich in meinem Sitz und hielt das Lenkrad so fest, dass meine Knöchel weiß wurden. Ein Kloß bildetet sich in meinem Hals.

Was war hier los?

Warum war das Mal weg?

Es gab nur eine, die mir die Frage beantworten konnte.

Kapitel 26

Matt

Ich hämmerte wie ein Irrer gegen Anns Haustür.

»Ja, ja, ja, ja ... Maria, Mutter Gottes«, vernahm ich aus dem Inneren. »Joel, wenn du das bist, dann zieh ich dir die Löffel lang!«

Die Tür öffnete sich und Ann war bereit, mir mit dem Besen ins Gesicht zu schlagen. Rechtzeitig bremste sie ihren Schwung ab, als sie mich erkannte. Überrascht sah sie mich an und schlang ihren Bademantel enger um ihren Körper. Offenbar kam Ann gerade aus der Dusche, ein Handtuch war hektisch um ihre Haare gebunden.

»Matt? Was machst du hier und dann um diese Zeit?«

»Ann. Ich ...«

»Du siehst ja beschissener aus als ich. Komm erst einmal rein.« Beruhigend schaute sie mich an und machte mir Platz, sodass ich an ihr vorbeikommen konnte. Auf einmal lief ein junger Mann durch ihren Vorgarten.

»Endlich, Joel. Wo hast du denn nur so lange gesteckt?«, fragte sie entzückt. Ann kramte ein paar Scheine aus ihrer Bademanteltasche und überreichte sie dem jungen Mann.

»Sie haben bestimmt sehnlichst auf mich gewartet, nicht wahr, Mrs C?« Er überreichte ihr den dampfenden Karton. Ann lachte. »Das glaubst aber auch nur du. Wenn, dann nur auf die leckere Thunfischpizza. Wenn sie Beine hätte, wäre sie sicher schon von allein hergekommen.« Lachend verabschiedete sich von diesem Joel.

Der Humor von Shawns Familie.

»So ... Du setzt dich jetzt ins Wohnzimmer und nimmst die Pizza mit. Wenn ich gewusst hätte, dass ich Besuch bekomme, hätte ich mich anders angezogen, aber egal ...« Sie verschwand für den Bruchteil einer Sekunde in der Küche, wo ich sie lateinisch murmeln hörte, und kam mit zwei dampfenden Tassen ins Wohnzimmer zurück.

Aufgewühlt knetete ich meine Hände und schaute höchstwahrscheinlich wie ein panisches Rehkitz. Zur Beruhigung überreichte mir Ann eine Tasse, die nach Waldbeeren roch. Dabei blickte sie mich herzlich an und legte mir sanft eine Hand auf mein wippendes Knie.

»Ich glaube, den kannst du gut gebrauchen.« Sie setzte sich auf das Sofa mir gegenüber. »Matt, atme bitte einmal tief ein und wieder aus.« Ich ging ihrer Bitte nach und bemerkte, dass sich etwas meiner Anspannung verflüchtigte.

»Okay. Dann erzähl mir mal, wieso du um diese Zeit, verzeih mir die Ausdrucksweise, wie ein Arsch an meine Tür hämmern musstest?«, fragte sie gespielt sauer.

Ich trank ein paar Schlucke aus der Tasse, bevor ich sie vor mir auf dem Tisch abstellte. Ein leises Stöhnen verließ meine Kehle und der Geschmack von Beeren erfühlte meinen Mund. Danach streifte ich mir die Jacke ab. Meine Hand wanderte zu der Öffnung des Shirts und zog es an der rechten Seite weg, sodass meine Halsbeuge zum Vorschein kam.

»Dort an der Stelle war Shawns Mal. Es war gestern Abend auf jeden Fall noch da. Jetzt ist es einfach weg!« Mit aufgerissenen Augen blickte sie meinen Hals an.

»Was?«

»Du musst mir glauben, da war es. Genau hier war das Mal.« Verzweifelt schaute ich sie an. Mit meinem Finger zeigte ich auf die Stelle.

»Wenn du das sagst, dann glaube ich dir. Das ist aber unmöglich. Ihr hättet das Mal überhaupt nicht machen können sollen. Ich verstehe das nicht.«

»Wieso? Was meinst du damit?«, fragte ich sie angespannt.

»Na ja ... Weißt du, der Zauber, den ich für Shawn ausgesprochen habe, diente dazu, seinen Wolf vor anderen Wesen zu verstecken. Damit man ihn nicht finden kann. Doch ihr habt euch an deinem Geburtstag gefunden. Richtig?«

Mit einem kurzen Nicken bestätigte ich ihre Frage.

»Das Mal sollte erst an Shawns Geburtstag vollzogen werden. Sein Körper wird sich neu orientieren müssen. Snow wird ausbrechen und sein wahres Wesen ...« Sie stockte entsetzt und sah ängstlich aus.

»Was ist, Ann?«

»Nein. Nein. Nein«, wiederholte sie immer wieder panisch. Sie nahm ihre Hände vor den Mund. Dabei stand sie auf und lief durch die Gegend. »Wo ist Shawn? Wir müssen sofort zu ihm! Wir müssen ... Nein, erst müssen wir ...«

»Ann!« Bestimmend packte ich sie an den Schultern. »Jetzt bist du an der Reihe, tief durchzuatmen. Was verschweigst du mir?«

Zusammen setzten wir uns wieder. Ann atmete tief durch und brauchte einen Moment, um sich zu sammeln.

»Shawn ist ein Omega. Das sind besondere Wesen, musst du wissen. Sie haben viele positive Eigenschaften, von denen wir lernen können. Doch es gibt eine Sache, die nur Omegas haben. In einem bestimmten Zeitraum tritt es bei ihnen auf. Sie kommen in eine sogenannte Hitze. Das ist ein körperlicher Zustand. Sie werden rollig wie eine Katze. Um es besser auszudrücken, sie wollen nur Sex. In der Zeit sind sie empfänglicher für eine Schwangerschaft. Manchmal wissen sie gar nicht, was sie tun. Ein ungebundener Omega versprüht in der Zeit eine Menge Pheromone. Die sind für jedes Wesen, sogar für jeden Menschen, betörend und ziehen sie regelrecht an. Ein gebundener Omega versprüht diese Pheromone auch, doch nur sein Mate kann sie riechen.«

»Was heißt das jetzt für Shawn?«

»Ich denke, dass Shawn in diese Hitze kommt. Da sie Jahre lang unterdrückt wurde. Du sagst, Shawns Mal sei weg, also wird deines auch nicht mehr da sein. Höchstwahrscheinlich fängt die Hitze mit seinem Geburtstag an. Wenn die Uhr Mitternacht anzeigt.«

Das brachte mich total aus dem Konzept. Geschockt sah ich sie an und sprang abrupt auf. Diesmal lief ich hektisch hin und her. Was, wenn Shawn etwas zugestoßen war? Meine Gedanken waren total durcheinander und überfordert. Doch eins wusste ich. Ich musste so schnell wie möglich zu Shawn.

Hektisch suchte ich nach einer Uhr und riss die Augen auf.

Dreiundzwanzig Uhr fünfundvierzig.

Fuck!

Ich schnappte mir meine Jacke und sprintete zu meinem Auto. Auf dem Weg zum Night Howl überfuhr ich alle roten Ampeln, die mir entgegenkamen. Mein Fuß war wie Blei. Ich holte alles aus dem Wagen raus. Dabei versuchte ich, Shawn anzurufen. Doch er nahm nicht ab. Sogar Alexej und Chris rief ich an, keiner hielt es für nötig, an sein bescheuertes Handy zu gehen. War es denn zu viel verlangt, einfach einen Anruf anzunehmen? Wütend schmiss ich das Handy gegen das Armaturenbrett, das laut dagegen knallte und im Fußraum des Beifahrersitzes landete.

Endlich kam ich an diesem scheiß Club an. Meine Gefühle spielten verrückt. Mir war unklar, was mit Shawn war. Mit zu viel Schwung knallte ich die Autotür zu und lief schnurstracks an der Schlange voller Partymenschen vorbei und preschte auf die Security zu. Die beiden muskulösen Typen, die als Türsteher eingesetzt waren, wollte sich mir in den Weg stellen, doch einer erkannte mich als Alpha und machte mir Platz.

Sofort vernahm ich einen betörenden Duft. Je weiter ich lief, umso stärker wurde er. Von oben konnte ich den ganzen Club überblicken, sowie die überfüllte Tanzfläche. Viele Wesen und Menschen hielten sich in einem Kreis auf. Der intensive Duft kam aus der Mitte des Getümmels.

Shawn.

Shawn stand in der Mitte der Tanzfläche. Er atmete schwer und seine Augen waren glasig. Ich merkte, dass Snow durchbrach und die Kontrolle übernehmen wollte. Was mir nicht gefiel, war, dass Shawn von drei Männern umkreist wurde. Ihre Hände waren fast überall an seinem Körper.

Ich konnte mich nicht mehr beherrschen. Blake knurrte tief in mir. Ich musste schnellstmöglich zu Shawn. Ehe ich mich davon abhalten konnte, sprang ich über das Geländer. Ein lautes, tiefes Knurren kam aus meiner Kehle. Rote Augen und spitze Zähne blitzen auf. Der Lärm verstummte augenblicklich, als sämtliche Aufmerksamkeit plötzlich auf mir lag. Die drei Typen ließen ihre Hände von Shawn. Einen packte ich am Kragen und hob ihn hoch, sodass seine Beine in der Luft schwebten.

»Fass ihn noch einmal an und du hast keine Hände mehr! Hast du mich verstanden!«

Ich sah in seine Augen und bemerkte, dass er total benebelt dreinblickte. Einige andere sahen genauso aus. Manche schüttelten sich, um irgendetwas loszuwerden. Doch es gelang ihnen nicht.

Langsam, aber mit gefletschten Zähnen, ließ ich ihn los. Ein stumpfes Knurren drang aus meiner Kehle, dann wandte ich mich an Shawn. Doch es war nicht mehr Shawn. Es war Snow. Die eiskalten Augen blickten mich eindringlich an. Außerdem strahlten sie vor Begierde und Erregung.

Stürmisch zog ich meine Jacke aus, um sie Shawn umzubinden. Ich packte ihn und warf ihn über meine Schulter. Ich musste schnell mit ihm hier raus, bevor alle über ihn herfallen würden. Viele hatten einen lüsternen Blick auf Shawn gerichtet. Einige der Anwesenden waren Mitglieder aus dem Rudel sowie enge Freunde.

Ich wollte keinen ernsthaft verletzen, darum verschwanden wir besser, bevor die Situation eskalierte.

Draußen verfrachtete ich Shawn auf den Beifahrersitz und schnallte ihn an. Schnellen Schrittes ging ich auf meine Seite und setzte mich in den Sitz. Er drehte sich zu mir um und schauten mich mit seinen tiefblauen Augen an. Ich bemerkte, dass Shawn wieder an der Oberfläche war. Er lag fast schon in dem Sitz und blickt mich gequält an.

»Matt ...«

»Was ist?«, fragte ich zaghaft.

Seine Hand griff nach meiner und führte sie an seinem Oberkörper tiefer und tiefer bis zu seinem Schritt.

»Hilf mir ...«, keuchte er gequält.

Er drückte meine Hand fester an seinen Schritt und ein Stöhnen verließ seinen Mund. Es war wie Musik in meinen Ohren.

Hastig entzog ich ihm meine Hand. Daraufhin wimmerte er frustriert auf und wollte schon wieder nach mir greifen. Doch ich war schneller und ergriff seine Hand.

»Ich helfe dir, sobald wir zu Hause und unter uns sind. Du musst dich etwas zügeln, mein Kleiner!«, raunte ich in sein Ohr und streifte seine Wange mit meinen Lippen. Dabei entlockte ich ihm ein weiteres Stöhnen.

Es war schwer, seinen Pheromonen zu widerstehen. Schon im Club waren sie verlockend gewesen und jetzt im Auto ...

In dem kleinen Raum, so nah beieinander, staute sich der Duft und wurde intensiver. Ich konnte mich gerade so beherrschen, doch lange würde ich es nicht mehr schaffen. Insbesondere, da Blake wie verrückt an die Oberfläche wollte. Um uns beide nicht auf die Folter zu spannen, startete ich den Motor und fuhr los.

Kapitel 27

Shawn

Der ganze Club war total am Abdrehen. Alle tanzten, tranken oder Flirtenden um mich herum. Sogar Amelie kam aus ihrem dunklen Zimmer raus. Chris begleitet Alexej und Nick war mit Liam da. Alle hatten gute Laune – außer mir.

Meine Stimmung war im Keller, denn Mr Abwesend glänzte mit seiner Abwesenheit. Dabei hatte ich ausdrücklich geschrieben, wann er da sein sollte. War es denn so schwer, pünktlich hier aufzukreuzen? So schwer? Anscheinend, denn er war mittlerweile fast eine Stunde zu spät.

Der würde was zu hören bekommen, wenn er hier auftauchte. Was konnte denn wichtiger sein, als mit mir zu tanzen?

Total verärgert lief ich zur Bar und ließ mir einen Kurzen geben. Mit dem Drink schluckte ich meinen Ärger hinunter. So machte ich mich auf zur Tanzfläche und tanzte meine Wut weg.

Irgendwann bemerkte ich, dass etwas nicht stimmte. Ich bekam schwer Luft und meine Sicht verschwamm. Auf einmal traten Leute näher an mich heran. Nicht nur das, ich spürte auch Hände auf mir.

Ich versuchte, mich zu wehren, aber mein Körper reagierte komplett anders als ich es wollte. Die Hände wanderten ungehemmt meinen Körper auf und ab. Mein Verstand verpuffte und mein Gehirn war völlig leer gefegt. Ich wusste nicht, was ich tat. Ein Stöhnen entfloh mir, als die Hände tiefer gingen.

Ich wollte es nicht, doch mein Körper reagierte. Ich war wie gelähmt.

Doch dann ertönte ein lautes Knurren. Tief im Inneren erkannte ich das Geräusch und die verschwommene Silhouette, die vor mir stand.

Die Hände ließen von mir ab und eine Jacke wurde um mich gebunden. Das Nächste, was ich mit bekam, war, dass ich vorsichtig in ein Auto gesetzt wurde.

Meine verschwommene Sicht wurde klarer und meine Vermutung bestätigte sich. Matt saß neben mir. Und dann wurde mein Verstand wieder vernebelt.

Kapitel 28

Matt

Ich musste mich auf den Verkehr konzentrieren. Was mir schwerfiel, da Shawn neben mir immer wieder aufwimmerte und in seinem Sitz hin und her rutschte. Sein Duft staute sich in dem Auto, weshalb ich kurz das Fenster runter drehte, um frische Luft reinzulassen.

Angespannt fuhr ich in die Einfahrt unseres Grundstückes. Mit einer Handbewegung schaltete ich den Motor aus. Ich brauchte einige Minuten, um mich selber zu beruhigen, aber auch, um das Problem im unteren Bereich meines Körpers, das auf der Fahrt etwas angeschwollen war, zu unterdrücken.

»Matt«, stöhnte Shawn neben mir.

Selbst mir entglitt ein Stöhnen.

»*Komm schon Matt. Wir sollten es genau hier im Auto treiben. Es wird uns keiner stören*«, sagte Blake vergnügt.

»*Nein! Wir gehen rein*«, gab ich aufbrausend von mir.

Ich sammelte mich kurz, ehe ich ausstieg und auf Shawns Seite lief. Dieser lag zusammengerollt auf dem Sitz, wie in Embryostellung. Sanft hob ich ihn aus dem Auto und trug ihn auf dem Arm ins Haus.

Zum Glück war niemand da, also brauchte ich keine unnötige Ausrede zu erfinden. Noch wichtiger war jedoch, dass niemand im Haus Shawns Geruch einatmete und meine Familie nicht auch noch wie die Leute im Club wurde. Shawns Hände legten sich in meinen Nacken. Er drückte sich mehr an mich.

Es war echt schwer, mit einem Ständer in der engen Hose die Treppen hochzulaufen.

Endlich in meinem Zimmer angekommen, legte ich Shawn vorsichtig auf mein Bett. Gerade wollte ich mich wieder aufrichten, als ich abrupt runtergezogen wurde und mit meinem kompletten Körper auf Shawn landete. Gleichzeitig stöhnten wir auf, denn unser beider Körpermitten trafen aufeinander. Ich wollte mich wieder erheben, doch zwei Hände ließen es nicht zu.

»Shawn, lass mich bitte los«, sagte ich sanft.

»Nicht Shawn ...« Seine Stimme klang anders, einige Oktaven heller.

»Nicht Shawn? Was meinst du damit?« Mein Blick wanderte zu seinem Gesicht. Seine Augen hatten nicht die gleiche Farbe wie sonst. Es war ein tieferes Blau als das Meerblau und wies weiße Sprenkel auf. Das waren die Augen von Snow.

»Snow?«, fragte ich vorsichtig.

»Ja, bitte bleib bei mir, lass mich nicht allein, nicht jetzt!«, wimmerte er. Er rieb sein Gesicht an meinem. Snow hatte die komplette Kontrolle übernommen, denn auf einmal rieb er nicht nur sein Gesicht an mir, sondern seine Beule an meiner. Was mich immer wieder aufstöhnen ließ.

»Ich brauche dich jetzt!«

Meine Hände krallten sich in die Bettdecke. Jetzt nicht die Beherrschung verlieren und Blake erst einmal zurückdrängen. Denn er versuchte, an die Oberfläche zu kommen. Ich konnte ihn zurückhalten und befreite mich aus dem Griff. Dabei zog ich Shawn mit hoch. Er – besser gesagt Snow – stand zitternd vor mir.

»Zieh dich aus!«, befahl ich ihm.

Er befolgte meine Anweisung. Bei der engen Hose hatte er etwas Schwierigkeiten. Sein erregter Schwanz kam ihm in die Quere und ließ ihn stolpern.

Meine Hände legte ich sanft auf seine Schultern, wobei ich sie langsam in seinen Nacken wandern ließ, um ihn zu kraulen. Dies brachte ihn zum Schnurren und er schloss dabei die Augen. Meine Finger wanderten runter zu seiner Hüfte. Ich packte ihn und zog ihn eng an mich. Er stöhnte laut auf.

Mhmm ...

»Wir gehen jetzt duschen«, sagte ich.

»Nein! Wieso? Ich brauche aber was anderes als eine kalte Dusche. Die wird garantiert nicht helfen!«

»Wir müssen dich waschen und den Gestank, den die Typen an dir hinterlassen haben, abwaschen. Denn nur mein Duft soll an dir haften.« Obwohl der betörende Duft stark war, konnte ich den Geruch der Typen schwach auf dem Körper meines Mates riechen. Stumm nickte er.

Snow zupfte leicht an meinem Shirt. Ich verstand, was er wollte, und zog es aus. Seine Hände legte er sanft auf meinen Oberkörper und wanderten zu meinen Nacken. Meine Jeans sowie Boxershorts zog ich mir bis zu den Knien und strampelten sie von den Füßen.

Ich packte Snow und hob ihn hoch. Keuchend lag er in meinen Armen. Im Badezimmer stellte ich ihn sachte unter der Dusche ab und gesellte mich dazu. Ich drehte das Wasser auf eine angenehme Temperatur, griff nach dem Duschgel. Erst schäumte ich das Gel in meinen Händen, bevor ich es auf Snows Haut verteile.

Ein leises Keuchen verließ seinen Mund. Kurz zuckten meine Mundwinkel nach oben. Langsam strichen meine Finger um seine Nippel, bevor sie in seine Knospen zwickten. Was mich mehr anspornte, war das glitzernde Metall, das darin steckte, so konnte ich genüsslich mit ihnen spielen. Mit Zeigefinger und Daumen zwirbelte ich die linke Brustwarze. Die andere Hand spielte mit dem Piercing. Er hatte einen Stab durch seinen rechten Nippel. Immer wieder zog ich an ihm. Snow wand sich unter meinen Berührungen und keuchte auf. Dabei schenkte ich ihm kleine Küsse auf seinen Nacken, Hals und die Schultern.

Immer wieder streifte ich seinen harten Steifen. Kurz umfasste ich ihn mit einer Hand und führte sie ein paarmal rauf und langsam runter.

Snow summte in meinen Ohren. Schnell ließ ich seinen Schwanz los. Was ihn aufwimmern ließ. Stattdessen widmete ich mich seinem runden Hintern, wo ich fest zupackte. Vorfreude überkam mich, als ich mich um sein süßes und verlockendes Loch kümmerte. Zweimal strich ich ihm mit dem Zeigefinger durch seine Spalte, bevor ich beide Backen auseinanderzog. Erst umkreiste ich seine Rosette, ehe ich in ihn eindrang. Ein leises Zischen entfloh ihm dabei.

»Alles gut bei dir?«

Er nickte stumm.

Langsam bewegte ich den Finger in ihm. Snow legte seinen Kopf auf meine Schulter. Meine Zunge und Lippen liebkosten sein Ohrläppchen. Damit lenkte ich ihn ab und führte einen weiteren Finger ein. Ich bewegte sie erst langsam und dann schnell. Was ihn zum Beben brachte. Er stöhnte immer wieder auf.

Seine Lippen waren halb offen. Sie sahen verführerisch aus. Ich bahnte mir mit der Zunge einen Weg in seinem Mund, damit ich ihn erforschen konnte. Ich forderte seine Zunge zum Tanz auf.

Durch den Luftmangel mussten wir uns trennen. Keuchend standen unsere Münder sich noch gegenüber. Leise wimmerte mein kleiner Wolf.

»Matt. Bitte nimm mich endlich.«

Ich drehte ihn um und umarmte seine Oberschenkel, um ihn hochzuheben. So lief ich mit ihm aus der Dusche und legte ihn sanft auf mein Bett.

Sanft küsste ich mir einen Weg von seinem Hintern über seine Seite hoch zu seiner Schulter. Zärtlich streichelte meine Hand seinen Oberschenkel. Ich lag genau über ihm. Auf einmal erschauderte ich. Snow drückte seinen Hintern gegen meinen harten Schwanz.

»Matt ... Ich brauche dich ... Ich brauche Blake und dich in mir«, brachte er schwer von sich.

Kurz drehte ich ihn, sodass er mit dem Rücken auf der Matratze lag und wir uns ansehen konnten. Mit einem tiefen Atemzug konnte ich Blake die Leviten lesen, bevor er die Kontrolle übernahm.

Kapitel 29

Blake

Na, endlich! Ich hatte so lange darauf gewartet, Zeit mit meinem Mate zu verbringen.

»Wie lange willst du dir denn noch Zeit lassen? Fick mich endlich, Matt!«, zischte Snow. Breit grinsend blickte ich ihn an und lehnte mich runter. »Nicht mehr Matt, mein süßer kleiner Mate.« Diesmal wechselte meine Stimme in eine noch rauere Klangfarbe.

Snow blickte in meine rot glühenden Augen. »Blake?«

»O ja, mein Süßer. Dann werde ich mal endlich deine und meine Bedürfnisse befriedigen. Vielleicht auf die ein oder andere harte Tour. Wie hört sich der Plan an? Natürlich müssen wir zwei Sachen berücksichtigen. Erstens dürfen wir auf keinen Fall Shawns Wunsch vernachlässigen. Und das Wichtigste: Mein Mal so tief in deine Haut zu zeichnen, dass es nie wieder verschwindet.«

Snow erschauderte unter mir und legte zart seine Finger um mein Gesicht. Hastig nickte er. Dabei zog er mich in einen weichen Kuss. Ich vertiefte ihn, indem ich meine Zunge über seine Unterlippe strich, und so ließ er mir Einlass in seinen Mund. Erst erkundete ich seine Mundhöhle, bevor unsere Zungen aufeinandertrafen.

In der Zeit wanderte meine Hand zum Nachttisch und machte die Schublade auf. Blind tastete ich nach der Kondomverpackung und fand sie zum Glück schnell. Denn mein Schwanz pochte schon vor Schmerzen.

Ich löste mich von ihm, um ein Kondom aus der Schachtel zu holen. Doch die war widerspenstig und ging dabei kaputt. Der gesamte Inhalt war auf dem Bett verstreut, also packte ich mir irgendeins. Mit den Zähnen riss ich die Verpackung auf und stülpte es auf meinen Schwanz.

Ich wollte Snow weiter vorbereiten, als er mitbekam, was ich vorhatte.

»Keine Vorbereitungen mehr! Ich will dich jetzt in mir!«

Gefiel mir, wenn mein Kleiner den Ton angab.

Ich positionierte meinen Schwanz an seinem Eingang und drückte mich gegen seinen Muskelring. Meine Eichel drang Zentimeter für Zentimeter in ihn ein. Snow stöhnte laut auf, als ich mich komplett in ihm versenkte. Schwer atmend sah er mich an. Seine Augen strahlten voller Erregung, sein Duft wurde intensiver.

»Atme ganz ruhig«, flüsterte ich ihm zu. Ich bewegte mich nicht weiter, bevor Snow seine Atmung im Griff hatte. Mit einem Nicken gab er mir zu verstehen, dass ich weiter machen konnte. Um ihn abzulenken, verband ich unsere Lippen miteinander. Immer wieder stieß ich in ihn, erst leicht und dann fester. Ich konnte nicht aufhören, es war einfach himmlisch, in ihm versenkt zu sein. Meine Hüftstöße wurden härter. Snow kam mit seinem Becken näher an mich. Er breitete seine Beine weiter auseinander, um sich mir mehr zu öffnen.

Dann traf ich einen Punkt in ihm, der so wunderbar war. Jedes Mal, wenn ich diesen Punkt traf, stöhnte er lauter auf und er wurde immer wieder eng. Das Schönste dabei war, dass er sich unter mir wand.

Meine Lippen erkundeten seinen Körper, bis zu der Stelle an der mein Mal wieder sein sollte. Ich kam meinen Höhepunkt näher, aber nicht nur ich, sondern bei Snow sah es genauso aus. Sein Inneres zog sich um mich, was mich ein letztes Mal zustoßen ließ und mich über die Klippe brachte. Dabei versenkte ich meine Fangzähne in seiner Halsbeuge, bis ich Blut schmeckte.

Mit meinem Biss sprang Snow über seinen Höhepunkt. Er biss in die gleiche Stelle, wo zuvor das Mal gewesen war. Sein Sperma war auf uns beiden verteilt.

Langsam und schwer atmend zog ich mich aus ihm heraus. Leise wimmerte Snow, als er die Leere spürte. Ich streifte mir das Kondom ab und verknotete es, bevor ich es achtlos auf den Boden warf.

Snow lag schwer atmend vor mir. Er rekelte sich, was total heiß aussah.

Verführerisch grinste ich ihn an. Ich nahm mir eine seiner Hände und gab ihm eine Kondomverpackung.

»Halt das fest!«, befahl ich ihm. Er befolgte meine Anweisung und hielt es fragend fest. Stark rissen meine Zähne die neue Verpackung auf. Ich nahm das Kondom heraus und stülpte es um mein Glied.

»Die Nacht ist noch jung, mein süßer Mate.«

Grinsend und voller Erregung blickte er mich an. Auf zu Runde zwei. Mal schauen, wie viele wir schaffen würden.

Kapitel 30

Shawn

Ohne Erbarmen strahlte die Sonne genau in mein Gesicht. Schwermütig öffnete ich die Augen, denn sie ließ mir keine Chance, weiterzuschlafen. Mein ganzer Körper fühlte sich an, als wäre er aus Blei. Jeder Muskel tat weh, aber wieso?

Benebelt schaute ich mich um und mir wurde bewusst, wo ich war. In Matts Zimmer. Mein Körper war nur mit einem Bettlaken umhüllt. Das Schlimmste war, dass mein Hintern wie die Höhle brannte. Die kalte Luft kühlte ihn ein wenig, was guttat.

Langsam tastete ich auf der Matratze umher. Auf meiner Suche fand ich etwas Raues und Eckiges. Ich zog es vorsichtig hervor und schaute auf die blaue Schachtel.

Verwirrt drehte ich sie in meiner Hand um. Die Aufschrift verriet mir, dass es eine Kondomverpackung war.

Ich musste schwer schlucken, als ich die Größe auf der Verpackung sah. Ich wusste ja, das Matt gut bestückt war, aber so gut ...

Mein Gesicht lief rot an, als ich in die komplett leere Packung sah. Das ganze Ausmaß der letzten Nacht wurde mir erst bewusst, als ich über die Bettkante sah.

Vorsichtig stützte ich mich ab, um aufzustehen. Meine Muskeln knickten weg und so flog ich vorne über auf den Boden. Den Aufprall quittierte ich mit einem lauten Schrei. Schmerzlich drehte ich mich auf die Seite, um nicht auf meinem Hintern zu sitzen. Tränen flossen über meine Wangen. Ich hörte ein Krachen und Quietschen, das von unten kam. Danach war es kurz still. Ein schnelles sowie lautes Trampeln kam in meine Richtung.

Die Tür flog auf. Ein besorgter und schwer atmender Matt stand im Türrahmen. Panisch blickte er sich in seinem Zimmer um, bevor er mich sah. Schnell lief er zu mir rüber.

»Alles gut bei dir, Babe?«

»Nicht wirklich!«, zischte ich keuchend auf. »Und ich glaube, du weißt ganz genau, wieso.«

Ich versuchte, ihn finster anzugucken, doch so ganz gelang es mir nicht. Durch die Tränen sah ich eher aus wie ein beleidigtes Kind.

Sanft schob er seine Hände unter mich, darauf bedacht, nicht an meinen Hintern zu gelangen.

»Du warst nicht gerade unschuldig, mein Lieber«, neckte er mich.

Vorsichtig legte er mich seitlich auf das Bett zurück, sodass ich mich auf den Bauch drehen konnte. Behutsam drapierte er die Decke über mir, da ich nichts anhatte.

»Ich komme gleich wieder, warte hier auf mich«, raunte er mir ins Ohr. Dabei küsste er meinen Hinterkopf und meine Schulter.

»Keine Sorge. Ich werde in meinem Zustand sowieso nicht so weit kommen«, sagte ich sarkastisch. Matt verschwand im Badezimmer und ich schloss die Augen für einen Moment.

Plötzlich keuchte ich auf, da Matt wieder kam und mir einen Kuss weiter unten gab. Erst auf mein Steißbein, dann einen auf meine rechte Pobacke sowie einen auf die linke. Ich stützte mich seitlich ab, sodass ich ihn besser sehen konnte. Dieser Anblick von ihm hinter mir und wie liebevoll er mich ansah ... Dabei regte sich etwas bei mir.

Grinsend erhob er sich und ich dachte er würde mich in diesem Zustand einfach allein lassen. Erschrocken keuchte ich vor Schmerzen und gleichzeitig aus Erleichterung auf. Denn ich spürte einen Finger und eine kühle Creme an meinem Eingang, was angenehm und entspannend für mein brennendes Loch war.

Matt hob mich so hoch, dass mir die Decke wegflog, was ich mit einem unmännlichen Quietschen quittierte. Komplett nackt lag ich in seinen Armen. Hitze stieg in mein Gesicht, als er zu mir runter blickte und mit forschenden Blicken über mein Körper wanderte.

»Matt, guck woanders hin.«

»Aber wieso? Ich habe doch schon alles und noch viel mehr gesehen. Und das, was ich sehe, gefällt mir, da musst du dir keine Sorgen machen. Ich würde es jederzeit genießen, dich aufessen zu können«, sprach er verführerisch und leckte sich genüsslich über seine Lippen. Er drückte mir einen hauchzarten Kuss auf die Stirn und brachte mich zu seinem schwarzen Sessel, der in einer dunklen Ecke seines Zimmers stand. Vorsichtig setzte er mich hinein und zog mir gemütliche Klamotten an. Ich bedankte mich bei Matt, was ihm ein Lächeln aufs Gesicht zauberte

»Ich komme gleich wieder.«

Mit dem Satz verschwand er zum Bett, wo er die rote Kuscheldecke runterzog und mit ihr wiederkam. Für einen Augenblick schloss ich die Augen und lehnte mich entspannt zurück in das Polster.

»Machst du Platz, damit ich mich hinter dich setzten kann?«

Ich öffnete die Lider und nickte ihm schwach zu. Langsam rutschte ich nach vorne, sodass Matt genügend Platz hatte. Matt legte einen Arm um mich und hüllte uns in die Decke. Rittlings saß ich auf seinem Schoß und wir schauten uns einfach nur an. Sanft und beruhigend bewegten sich unsere Hände über die freie Haut des anderen.

»Entspann dich und leg deinen Kopf auf meine Brust.« Das tat ich sofort. Eine Hand sanft auf meinem unteren Rücken. Die andere strich mir durch die Haare. Nach einiger Zeit bemerkte ich, wie ich weg döste.

»Shawn, weißt du, was gestern passiert ist?«, fragte Matt mich aus heiterem Himmel.

»Nein, nicht wirklich. Ich weiß nur, dass ich sauer auf dich war, weil du mit deiner Abwesenheit geglänzt hast, und meinen Frust weg tanzen wollte. Danach erscheint mir alles vernebelt.« Ich rutschte weiter hoch, damit wir auf Augenhöhe waren. »Was ist denn passiert?«

»Gestern wurde ich darauf aufmerksam gemacht, dass dein Mal nicht mehr an meiner Halsbeuge war. Es war einfach weg. Ich bin direkt zu Ann gefahren, damit sie mir erklärt, was passiert ist. Sie sagte, dass die Verbindung nicht vor deinem Geburtstag hätte stattfinden sollen. Deswegen ist im Club ein Chaos ausgebrochen.«

Matts Erklärung brachte mich aus der Fassung. Vor allem, dass mein Mal weg war. Panik stieg in mir hoch. Zitternd tastete ich Matts Halsbeuge ab und fand mein Mal. Es hob sich leicht von seiner Haut ab und fühlte sich rau unter den Fingern an.

»Wo ist dein Mal? Ist es noch da? Matt, sag mir, ist dein Mal auf mir?« Panisch tastete ich meinen Hals nach seinem Mal ab.

»Ganz ruhig, Shawn. Hier. Hier ist es.«

Matt griff nach seinem Handy und machte ein Foto, bevor er es mir zeigte. Verkrampft hielt ich sein Handy fest und merkte erst jetzt, dass ich den Atem angehalten hatte und mir Tränen meine Wangen runter liefen.

Erleichtert atmete ich ein und aus. Matt zog mich in eine feste Umarmung, was mich entspannte und ich hörte langsam auf zu zittern.

Kapitel 31

Shawn

Montagmorgen in der Schule war ein trauriges Spiel. Jeder kam ausgelaugt von seinem Wochenende zurück. Trostlose Teenager streiften in den verschiedensten Formen, Farben und Gruppen die Flure entlang. Das einzige Einheitliche waren die ziegelroten Spinde, wobei einige mit Stickern vollgeklebt waren, um den Alltag erträglicher zu machen.

Automatisch legten sich meine Finger um den Anhänger an meinem Hals. Ein kleiner weißer Wolfskopf mit strahlenden blauen Augen. Matt hatte mir die Kette zum Geburtstag geschenkt, ein weiteres Zeichen seiner Zuneigung. Gestern hatten wir gemeinsam mit meinen Eltern gemütlich mit Erdbeerkuchen gefeiert. Nichts Riesiges oder Pompöses, einfach schlicht.

»Hey, du Pflaume, alles Gute nachträglich.« Alexej tauchte neben mir auf. »Wohin bist du verschwunden? Du hast deine eigene Party frühzeitig verlassen. Mann, einfach zu gehen war echt asozial von dir.«

Seit Matt mich von meiner eigenen Party mitgenommen und mir erzählt hatte, was mit mir passiert war, hatte ich auf keine Anrufe oder Nachrichten reagiert. Ich hatte mich von Matt verwöhnen lassen. Schließlich war er derjenige, wegen dem ich nicht gut laufen und kaum aufrecht stehen konnte. Bevor ich mich zu Alexej umdrehte, schloss ich mein Schließfach.

»Ich habe mir Sorgen gemacht! Eine einfache Nachricht mit ›Mir geht es gut‹ hätte vollkommen gereicht!«, schnaubte er beleidigt.

»Sorry. Nächstes Mal werde ich eine Eilmeldung losschicken, dass es mir gut geht«, warf ich belustigt ein und zog ihn in eine kurze Umarmung.

»Das will ich auch hoffen. «

Die Stunden vergingen viel zu langsam. Endlich klingelte es zum letzten Mal. Alle packten ihre Sachen ein, um schnell nach Hause zu kommen, da das Wetter nicht gut aussah. Die Dame heute Morgen im Radio hatte berichtet, dass es am späten Nachmittag zu starken Regenschauern kommen sollte.

»Mr McKnight, würden Sie bitte einen Moment bleiben?«, bat Mrs Fitz Matt.

Er wandte sich kurz an mich. »Hier, mein Schlüssel. Wartest du im Auto auf mich?«

»Ja, klar.«

Matt überreichte mir seinen Autoschlüssel und einen kurzen Kuss auf meine Wange, bevor er zu Mrs Fitz lief. Als ich aus dem Schulgebäude trat, hatte es bereits zu nieseln begonnen. Rechtzeitig in Matts Auto angekommen, fing es an zu schütten. Den Schlüssel steckte ich ins Zündschloss, um das Radio anzumachen. Der Himmel verdunkelte sich und der Regen strömte aus Eimern.

Nach fünfzehn Minuten war Matt immer noch nicht da. Extreme Langeweile packte mich, bis mir eine grandiose Idee in den Sinn kam. Ein Blick aus dem Fenster verriet mir, das keine Menschenseele in der Gegend war.

Mit ein paar Handbewegungen öffnete ich meine Jeans und zog sie mitsamt der Boxershorts runter. Meine Füße stütze ich auf dem Armaturenbrett ab. Somit konnte man meine runtergezogenen Sachen sowie etwas von meinen nackten Beinen sehen.

Ich griff nach meinem Handy und machte davon ein Foto, das ich Matt schickte. Unter das Bild schrieb ich, dass mir langweilig wäre und ich mich selber beschäftige würde. Prompt kam eine Nachricht von ihm.

Matt: Fass dich nicht an!
Ich: Zu spät! Hab mich schon angefasst.

Was gar nicht stimmte. Ich wollte meine Hose wieder hochziehen, als sich die Fahrertür öffnete und ich im Sitz vor Schreck hochfuhr. Matt war total durchnässt. »Du kleiner Frechdachs! Das wäre echt peinlich geworden, wenn ich nicht direkt gegangen wäre. Mich erst scharfmachen und dann ziehst du dich wieder an. Ab auf die Rückbank mit dir!«, befahl er knurrend.

Grinsend befolgte ich seine Anweisung und kletterte auf die Rückbank. Dabei schlüpfte ich aus Schuhen und Hose und ließ sie auf dem Beifahrersitz liegen. Bevor Matt zu mir kam, kramte er etwas aus der Mittelkonsole. Als er fand, was er suchte, stieg er aus und hinten bei mir wieder ein.

Sobald Matt sich setzte, zog ich ihn direkt zu mir. Unsere Lippen trafen aufeinander. Es war ein kurzer, aber leidenschaftlicher Kuss. Sanft legte ich meine Stirn gegen Matts und blickte ihm tief in die Augen.

»Ich möchte gern was ausprobieren. Das wollte ich schon letztens, aber ich bin nicht dazu gekommen. Lässt du mich?«

»Was hast du vor?«, fragte Matt skeptisch.

»Keine Sorge. Lass mich einfach machen«, antwortete ich vergnügt und rutschte weiter runter. Dabei zog ich Matts Shirt aus. So konnte ich mir einen besseren Weg nach unten küssen. Kurz vor seiner Hose stoppte ich, um ihm die Jeans mitsamt Boxershorts runterzuziehen. Keuchend blickte ich den prachtvollen Schwanz an, der vor meinem Mund aufrecht stand. Meine Lippen wurden trocken vor Erregung.

Kurz befeuchte ich sie, bevor ich einen zarten Kuss auf seiner Eichel platziere. Womit ich ihm ein Stöhnen entlockte. Ich leckte einmal über seine Länge, ehe ich ihn komplett in den Mund nahm. Erst war es schwer, doch nach und nach konnte ich ihn weiter aufnehmen, da ich meine Kehle entspannte. Genüsslich saugte und leckte ich an Matts Schwanz, als wäre es ein Lollipop.

Matt, der immer wieder aufstöhnte, vergrub seine Hände in meinen Haaren, um mich weiter runter zu drücken. Auf einmal war der Druck an meinem Hinterkopf weg und zwei Arme zogen mich rittlings auf seinen Schoß. Überrascht japste ich auf.

»War ich nicht gut? Ich weiß, ich brauche noch etwas Übung, aber so scheiße war ich doch gar nicht.«

»Nein, es war wirklich heiß, aber wenn du so weiter machst, komme ich noch. Das würde ich aber liebend gern in deinem süßen engen Arsch«, raunte mir Matt lüstern zu und klatschte mit beiden Händen auf meinem Hintern, was mich aufstöhnen ließ.

Matt hielt mir zwei Finger vor den Mund. Schnell verstand ich, was er von mir wollte. Ich lutschte und saugte daran, genauso wie ich es kurz vorher mit seinem Schwanz gemacht hatte. Matts Augen lagen die ganze Zeit auf meinem Mund und meiner Zunge.

Er entzog mir seine Finger und griff nach hinten an meinen Eingang. Ohne Umschweife schob er den ersten in mich.

Keuchend stützte ich mich an dem Polster hinter Matt ab. Um mich von seinem Finger in mir abzulenken, verband er unsere Lippen miteinander. Ich spielte neckisch mit seiner Unterlippe, indem ich sie vorsichtig zwischen meinen Zähnen zu mir zog und wieder losließ. Leicht stieß er mit seiner Zunge nach vorne, damit ich den Mund öffnete.

Er schob seinen zweiten Finger in mich. Dabei keuchte ich auf und er nutzte die Chance, seine Zunge in meinen Mund gleiten zu lassen. Sie stupste meine an, erkundete meine Mundhöhle, bevor er an meiner Zungenspitze saugte und weiter seine Finger in mich rein schob. Alles zusammen machte mich zu einem stöhnenden Wrack. Keuchend bewegte ich mich zu seinen Fingern. Doch als ich sie weiter in mich aufnehmen wollte, verschwanden sie aus mir.

Frustriert keuchte ich auf. Traurig blickte ich Matt an, da ich dieses Gefühl, der Leere in mir nicht mochte.

Am Rande hörte ich etwas, das knisterte.

Mein Wolf zog eine Kondomverpackung aus seiner Tasche. Das stimmte mich glücklich. Matt achtete auf das, was ich wollte, und nahm sich nichts mit Gewalt. Er könnte einfach so in mir kommen, wenn er wollte, aber er ging auf meine Bedürfnisse ein.

Matt stülpte sich das Kondom fix über sein Glied. Mit einer Hand hob er mich hoch und drückte mich leicht gegen seinen Oberkörper. Mit seiner anderen positionierte er seinen Schwanz an meinem Eingang. Seine Eichel stupste dagegen, bevor er in mich eindrang.

Am Anfang bewegte er sich langsam, bis er merkte, dass ich mich entspannte. Fester und tiefer stieß er in mich, was ich mit einem erregten Stöhnen beantwortete. Das feuerte

Matt so an, dass er schneller zustieß und immer wieder diesen süßen Punkt in mir traf, bei dem ich vor Lust aufschreien musste. Ich drückte mich näher an meinen Wolf, sodass mein eigenes Glied an Matts Bauch rieb.

Zärtlich strich er mit seinen Händen über meine Seiten. Eine Hand wanderte weiter runter zu meinem Hintern. Die andere griff um meinen Schwanz, was mich aufjapsen ließ. Er umfasste mein Glied mit seiner Faust und benutzte meine Lusttropfen, um mir geschmeidig einen runterzuholen.

Meine Finger vergruben sich in Matts Haaren. Wir beide kamen unserem Höhepunkt immer näher. Matt umfasst mein Glied fester und pumpte schneller. Auf einmal zog er mit seinen Zähnen fest an einem meiner Piercings, was mich über die Klippe brachte. Ich verteilte meinen Samen über Matts Bauch und seiner Hand, die noch um meinen Schwanz geschlungen war. Mit meinem Höhepunkt brachte ich auch ihn über die Klippe.

Erschöpft lag ich auf meinem Wolf.

Schwer atmend drückte er mir einen Kuss auf die Schläfe, bevor er mich kurz hochhob, sodass er aus mir heraus gleiten konnte.

Für eine kurze Zeit blieben wir so sitzen. Gut, dass es draußen dunkel war und niemand uns sehen konnte. Ich neigte den Kopf, damit ich ihn besser betrachten und ihm einen sanften Kuss auf mein Mal auf seiner Halsbeuge drücken konnte.

»Was wollte Mrs Fitz von dir?«

»Sie hat wegen meiner Noten gemeckert und dass ich mich total anstrengen soll bei der Matheabschlussklausur«, antwortete er angestrengt und ließ einen Seufzer von sich.

»Na, dann sollten wir lieber zu mir nach Hause fahren und unter die Dusche springen. Damit wir uns noch an Mathe ran machen können.«

»Mann, der Anfang klang echt gut. Doch der letzte Punkt war echt ein Stimmungskiller. Gut, dass wir erst nach dem Wahnsinnssex darüber geredet haben. Vorher wäre das echt nicht geil gewesen!«

Kapitel 32

Matt

Um diesen sonnigen Sonntag gut zu starten, wäre ein heißer Kaffee keine schlechte Idee. In der Küche suchte ich gerade nach der größten Tasse, als hinter mir eine vertraute Stimme erklang.

»Hallo, mein Junge. Oder soll ich lieber sagen mein Großer?«

Grinsend drehte ich mich um. Im Türrahmen stand mein Großvater. Für sein Alter war er fit und sah nicht aus wie ein Opa. Das lag daran, dass wir Werwölfe waren, dadurch alterten wir nicht so schnell. Als ich sah, was er anhatte, musste ich laut loslachen.

»Ist das so eine neue Art bei euch jungen Leuten, seinen Großvater zu begrüßen?«, fragte er beleidigt.

»Eigentlich nicht. Aber ich habe dich nie in solchen Klamotten gesehen. Wo hast du denn dieses supertolle Hawaiihemd mit den pinken Flamingos und der passenden Sonnenbrille her? Ich hätte dich fast nicht wiedererkannt.«

»Ach das. Das habe ich total vergessen. Diese Sachen hat mir deine liebe Großmutter gegeben, damit ich in Urlaubsstimmung komme. Es ist gewöhnungsbedürftig, muss ich sagen, aber nach der Zeit gewöhnt man sich an diese ausgefallenden Hemden. Was tut man nicht, um seinen Mate glücklich zu machen? Lass es aber deine Großmutter nicht wissen, dass ich diese Hemden nicht so toll finde.«

»Das habe ich genau gehört, mein Liebster«, kam es von meiner Oma, die sich im Flur mit meiner Mom unterhielt. Wir beide zuckten zusammen, denn wir wollten nicht den Zorn meiner Großmutter beschwören. Sie war leicht zu reizen. Es lag am Alter, obwohl mein Großvater sagte, dass sie schon immer Temperament gehabt hatte.

»Na komm, mein Enkel. Lass dich jetzt endlich von deinem Großvater umarmen. Erstmal alles Gute nachträglich zum Geburtstag. Und Glückwunsch, dass du Alpha geworden bist. Jetzt liegt die ganze Verantwortung des Rudels auf deinen Schultern. Du wirst es schon schaffen, da bin ich mir sicher. Du wirst das Rudel gut anführen. Es tut uns beiden leid, dass wir nicht bei deinem Geburtstag dabei waren. Du kennst ja deine Großmutter. Seit wir im Ruhestand sind, möchte sie so viel erforschen und sehen, wie sie nur kann. Aber wir haben etwas Besonderes für dich. Komm, wir gehen ins Wohnzimmer.«

Er drückte mich fest, aber liebevoll, eine typische Opa-Umarmung mit mehr Kraft. Gemeinsam gingen wir ins Wohnzimmer, wo meine Großmutter mit meinen Eltern und Nick auf der riesen Couch Platz genommen hatten.

Mein Großvater setzte sich neben seine Gefährtin. Dabei gab er ihr einen kurzen Kuss auf die Schläfe und unterbrach somit die Unterhaltung der Frauen. Die Ältere der beiden erblickte mich und nahm mich genauso in den Arm, wie mein Großvater zuvor es getan hatte. Zuletzt gab sie mir einen Kuss auf die Wange und gratulierte mir ebenfalls, bevor sie wieder Platz nahm.

Gemütlich setzte ich mich auf einer der Sessel.

»Wir haben gehört, dass du deinen Gefährten direkt an deinem Geburtstag gefunden hast, das ist wunderbar. Ihr müsst schon vorher eine Verbindung zueinander gehabt haben, ein. Du musst ihn uns irgendwann mal vorstellen. Wie heißt der oder die Glückliche denn? Hast du ein Foto?«, fragte meine Großmutter und rutschte auf ihrem Platz hin und her, als wäre sie ein kleines Kind. Freudig zog ich mein Handy aus der Hosentasche und zeigte ihr ein Bild von uns beiden.

»Das hier ist Shawn«, sagte ich stolz und zeigte mit dem Finger auf ihn.

»Einen hübschen Gefährten hast du da bekommen, und nett sieht er aus. Die Mondgöttin weiß schon, was sie macht.« Dabei tätschelte sie die Hand ihres Gefährten.

»Ach, bevor wir es vergessen. Hier ist unser Geschenk für dich und deinen Gefährten. Für eure gemeinsame Zukunft.« Mein Großvater und überreichte mir eine dünne Schachtel.

Skeptisch betrachtete ich sie und rätselte, was da nur drin sein könnte. Es war leicht und etwas klimperte darin, als ich es schüttelte. Was könnte so schmal sein, das für uns beide wäre?

Julius hatte von meinen Großeltern, als er seine Seelengefährtin gefunden hatte, eine Reise geschenkt bekommen. Womöglich war es etwas Ähnliches. Nachdenklich und zugleich neugierig öffnete ich die Schachtel. Mir sprangen sofort zwei Schlüssel entgegen. Fragend hob ich eine Augenbraue und sah, dass sich noch ein Brief darin befand. Verwirrt zog ich ihn hervor und nahm die Blätter aus dem Umschlag.

Ich stockte und musste die Zeilen zweimal lesen.

»Mit diesem Dokument veranlassen wir, Gracy und John McKnight, die Übertragung des Besitzes des Hauses auf der

Green-Lake-Avenue Dreiundzwanzig auf unseren Enkel, Matt McKnight, und seinen Gefährten. Damit sie als eine Familie in diesem Haus glücklich zusammen leben.«

Sie schenkten Shawn und mir ein eigenes Haus.

»Das kann ich unmöglich annehmen, das ist zu viel.«

»Doch, kannst du. Wir beide wollen es so und du kannst es nicht zurückgeben, das haben wir in dem Dokument festgehalten«, sagte mein Großvater siegessicher, sodass ich keinen Widerspruch einlegen konnte, was mich zum Grinsen brachte.

»Außerdem stand dieses Haus leer und wird nicht genutzt. Nimm es an und mach daraus etwas für euch beide.« Mit einem Plan und einem Grinsen im Gesicht wusste ich, was ich zu tun hatte.

»Was hast du vor?«, fragte mich diesmal mein Mom.

»Ich habe eine Idee. Aber Shawn darf nicht wissen, dass wir jetzt ein Haus besitzen. Hat Dad seinen alten Werkzeugkasten noch und das Streichset, das wir für Nicks Haus benutzt haben?«, wandte ich mich ihr zu.

»Ja, ich glaube, er hat alles im Schuppen liegen, da hab ich es zuletzt gesehen. Du müsstest nur gucken, ob es dort noch ist.«

»Da muss ich dich leider enttäuschen, das Streichset habe ich mir vor kurzem geholt«, warf Nick ein. »Ich habe einige Räume, insbesondere das Schlafzimmer, neu gestrichen, damit Liam es gemütlicher hat.«

»Wie geht es ihm? Ich habe ihn seit Tagen nicht in der Schule gesehen und bald sind die Abschlussprüfungen«, fragte ich Nick. Ganz verziehen hatte ich ihm die Sache mit Shawn und Alexej noch nicht. Liam war ein riesen Idiot, so idiotische Sachen zu machen, doch er hatte es aus einem Grund getan. Jahrelang unter diesen Bedingungen und mit einem Tyrannen aufzuwachsen, war kein Zuckerschlecken gewesen, um nur das Leben seiner Mutter zu retten. Mit ihm würde ich nie tauschen wollen. Shawn hatte mir alles erzählt, was er in dieser Hütte erfahren hatte. Und mich gebeten, ihn nicht dafür zu verurteilen.

»Den Umständen entsprechend ... Er macht sich viele Vorwürfe wegen des Vorfalls. Er sucht verzweifelt nach seiner Mutter. Doch seine Informanten, die er zu dem Anwesen seiner Eltern geschickt hat, waren erfolglos. Sie fanden keine Spur von ihr. Liam ist total fertig mit den Nerven und kann sich kaum auf die Schule konzentrieren. Deshalb hab ich beschlossen, dass er bei mir einzieht und die Schule erst fertig macht, wenn sich alles geregelt hat. Wenn er Gewissheit hat, wo seine Mutter ist.«

Man konnte Nick ansehen, dass es ihm auch nicht gut ging. Er war oft auf Reisen gewesen, um seinen Gefährten zu finden, doch er kam immer wieder niedergeschlagen nach Hause. Nun hatte er ihn in Liam gefunden. Es war ihm egal, was oder wer sein Mate war. Hauptsache, er hatte ihn gefunden. Egal, was er tun musste, er war erpicht darauf, seinen Gefährten glücklich zu machen.

»Und wie fand Liam deine Idee, dass du ihn zu dir geholt hast? Du hast wahrscheinlich keine Widerrede geduldet, oder?«, fragte ich mit einem wissenden Grinsen.

»Was denkst du denn? Er hat keine andere Wahl gehabt.«

Kopfschüttelnd stand ich auf. »Ich gehe mir meinen Kaffee holen, möchte jemand auch eine Tasse haben? Ihr zwei habt bestimmt viel zu erzählen von eurer großen Reise.«

»Warte, ich helfe dir mit dem Kaffee«, hielt mich Nick auf, als ich fast schon in der Küche verschwunden war. Sobald wir unter uns waren, änderten sich seine Gesichtszüge schlagartig. Seine Stirn war in tiefe Falten gelegt.

»Setz dich und trink ein Schluck«, wies ich ihn an und schenkte ihm ein aufmunterndes Lächeln. Routiniert holte ich Tassen aus dem obersten Schrank. Damit gab ich Nick Zeit, sich zu sammeln und mir zu sagen, was los war. Verloren blickte er in die Tasse zwischen seinen Händen. Wiederholt öffnete er den Mund, aber er schloss ihn dann wieder. Lange konnte ich es mir nicht mehr ansehen. Ich hörte genau hin, ob wir uns allein unterhalten konnte, ehe ich mich zu Nick beugte. »Was ist los? Dass ausgerechnet du nicht weißt, wie du anfangen sollst, zu sprechen ...«

Etwas finster blickte er in seine Tasse.

»Wie schon gesagt, Liam sucht seine Mutter und es gibt nur eine Person, die ihm helfen kann. Diese Idee gefällt mir absolut nicht, musst du wissen. Aber ich möchte, dass das alles geklärt ist. Liam wollte nochmal mit seinem Vater sprechen, bevor der *Teufel* dem Rat überbracht und er für immer eingesperrt wird. Eigentlich wollte er dich selbst fragen, aber ich weiß, er traut sich nicht, euch gegenüberzutreten. Deshalb wollte ich dich fragen, ob du ein Treffen vereinbaren könntest?«

»Bist du dir sicher, dass es eine gute Idee ist, wenn die beiden aufeinandertreffen?«

»Nein, aber es ist die einzige Möglichkeit, die wir haben.«

Nicks Blick war fest und er würde sich nicht von dieser Idee abbringen lassen, um seinen Gefährten zu unterstützen. Der Rat war ein Gericht, das aus den ältesten der unterschiedlichsten Wesen und Menschen bestand. Sie waren das Gesetz, entschieden über Recht und Unrecht, wenn jemand eines ihrer Gesetze brach oder ein Verbrechen beging. Aber auch, wenn es nicht im Zuständigkeitsbereich der Polizei lag, vermitteln sie die Fälle dem Rat weiter.

Momentan saß Liams Vater in der örtlichen Polizeiwache fest, so lange, bis er in ein paar Tagen dem Rat überstellt werden würde.

»Wirst du mir den Gefallen tun? Darf Liam ein letztes Mal mit seinem Vater sprechen, bevor er es nicht mehr kann? Bitte.«

»Wow ...«, war das Erste, was ich rausbrachte, denn ich war sprachlos. »Dass ich mal das Wort *bitte* aus deinem Mund hören würde ... Ich kann mir vorstellen, dass das schwer für dich war. Dann wird das meine erste richtige Tätigkeit als Alpha sein. Ich gebe dir die Erlaubnis. Dafür werde ich aber dabei sein. Nur für den Fall, wenn was sein sollte.«

»Danke, ich weiß das zu schätzen. Ich muss mich daran gewöhnen, dass mein kleiner Bruder jetzt ein großer erwachsener Alpha ist«, sagte er lachend und man konnte ihm die Erleichterung ansehen. Dabei wuschelte er mir durch die Frisur. Was ich mit einem spaßigen Knurren quittierte und meine Haare wieder zurecht richtete.

»Aber eins muss klar sein. Shawn darf davon nichts erfahren«, ließ ich es Nick wissen.

»Was darf ich nicht wissen?«, kam es prompt von der neugierigsten Person, die ich kannte.

Shawn kam fragend auf mich zu. »Deine Mom hat mich im Garten gesehen, als ich gerade dabei war, die Blumen meiner Mom zu gießen. Sie hat mich direkt deinen Großeltern vorgestellt. Die beiden sind super nett.«

Auf den Weg zu mir legte er sanft eine Hand auf Nicks Schulter und begrüßte ihn freundlich. Ich dagegen war nicht so erfreut, die Hand meines Mates an einem anderen Mann zu sehen, weshalb mich unbewusst ein Knurren verließ. Was Shawn ein freches Lächeln aufs Gesicht sauberte.

»Ganz ruhig, mein Wolf. Was wirst du machen, wenn ich Alexej umarme? Ich hoffe, du kannst dich dann benehmen.«

»Mal schauen. Wenn du es nicht provozierst, ansonsten wirst du dafür geradestehen, obwohl du wahrscheinlich dann nicht mehr viel stehen wirst.« Damit brachte ich Shawn total aus dem Konzept und er lief rot an.
Mit einem zufriedenen Grinsen trank ich weiter meinen Kaffee.
Shawn verschränkte seine Arme vor seine Brust. »Also, was soll ich nicht wissen?«

Die Frage war an mich gerichtet, doch Nick beantwortete sie, bevor ich mich rausreden konnte. Ich wollte Shawn nicht belügen, aber auch nicht, dass er den Teufel wiedersah.

»Na ja, ich habe Matt gebeten, dir etwas nicht zusagen.«

»Und was soll er mir nicht verraten? Komm schon, spuck es aus, Nick, mach es nicht geheimnisvoller. Ich werde es herausfinden, also kannst du es mir jetzt auch selber sagen.«

»Schon gut. Vor paar Tagen hab ich Liam gefunden.«
Shawns Augen weiteten sich. »Wo hast du ihn gefunden? Wo hat sich der Idiot versteckt und wo ist er jetzt?«, sprudelten die Fragen nur so aus ihm heraus.

»Auf der anderen Seite der Stadt gibt es doch dieses abgefuckte Apartmenthaus. Dort hatte er sich eine Wohnung gemietet. Momentan ist er aber bei mir zu Hause.«

»Wie geht es ihm?«

»Ihm geht es nicht so gut, aber er wird wieder.«

Shawn wollte wieder anfangen, doch Nick stand auf, um das Gespräch zu beenden. »Ich gehe rüber zu den

Abenteuerlustigen und hören mir an, was die beiden Verrückten in ihrem Urlaub angestellt haben.«

Mit einem Zwinkern lief er zurück ins Wohnzimmer. Er hatte absichtlich von Liam angefangen, damit Shawn nichts von der eigentlichen Idee mitbekam.

Plötzlich war meine Tasse aus meiner Hand verschwunden und stand nun vor mir auf dem Tisch. Sanft legten sich zwei Arme um meine Schultern und Shawn setzte sich auf meinen Schoß.

»Ich bin etwas enttäuscht.«

»Wieso? Was ist los, Babe?«

»Ich komme hierhin, mein Wolf hätte fast ein Geheimnis vor mir gehabt und das Allerschlimmste ist, dass ich keinen Kuss bekommen habe!«, antwortete er gespielt verärgert.

Was er nicht wusste, war, dass ich wirklich ein Geheimnis vor ihm hatte. Und nicht nur eins. Aber die Sache mit dem Abschlussball war noch in Planung.

Genug nachgedacht. Jetzt musste ich erst mal meinem Kleinen einen Kuss geben. Strahlend beugte ich mich zu ihm und drückte sanft meine Lippen auf seine. Was ihn ebenfalls strahlen ließ.

»Zufrieden?«, fragte ich lächelnd, obwohl ich die Antwort kannte.

»Noch nicht ganz. Vielleicht solltest du deine Zunge sprechen lassen.«

****

Bald stand der Abschlussball bevor und es gab eine Sache, die ich machen, eher lernen, sollte. Nämlich tanzen. Ich hätte liebend gern Shawn in der Disko tanzen gesehen. Wie er seine Hüften und seinen Oberkörper zur Musik bewegte. Seinen

Hintern an meinen Lenden rieb. Diese Vorstellung ließ meinen Schwanz prall werden, was sich in meiner Jeans recht unangenehm anfühlte.

Schnell musste ich das Bild aus meinem Kopf bekommen, denn ich musste jemanden finden, der mir half, diesen Partnertanz zu lernen.

Also scrollte ich durch mein Handy und wusste, als ich eine Nummer sah, wer mir behilflich sein könnte. Nachdem es dreimal gepiepst hatte, nahm die Person ab.

»Hi, Tiara. Ich hoffe, du kannst mir bei etwas helfen?« Tiara war eine Mitschülerin. Ihre Großmutter leitete eine Tanzschule ganz in der Nähe, wobei sie im Studio mithalf und auch selber tanzte.

»Klar, Alpha. Wobei kann ich dir denn helfen?«, fragte sie verwirrt. Wir hatten selten was miteinander zu tun.

»Na ja, bald ist der Abschlussball, wie du weißt, und ich würde gern für Shawn einen tollen Abend planen. Ich weiß, dass du bei solchen Wettkämpfen für Partnertanz teilnimmst. Da ich absolut nicht tanzen kann, wollte ich dich fragen, ob du mir einige Schritte beibringen könntest?« Ein leises Kichern kam vom anderen Ende der Leitung, was ich mit einem Knurren beantwortete.

»Sorry, Alpha. Es ist eine schöne Idee. Aber ich muss dir was sagen. Es gibt verschiedene Partnertänze. Was möchtest du denn tanzen? Ich kann dir Walzer, einfachen Walzer, Discofox, Tchatcha und einige andere Tanzarten beibringen.«

Ich wusste gar nicht, dass es so viele Arten von Tänzen gab.

Ein angestrengtes Stöhnen entwich mir und ich musste mir meine Schläfe mit einer Hand massieren. »Ok. Ich habe keine Ahnung, was dieses Tchatcha sein soll, aber es klingt gefährlich!«

»Wie wäre es mit einfachen Schritten zu langsamer Musik? Wäre das was für dich?«

»Das wäre nicht schlecht, wenn es langsam und nicht zu schwer ist.«

»Dann weiß ich, was ich dir beibringe. Der einfache Walzer ist schlicht und einfach zu lernen. Es sind drei einfache Schritte, nicht spektakulär, trotzdem ein romantischer Tanz mit der passenden Musik«, informierte sie mich. Wenn es nur drei Schritte waren, konnte es nicht so schwer sein. Nichts, was ich nicht schaffen könnte. Tiara wollte auflegen, doch ich hielt sie auf. »Könntest du Shawn davon nichts verraten? Es soll eine Überraschung werden.«

»Na klar. Keine Sorge. Ich werde wie ein Grab schweigen.«

****

Die folgenden Wochen waren anstrengend. Insbesondere, alles vor Shawn geheimzuhalten. Alles unter einen Hut zu packen war echt schwer. Erst lernen, das Haus auf Vordermann bringen und dann die Tanzstunden.

Ich hätte nie gedacht, dass man vom Tanzen Muskelkater bekommen oder öfters auf die Schnauze fallen könnte, wie ich es getan habe.

Mann, da hatte ich mir echt einige Sachen aufgebrummt. Egal, es war für Shawn und für mich.

Das Schlimmste würde erst morgen kommen, denn da würde ich mit Nick und Liam zum *Teufel* fahren, da er in Kürze dem Rat überstellt werden würde.

Mein Glück, dass Shawn ein Spiel gegen irgendeine Schule hatte und dieses in einer anderen Stadt stattfinden würde. Wobei er mir aufgetragen hatte, die Zeit lieber zu nutzen, um Mathe zu lernen. Doch das würde warten müssen.

Wie schade für Mathe.

****

Am nächsten Morgen holte mich Nick mit seinem Auto ab, sodass wir gemeinsam fahren konnten. Liam, der hinten saß, hatte seinen Blick aus dem Fenster gerichtet. Tiefe Augenringe und Blässe zierten sein Gesicht.

»Tut mir leid. Er ist seit paar Tagen so«, informierte mich Nick. »An Schlaf ist kaum zu denken. Dass er seinem Vater unter die Augen tritt, ist eine große Last für ihn.«

Nach ein paar Minuten kamen wir im Polizeirevier an, wo wir direkt in einen Verhörraum gebracht würden. Ich hielt mich zurück und wartete vor der Tür, damit die drei in Ruhe reden konnten. Aber sollte die Unterhaltung eskalieren, konnte ich eingreifen.

Der Verlauf des Gesprächs stellte sich als eisig und einsilbig heraus, bis Liams Vater endlich mit spärlichen Wörtern einen Hinweis gab, wo seine Mutter sein könnte. Ihre geliebten Postkarten sollten ihm den Weg zu ihr zeigen.

Kapitel 33

Shawn

Heute Abend fand der Abschlussball statt, den wir uns reichlich verdient hatten. Schließlich hatten wir drei harte Wochen hinter uns, die wir ausschließlich mit büffeln, Training und wenig Zweisamkeit verbrachten.

Aber heute Abend würde alles anders werden.

Ein neuer Lebensabschnitt stand bevor. Wir verabschieden uns von unserem jungen Leben. Obwohl, egal wie alt man war, man konnte trotzdem ein trotziges Kind oder total unerfahren in einigen Situation sein. Daran war nichts Falsches. Man lernte sein ganzes Leben lang.

Mit Alexej war ich zuvor einen neuen Anzug kaufen gegangen. Mein alter hatte schon bessere Tage gesehen. Das letzte Mal, als ich ihn trug, war vor sechs Jahren gewesen, als meine Cousine väterlicherseits geheiratet hatte. Seitdem hatte ich diesen Anzug nicht mehr rausgeholt und er war mir dementsprechend zu klein geworden.

Matt würde mich um zwanzig Uhr abholen. Also hatte ich einige Stunden Zeit, um mich fertigzumachen.

Voller Aufregung zog ich die schwarze Hose an, die meinen Hintern betonte. Das weiße Hemd, das perfekt passte.

Dann das Jackett und die rote Krawatte. Nicht zu vergessen mein Geschenk für Matt, was ich liebevoll verpackt hatte. Ich war total gespannt, wie Matt die kleine Geste gefiel.

Mit einem letzten Blick in den Spiegel betrachtete ich mich und fand, dass ich nie so schick gekleidet gewesen war wie heute.

Das Klingeln der Haustür riss mich aus meinen Gedanken.

Ein kurzer Blick auf die Uhr verriet mir, dass er genau auf die Minute pünktlich war.

»Shawn. Es ist Matt, willst du nicht runter kommen?«, schrie mein Mom von unten. Total aufgeregt und nervös lief ich die Treppen runter.

»Schick siehst du aus«, sagte meine Mom an Matt gerichtet.

»Ja, da muss ich dir recht geben, Mom. Er sieht echt gut aus«, stimmte ich ihr zu.

Der Anzug, der er trug, saß an allen Stellen perfekt. Leider hatte er seinen Dreitagebart getrimmt, den ich über alles liebte.

Matts Augen leuchteten, als er mich die Treppen hinunterlaufen sah. In dem Moment empfanden wir das Gleiche und durch das Band verspürte ich es mehr.

Zur Begrüßung tauschten wir einen zärtlichen Kuss aus.

Neugierig blickte ich hinter ihn, als ich bemerkte, dass er etwas versteckte. Zögernd holte er eine durchsichtige Box hervor, in der sich eine Ansteckblume befand.

»Na ja, ich weiß, dass es diese Blumenarmbänder gibt. Die Dame im Blumenladen sagte mir, dass es auch Anstecknadeln gibt. Und da fand ich diese hier ... Es ist die Gleiche wie meine. Ich hoffe, du findest sie nicht kindisch?«

Mit einer schnellen Handbewegung zeigte er mir seine, die an seiner linken Brusttasche im Jackett steckte.

Glücklich betrachtete ich die Anstecknadel, die ich aus der Box genommen hatte. Wie einfach wir gestrickt doch waren und fast die gleichen Ideen hatten, dem anderen eine Kleinigkeit für den Abschlussball zu schenken.

»Würdest du sie mir anstecken?«

Mit einem Handgriff steckte er mir sie vorsichtig an die gleiche Stelle, wo er sie trug, genau neben meinem Herzen.

Grinsend schaute ich mir die Blume an und dann Matt.

»Was ist?«, fragte er vorsichtig.

»Weißt du, ich wollte dir auch was schenken. Nur ich wusste nicht, was, bis mir was ins Auge sprang, wo ich denke, es wäre perfekt für heute Abend.«

Meine rechte Hand griff zu Matts Krawatte und ich zog sie mit einer geschickten Bewegung aus. Aufgeregt überreichte ich ihm mein Geschenk für ihn. Verwirrt nahm er es mir ab und packte es neugierig aus. Seine Augen leuchteten vor Freude. Er zog das schmale Etwas aus der Box und hielt es an meine Krawatte. Es war genau die Gleiche.

»Rot gefällt mir. Würdest du sie mir umbinden?«

Angestrengt knotete ich die Krawatte. Ich hatte einige Abende an meiner eigenen geübt. Es war echt schwer und doch schaffte ich es mit einem Versuch.

Grinsend lehnte ich mich zu ihm, um ihm einen keuschen Kuss zu schenken. Eigentlich hätte ich ihn gern vertieft, aber wir wurden gestört.

Mit einer Kamera ausgerüstet stand meine Mom lächelnd vor uns. »Jungs, ich hätte gern einige Fotos von euch, bevor ihr geht. Wenn ich bitten dürfte, euch in Pose zu setzen, meine Hübschen. Und grinsen ihr beiden. Versuch erst gar keine doofen Fratzen zu machen, Shawn!«

Nach dem vierzigsten Foto konnte ich nicht anders und musste eine Grimasse schneiden, wobei ich nicht der Einzige war, sondern Matt tat es mir gleich.

»So jetzt müssen wir aber gehen«, brachte ich etwas genervt heraus, da ich endlich loswollte.

Mit einem: »Habt Spaß« und »macht keinen großen Mist«, was eher an mich ging, entließ sie uns.

****

Die Autofahrt zum Schulparkplatz dauerte nur ein paar Minuten. Zu unserem Glück ergatterten wir einen der letzten Parkplätze, der nicht zu weit von der Sporthalle entfernt lag, die für diesen Abend umfunktioniert wurde.

Am Eingang standen schon einige der Absolventinnen und Absolventen und wenige der Schüler, die noch nicht den Abschluss gemacht hatten, in einer Schlange.

Zwei groß gebaute Kerle waren für die Sicherheit und den Einlass zuständig. Obwohl die Schlange lang war, ging es schnell voran.

Kurz bevor wir dran waren, huschte über Matts Gesicht ein Hauch von Beunruhigung.

»Was ist?«, fragte ich besorgt.

»Ich hab eine Sache vergessen, als alles stressig wurde. Nämlich die Karten zu kaufen. Anscheinend kommt man ohne sie nicht rein. Es tut mir leid. Ich hoffe, es gibt noch welche an der Abendkasse und ich hab den Abend nicht jetzt schon versaut«, flüsterte er mir zu und klang total enttäuscht von sich selbst.

»Eure Karten?«, fragte einer der Türsteher freundlich. Zögernd trat Matt ein Schritt nach vorne, doch ich konnte ihn abhalten. Sanft legte ich eine Hand auf seine angespannte

Schulter. Grinsend zog ich mit der anderen die Tickets aus meiner Innentasche.

»Hier sind sie.«

Der Türsteher riss von beiden Karten eine Ecke ab und reichte sie mir dann zurück.

»Viel Spaß!«, rief der andere uns hinterher, als wir in Richtung Umkleidung gingen, um meinen Mantel abzugeben.

»Wie ... Du hattest Karten gekauft?«, fragte Matt verwirrt.

»Ich habe vorsichtshalber mal welche besorgt. Ich wusste, dass du beschäftigt und mit deinem Kopf in der letzten Zeit woanders warst. Außerdem war es eine super Gelegenheit, meinen Wolf für diesen besonderen Abend auszuführen. Was hältst du davon?«

Ein liebevolles Lächeln zierte Matts Gesicht. Er lehnte sich runter und schenkte mir einen Kuss. »Ich fühle mich geehrt, dass mein kleiner süßer Mate mich einlädt. Vielen Dank.«

Die Halle war super dekoriert. Kleine Stände, die nach draußen führten und nach Jahrmarkt aussahen, wurden organisiert. Drinnen gab es ein Buffet mit den unterschiedlichsten Bowlen. Außerdem eine Bühne, die extra für den berühmtesten DJ der Stadt aufgebaut worden war und für die hauseigene Schulband, die sich mit dem Spielen abwechselten.

Die Musikrichtung vermischte sich zwischen schneller und langsamerer Musik. Es war ein guter Mix, weil für jeden etwas dabei war. Matt leitete mich zu den Tischen, die am Rand der Tanzfläche standen. Er steuerte auf eine Gruppe zu, die sich fröhlich unterhielt. Damian, Amelie, Alexej und Chris. Sie blickten uns an oder eher unsere Hände, die sich auf dem Weg miteinander verflochten hatten.

Zwei freie Stühle standen am Tisch für uns bereit, die wir in Anspruch nahmen. Wir unterhielten uns eine lange Zeit und verputzten etwas von dem leckeren Buffet, als ich beschloss, was anderes zu tun.

»Also. Wer hat Lust zu tanzen?« Ich klatschte in die Hände und schaute erwartungsvoll in die Runde. Insbesondere fixierte ich Matt, in der Hoffnung, dass er mitkam.

Kurz räusperte er sich. »Du weißt doch, ich kann nicht tanzen. Und wenn, tanze ich wie ein Roboter. Aber geh du ruhig. Ich werde dir zugucken.«

»Komm schon, du Spaßbremse. Tu mir doch den Gefallen!«

»Ok. Ich komme gleich nach. Geh du schon einmal vor, ich trinke noch zu Ende.«

»Na gut, aber wehe, du kommst nicht.«

Damit verschwand ich mit Alexej und Damian auf der Tanzfläche, die in der Zwischenzeit regelrecht überfüllt war. Der DJ legte gute Songs auf. Doch nach vier Liedern war Matt immer noch nicht bei mir, was mich etwas enttäuschte. Schnaufend lief ich zu unserem Tisch, doch ich fand nur Chris vor.

»Wo ist Matt?«, fragte ich ihn verdutzt. Lächelnd zeigte er mit dem Finger hinter mich. Langsam drehte ich mich um und Matt stand direkt vor mir. Auf einmal hörte der DJ auf zu spielen und die Schulband kam wieder auf die Bühne.

»Das nächste Lied ist für Shawn von deinem Wolf«, verkündete die Sängerin der Band. Erstaunt blickte ich Matt an und er nahm meine Hand. »Würdest du mit mir tanzen?«

»Sehr gerne«, grinsend beantwortete ich seine Frage. Matt führte mich auf die Tanzfläche. Ich konnte es nicht glauben. Es war, als würde ich träumen. Mein Wolf tanzte mit mir und das absolut nicht wie ein Roboter. Das Lied, das er ausgesucht hatte, war perfekt. *The Weekend – Earned it.*

»Diese Überraschung ist dir wirklich gelungen.«

»Ich hatte dabei Hilfe.«

Mit einer Kopfbewegung sagte er mir, von wem er Hilfe bekommen hatte. Keine andere als Tiara stand am Rand. Sie hob beide Daumen hoch und grinste über das ganze Gesicht. Das hätte ich mir denken können. Niemand konnte besser Tanzunterricht geben als Tiara.

»Aber es gibt weitere Überraschungen.«

Meine Hände wanderten zu seinem Nacken und ich zog ihn runter zu mir. »Du weißt genau, wie du meine Neugierde weckst.« Dabei zog ich ihn näher, sodass unsere Lippen wenige Zentimeter entfernt waren. »Mein Wolf.«

»Mein kleiner Mate.«

Matt überbrückte den Abstand und verband unsere Lippen miteinander. Es war ein liebevoller und zarter Kuss. In diesem Moment blieb alles um uns herum stehen. Wir lösten uns lächelnd voneinander und blickten uns einige Sekunden an, ohne etwas zu sagen.

»Willst du die anderen Überraschungen haben?«

»Das ist eine Frage. Natürlich!«

Grinsend nahm er meine Hand. »Na dann, lass uns gehen.«

Zusammen holten wir meinen Mantel von der Garderobe ab und verließen den Abschlussball.

****

Matt fuhr auf ein Haus zu, das ich nicht kannte. Er parkte in der Einfahrt und stellte den Motor aus, bevor er ausstieg. Ahnungslos verfolgte ich ihn mit meinen Augen. Er umkreiste sein Auto und öffnete mir die Tür. Dabei hielt er mir gentlemanmäßig seine Hand hin und half mir aus dem Auto.

»Wo sind wir hier?«, fragte ich.

»Lass dich überraschen.«

Lass dich überraschen, sagte er. Er wusste genau, wie ich Überraschungen nicht leiden konnte. Mein Wolf führte mich um das Haus herum und legte eine Hand auf meine Augen.

»Musst du mir extra die Augen zu halten?«

»Ja, sonst wäre es ja keine Überraschung mehr, wenn du schon vorher alles siehst.« Neckisch drückte er mir einen Kuss in den Nacken.

»Mhmm ... Ok, wenn ich immer so einen Kuss bekomme, darfst du mir öfters die Augen zuhalten.«

»Ich nehme dich beim Wort«, raunte er mir ins Ohr. Innerlich grinste ich in mich hinein. Nach kurzer Zeit spürte ich, dass sich der Untergrund änderte und sich etwas uneben anfühlte, als würde man über eine Wiese laufen. Matt entfernte seine Hand und flüsterte in mein Ohr: »Du kannst deine Augen aufmachen.«

Langsam öffnete ich die Lider und erblickte einen riesigen Kronleuchter, der an einem Baum befestigt war. Wie in Teufelsnamen hatte Matt es nur geschafft, dass er da oben hängt? Außerdem standen überall Kerzen, die den Weg von der Veranda nach draußen beleuchteten. Nichtsahnend drehte ich mich zu Matt um, um ihn zu fragen, was das alles zu bedeuten hatte.

Wie in Zeitlupe ging er auf ein Knie und holte eine schwarze Schachtel aus seiner Jackettasche.

»Shawn Coleman. Möchtest du mit mir in diesem Haus wohnen und mit mir hier glücklich und erwachsen werden? Und nicht nur in der Wesenswelt mit mir verbunden sein, sondern auch in der Menschenwelt? Mit diesem Ring sollen es die Menschen wissen, dass wir zueinander gehören! Möchtest du mein Mann in beiden Welten sein?«

Sanfte Tränen flossen über meine Wangen. Doch sie waren nicht aus Trauer, sie zeigten meine pure und ehrliche Freude sowie Stolz, diesen Mann zu haben.

Ein leises »Ja« verließ meinen Mund, was Matt aber mit seinen Wolfsohren trotzdem verstand. Mit zittrigen Fingern und einem überdimensionalen Lächeln steckte er mir den Ring an. Erleichtert zog er mich in eine starke Umarmung, bevor wir uns liebevoll küssten.

Als wir uns lösten, musste ich eine Kleinigkeit loswerden.

»Drei.«

Fragend sah er mich an. Doch schnell wusste er, was ich meinte. Drei war die Anzahl, an die ich dachte, wenn wir zusammen Kinder haben würden. Aber das könnte sich ändern, denn es würden bestimmt einige weitere folgen. Für den jetzigen Stand waren drei genau richtig. Ein unmännliches Quieken entfuhr mir, als Matt mich packte und mich wie eine Braut in das Haus trug. Unser Haus, unser eigenes Reich nur für uns. Es klang unwirklich, aber perfekt.

Ein neuer Abschnitt fand ab heute statt. Wir hatten das Schulleben hinter uns und waren jetzt in einem neuen Teil unseres Lebens angelangt.

Matt ließ mich runter, als wir an einer Tür ankamen, die sich im oberen Stockwerk des Hauses befand.

»Öffne die Tür, Babe«, raunte er in mein Ohr.
Ich liebte es, wenn er so rau sprach und diesen Kosenamen benutzte. Was direkt das Blut in meine südlichen Lenden fließen ließ.

Vorsichtig und voller Neugierde öffnete ich die Tür und sah, was ich noch nie in meinem ganzen Leben gesehen hatte. Mein erster Gedanke war, dass es das nur in Filmen gab. Der Weg von der Tür bis zum Bett war geschmückt mit leuchtenden Kerzen und gelben Sonnenblumenblättern. In der Mitte des

Zimmers stand ein Kingsize Bett, das genau so aussah wie das von Matt. Wahrscheinlich war es das auch, anscheinend war es das einzige Möbelstück in diesem Haus, was er schon aufgebaut hatte. Was mich zum Lachen brachte.

Weitere Sonnenblumenblätter erstreckten sich auf dem Bett. In der Mitte lag ein dunkelrotes Tablett, auf dem, soweit ich es erkennen konnte, Gleitgel sowie eine Packung Kondome positioniert waren.

Matt dachte wirklich an alles, deshalb liebte ich ihn noch mehr.

Sanft legten sich zwei starke Hände auf meine Hüfte. »Und? Wie findest du es? Natürlich müssen wir gucken, wie wir das Haus gestalten und welche Möbel wir von uns mitnehmen wollen. Aber ich dachte, dass das Bett nicht schlecht für uns beide ist. Denn es hält ja so einiges aus«, sagte Matt, wobei er den letzten Satz verführerisch aussprach.
Ich drehte mich zu ihm um.

»Ich liebe dich, mein Wolf«, sprach ich die Worte aus, die die ganze Zeit zwischen uns gewesen waren. Wir wussten, was wir füreinander fühlten, aber irgendwie hatten wir es nie richtig ausgesprochen.

»Ich liebe dich auch, mein kleiner Mate.«

Glücklich, was diese Worte in mir auslösen, lehnte ich mich etwas nach oben, sodass sich unsere Lippen trafen. Willig öffnete ich meinen Mund, damit Matt mit seiner Zunge eindringen konnte. Seine und meine Zunge spielten und tanzten miteinander. Unterdessen wanderten seine Hände in Richtung meines Hinterns. Dort streichelte er erst sanft meine Backen, bevor er sie kräftig massierte. Was mich in den Kuss rein Stöhnen ließ und ich ihn unterbrechen musste.

Matts Augen färbten sich rot und ich bemerkte, dass jemand an diesem Vergnügen teilhaben wollte.

»Diesmal ist der Abend nur für uns. Lässt du uns allein, Blake, bitte«, sprach ich sanft und blickte tief in seine Augen.

Ein Grummeln gefolgt von einem widerstrebenden Knurren, das aus dem Mund meines Gegenübers kam.

»Na gut, nur heute und weil du so süß bitte gesagt hast! Aber mach dich gefasst, beim nächsten Mal gibt es kein andermal!« Mit dem Satz packte er mich, um mir einen hitzigen Kuss zu stehlen.

»Tut mir leid. Er ist unmöglich geworden.«

»Du weißt nicht, wie Snow drauf ist. Insbesondere in den letzten Wochen als wir nicht viel gemacht haben außer lernen und Klausuren schreiben. Er ist genauso, aber ich glaube, meiner ist leichter zu handeln als deiner. Ich hab ihm versprochen, dass Blake und er morgen im Wald spazieren gehen können. Ich hoffe, das ist, ok?«

»Blake findet die Idee großartig und freut sich schon auf morgen. Wo waren wir stehen geblieben?«, fragte er mit einem sexy Grinsen und kniff mir in den Hintern.

»Ich helfe dir mal auf die Sprünge.« Mit Leichtigkeit zog ich mir und dann Matt die Krawatten aus. Amüsiert hing ich beide um den Türknauf.

»Nur für alle Fälle, dass uns ja keiner stört!«

Mit dem Satz zog ich Matt in unser Schlafzimmer und schloss mit der anderen Hand die Tür. Der heutige Abend war ein perfekter Abschluss.

Epilog

Shawn

Mithilfe von Familie und Freunden hatten wir das Haus so gut wie fertig renoviert. Den Wohn- und Essbereich hatten wir offen gestaltet, damit wir für jeden eine offene Tür hatten und unsere Gäste sich wohlfühlten. Unser Schlafzimmer war das größte Zimmer des Hauses – ausgenommen Matts Büro. Zwei weitere Räume hatten wir erst einmal als Gästezimmer eingerichtet, aber irgendwann würden diese Zimmer, wenn die Zeit passend war, für unsere Kinder renoviert werden.

Ich war so schockiert gewesen, als Matt mir gesagt hatte, von wem wir dieses unfassbar schöne Haus bekommen hatten. Jeden Tag bedankte ich mich bei seinen Großeltern, da ich nicht genau wusste, wie ich mich erkenntlich zeigen sollte. Geld oder etwas anderes wollten sie nicht. Nur, dass wir beide glücklich in dem Haus lebten und unsere eigene kleine Familie gründen konnten.

Mit meinem Gewissen konnte ich es nicht vereinbaren, dass sie uns so ein großes Geschenk machten. Deshalb beschlossen wir, den beiden einen Wellnessurlaub in den Alpen zu schenken. Zusammen hatten wir Geld zusammengekratzt und davon die Reise bezahlt.

Etwas unverhofft waren heute Morgen drei Briefe von verschiedenen Universitäten aus der Gegend angekommen. Eigentlich hatte ich keine Bewerbungen verschickt, da alles rauf und runter gegangen war. Einige Talentscouts waren bei dem Basketballspiel gewesen, bei dem Alexej und ich entführt worden waren. In den Briefen stand, dass mir alle der Universitäten ein Sportstipendium boten. Sie hatten die renommiertesten Sporthallen des ganzen Staats. Ich konnte zu dem Leistungsfach Sport noch andere Fächer dazu wählen, was perfekt für mich klang.

Es war nicht einfach, mich für eine Universität zu entscheiden. Aber ich folgte meinem Bauchgefühl.

****

Ann kam an einem ruhigen Wochenende mit einigen Büchern in der Hand vorbei. Matt hatte sie gefragt, ob sie ihm alle geben konnte, in denen etwas über Omegas drinstand. Egal wie unwichtig oder noch so wenig es sein mochte.

»Hier mein Schlüssel. Im Kofferraum sind zwei Kisten voll mit Büchern. Die müsst ihr beide reinbringen, sie sind mir zu schwer.«

Schweratmend stellte ich die letzte Kiste im Wohnzimmer ab. Das waren mehr als nur zwei. Ich dachte schon, ich hätte die ganze Büchersammlung meiner Tante ins Haus getragen.

»Du wolltest alle Bücher. Hier sind alle Bücher! Alle Bücher, in denen ich etwas über Omegas fand, aber das waren nicht viele. Deshalb habe ich auch die über Werwölfe rausgesucht und noch mehr über Übernatürliches«, informierte sie uns, als ich sie komisch anblickte.

»Ich habe in jedes dieser verkackten Bücher reingeschaut, ob da irgendetwas Wichtiges steht. Nichts, rein gar nichts. Die, die das geschrieben haben, hatten doch nur ein Job, einen einzigen Job. Nämlich das Wichtigste aufzuschreiben. Sogar den konnten sie nicht gut machen. Ich könnte kotzen!«

Sie überreichte mir ein Buch mit aufgeklappter Seite. Es waren nur kleine Texte, nicht viel, aber wenigstens etwas. Auf einer Seite stand etwas über die Hitze. Auf der nächsten, die meine Tante mit einem Post-it markiert hatte, stand etwas, was ich mich schon seit Jahren fragte, wie es funktionierte. Die Befruchtung und die Geburt bei einem männlichen Omega.

Einige Zentimeter über der Prostata war ein abgetrennter Durchgang, der zu einer Gebärmutter führte, wo es fast genau so ablief wie bei einer Frau. Außer dass die männlichen Omegas keine Tage bekamen, aber trotzdem einen Hormonspiegel hatten. Meistens war der Gefährte ein Alpha, da ihre Spermien stärker und schneller waren als bei anderen, das machte die Befruchtung leichter. Bei männlichen Omegas kamen die Kinder nicht auf natürlichem Weg zur Welt, sondern per Kaiserschnitt. Die Schwangerschaft dauert keine neun Monate, sondern sechs.

Das beruhigte mich etwas. Wenn ich mir schon vorstellte, wie sonst das Kind rausgekommen wäre, könnte sich Matt den Traum von eigenen Kindern abschminken.
Wie aus dem Nichts klingelte Anns Handy.

»Was ist, Liebling? Was hast du angestellt? Muss ich dich aus irgendeinem Schlammloch oder Kannibalendorf rausholen? Denn das mach ich nicht noch einmal mit. Oder willst du mir wieder sagen, dass du länger wegbleibst?«, feuerte sie ins Telefon und gab meinem Onkel keine Zeit, auf irgendeine Frage zu antworten.

Sprachlos beendete sie das Gespräch mit einem kurzen »Ok«.

Schockiert blickte sie uns abwechselnd an, bis sie nur noch mich anschaute.

»Dein lieber Onkel hat eine Entdeckung gemacht, um es besser zu sagen, er hat jemanden gefunden.«

»Und wen hat er gefunden?«, fragte ich verwundert. Denn meine Tante war schon jahrelang nicht mehr so sprachlos gewesen wie heute, wenn mein Onkel eine Entdeckung gemacht hatte.

»Einen Omega. Einen männlichen Omega. Dein Onkel bringt ihn hierher. Aber du kennst ihn, es wird etwas dauern, bis er hier ist. Du weißt doch, er kann sich gern mal verirren. Egal womit er reist, er hat schon mal das falsche Flugzeug genommen. Francis wird aber in drei Wochen hier sein, das hat er mir versprochen. Ansonsten bring ich ihn persönlich hierher«, informierte sie mich.

»Wie alt ist er?«, fragte diesmal Matt.

»Ich weiß es nicht, aber Francis sagte, er sei älter als Shawn. Bestimmt kann er dir einige Fragen beantworten, die nicht in den Büchern stehen.«

Wow.

Ich hatte gedacht, ich wäre der Letzte. Aber zu wissen, dass es nicht so war, erleichterte mich in gewisser Weise. Vielleicht konnte er mir einige Fragen beantworten oder auch nicht. Wer wusste das schon?

Eigentlich war ich auch so zufrieden, obwohl ich nicht alles über mich selbst wusste. Aber das war mir momentan egal. Denn was zählte, war, dass ich glücklich war. Und noch wichtiger, dass ich Matt hatte, meinen Wolf.

Es würde mehr aufregende Tage geben. Wer wusste, was die Zukunft für uns bereithielt? Ich war auf jeden Fall gespannt, wer der andere Omega war.

Danke

Danke, das du bis zum Ende gelesen hast und ein Teil von meinem Traum bist.

Auf meinem Weg haben mich einige liebevolle Menschen unterstützt. Dafür möchte ich mich auch vielmals bedanken. Insbesondere bei Nina, meiner Mom, Nicci, Rovena und Carmen. Natürlich möchte mich noch einmal bei meinen Lesern bedanken.

Folg mir doch für neue Infos auf Instagram:

@lianora_autor